U0544924
Author. sing N son
Illust. Kanapy
04
滅亡後的世界
THE WORLD AFTER TH FALL
世界

THE WORLD
멸망 이후의 세계
目錄
AFTER THE FALL
멸망 이후의 세계

Episode 21. 灰燼之神

1.

關於總司令「厄杜克西尼」的資料並不多。

眾所周知的是，他於六百年前突然出現在深淵，除了七大神座第五席「克洛諾斯」，沒有任何人能擊敗他。縱使與那崇高的七大神座交戰，他也依舊存活了下來，單憑這個事實，就足以令好事之徒將他奉為偉大七星之一。但也因此，一些神祇對他的強大感到懷疑。

然而，凡是曾踏足元宇宙的人都會曉得，他是當今元宇宙六神最強大的存在，即便其餘五神一同出擊，也無法戰勝他。

——摘自《為悠遊於元宇宙之神編寫的九十九項指南——元宇宙六神篇》

✝ ✝ ✝

宰煥透過安徒生讀取空中浮現的訊息。

〔正在進行元宇宙第七層最終結算。〕

〔乘務員正在修正第七層的結算錯誤。〕

〔元宇宙第七層即將進行約一小時的緊急檢查。〕

看樣子，由於整片發電廠區域遭到摧毀，元宇宙系統也產生了一些臨時問題。

『阿爾戴那被關在這個方塊裡嗎？』

「大概是。」宰煥低頭望著握在手中的方塊，答道。

最後一刻，阿爾戴那用「蟲繭」包裹住自己，將自身困在了「昨日」之中。也許她仍舊在這時間方塊內，作著昨日的夢。直至世界力徹底耗盡之前，她的「昨日」大概還會維持一段時間吧。

『可以的話，這個能由我來保管嗎？』

「隨妳。」

『謝謝。』

用鳥喙銜著方塊的安徒生仰起頭，吞下了方塊。

總之，阿爾戴那的毀滅也在預料之中，這是安徒生為了守護昔日同僚所能做的最後關懷。

她輕輕打了一個飽嗝，抖抖羽毛，有些尷尬地向宰煥問道。

『話說，你是怎麼回事？』

「妳是指什麼？」

『剛才那個啊。』

她在問哪件事情，宰煥心知肚明。

「我也不清楚。」

宰煥低頭望著躺在發電廠地板上的陳恩燮。

是叫作「沒有成年人的世界」嗎？

作為一個從未想過可能存在這種固有世界的宰煥而言，確實是一場令人手足無措的戰鬥。

他最後的記憶是自己的靈魂在白霧中逐漸消散，耳邊傳來小小的聲音。

「暫時借一下身體。」

等到他恢復意識，一切已然結束。陳恩燮昏厥在地，「昨日」已經支離破碎，頭破血流的阿爾戴那正在哀號。

宰煥下意識看向自己的手掌，那雙布滿著厚繭的手上，全是艱苦訓練所留下的痕跡。

這隻手如今看起來卻有些陌生。

那會不會是與他締結契約的卡塔斯勒羅皮，或者其他君主在他身為商品時植入的東西呢？

話雖如此，「猜疑」與「理解」並未捕捉到任何異常的徵兆。

「妳也沒看清楚嗎？」

『當時我的視野突然被封鎖了，沒辦法確認，但那瞬間，我好像看見一名小孩的身影……』

小孩？宰煥倏然閃過某種猜測，卻無法確認那是否屬實。

總之，他在這場戰鬥中獲勝，也奪回了自己的靈魂，這筆生意對他來說沒有損失。

宰煥輕輕拔出插在地上的獨不，獨不似是迫不及待地發出一陣嗡嗡聲。他餵了它幾樣這次取得的配件，這時遠處傳來一道熟悉的嗓音。

「宰煥先生！」

是柳納德。

✝　✝　✝

勒內一行人與倖存下來的今日神祇互相傳遞治療用的配件，照顧著傷者。

在這場激烈的戰鬥結束後，有些人臉上露出虛脫無力的神情。如今，他們所熟知的昨日已然徹底消失。

「這一切究竟有什麼意義……」

數名神祇懊悔地輕聲低喃，也有些人因茫然失措而眼眶泛紅。

馬爾提斯似乎也難以平復自身的情緒。在宰煥的感化下，他逃離了昨日，又在戰爭中倖存下來，卻對於未來該如何生活下去毫無頭緒。他們無法作出任何決定。

宰煥什麼話都沒有說。

今日的生活取決於自己，若是他人插手干預，那最終也不過是變成另一個昨日罷了。

遠處可以見到勒內揮著手走近。

「現在真的不能再叫你『新手先生』了呢。」

「聽說妳保護了柳納德。」

「哎唷，這是我該做的事嘛。這段話應該要透過直播播出去才對，真可惜。」

由於第七層全域進入緊急維護，小兄弟系統也暫時封閉，不過眾神的反應不難猜測。

不僅是第八站點，宰煥的名字也將在深淵全域家喻戶曉，人盡皆知。

「還有人說要將你列為『七星』之一。」

「七星？」

「七顆星啊，你沒聽過嗎？」

「沒有。」

儘管宰煥透過瘋狂行徑脫胎換骨，成為了深淵的著名人士，但實際上他踏足深淵不過幾個月的時間，因此還不太了解深淵的生態。

妙拉克的《深淵紀錄》也沒有包含所有資訊。

「元宇宙六神是僅被元宇宙內部承認的稱號，七星可不同，成為七星意味著在深淵中無人不知，無人不曉！」

勒內激動地叫嚷，顯然成為七星後，他在深淵的名聲也將水漲船高。

宰煥卻毫無興奮之情，只是想著無論是人還是神都一樣愛取外號。

「還有比七星更強的神嗎？」

「人人皆知的七大神座，還有其下的七天。通常我們稱之為七座、七天、七星。」

他依稀有在《深淵紀錄》見過這些稱號，尤其是七大神座和七天的名稱令他覺得有些熟悉。

至於七星，也許這在妙拉克的時代並不存在。

「七天和七星全都是強大的神祇，他們之中大部分都是與七大神座有關連，或者獨自領導強大勢力的領袖。」

「是像混沌十大幫主那樣？」

「什麼？」

「沒事。話說，妳有關於總司令的情報嗎？」

「哼嗯，看來你很好奇那位即將交戰的對手。」

「交手之前，最好先了解對方的基本情報。」

宰煥通過這場戰鬥領悟到了一個教訓。

那便是絕不可輕視神的世界觀。

儘管與阿爾戴那之戰的運氣不錯，但若是再出現類似陳恩燮的變數，即便是宰煥，也可能難以應付。

「其實我提到七星的故事，就是因為總司令。」

「總司令也是其中之一？」

「沒錯，他正是『七星』的第一顆星。」

這麼一來，大致上能推估總司令有多強大。既然被稱為元宇宙六神無法比擬的強者，實力也就可想而知。

「總司令，也就是灰燼之神『厄杜克西尼』，關於他的資訊並不多。他是七大神座克洛諾斯的心腹，除了克洛諾斯，沒有任何神能戰勝他。而且……他擁有『三神器』。」

「三神器？」

似乎曾在哪裡聽過。

先前一直沉默的柳納德此時問道：「難道是指古代神的三神器嗎？」

勒內的眼睛微微睜大，隨即彎起一抹弧線。

「你知道挺多的嘛？跟你侍奉的神不一樣。」

「嘻嘻。」

「但我說的不是那個三神器。如果真的擁有古代神的三神器，厄杜克西尼就不會像現在一樣停留在七星之位了。」

古代神的三神器。雖然不太清楚三神器這個詞，但是對於古代神，宰煥還是略有耳聞。

唯一王——卡塔斯勒羅皮。

曾為混沌之王的它，同時也是古代神。這麼看來，它所擁有的配件「空虛劍」或許就是三神器之一。

「不過，當然也不能小看厄杜克西尼的三神器。首先，沒人知道那所謂的三神器究竟是配件或是設定，聽說沒有人見過三神器的全貌。」

「原來如此。」

「還有，你要擔心的對象不只總司令，畢竟你已經成為聯盟的主要敵人了。」

宰煥也大致明白此刻的局勢。

元宇宙第七層是聯盟最大的收入來源之一，既然第七層被粉碎得面目全非，聯盟方面肯定也正摩拳擦掌準備作戰。

「不過對聯盟來說，這次事件並非單純是賠錢的買賣，這都要歸功於你展現出預料之外的行動。」

「什麼意思？」

「多虧了你的怪異舉動，本期元宇宙盛況空前，再加上你摧毀第七層的事情曝光，會有更多神湧入這座塔。透過這些收入，聯盟想要重建第七層也不成問題。況且現在小兄弟遭到封鎖，肯定會有不少感到鬱悶的神祇親自登上塔來看你。」

「……」

「雖然失去了幾位元宇宙六神，但六神的候選人要多少有多少。」

聽到這裡，宰煥似乎明白了為何聯盟總是在旁觀事態發展。

若總司令真想除掉自己，當時在阿爾戴那的第七層等待他的，應該會是聯盟全員。然而，對方沒有這麼做。

總結來說，他登上下一層，終究也是總司令計畫中的一環。

「現在你成為了第七層的國王，有什麼計畫嗎？」

「立即前往下一層。」

「那這裡怎麼辦？」

「封閉起來。」

「有必要這麼急嗎？你可能會中了總司令的詭計，不如在這裡等待其他神祇，同時聚集勢力如何？」

乍聽之下似乎很有道理，然而——

「妳似乎對這裡很感興趣，難道是想成為『昨日之神』嗎？」

勒內的臉一僵。

「第七層是唯一能在小兄弟『匿名』的庇護所。」

「看來妳忘了我們因為那些匿名攻擊受了多少苦。」

「你思考的方向錯了。問題在於使用匿名的人，而非匿名本身。」

這番話出乎宰煥的意料。他沒想到在經歷那種攻擊後，勒內竟會說出這樣的話。

「在深淵，匿名是必要之舉，這是少數能讓弱者與權力抗衡的手段。」

「為什麼要躲起來發言？」

「不躲起來就會死，不是所有人都有辦法像你一樣活下來。」

只見一旁的幾名神祇悄悄點了點頭。

「我清楚這裡的危險性，但根據國王人選的不同，第七層亦將隨之產生巨大的變化。」

「妳打算稱王？」

「我不打算跟你爭。」

「不然呢？」

「我希望你親自統治第七層，在這裡建立你的勢力，為未來作打算。樓上有大軍在等著你，你不能赤手空拳地衝上去自取滅亡。」

「我沒打算培養勢力。一個人也無所謂，我現在就要上樓。」

面對堅持不屈的宰煥，勒內鬱悶地捶胸。

正當她再度張口之際，空中響起了訊息聲。

〔元宇宙第七層緊急維護已結束。〕

〔獎勵『第八層入場券』已發放完畢。〕

〔獎勵 300,000 托拉斯已發放完畢。〕

〔您已達成稀有成就，即將為您發放額外獎勵。〕

〔儲備於元宇宙第七層的部分世界力已轉換為托拉斯發放給您。〕

隨後，新獲得的托拉斯以數字顯示在宰煥眼前。

個、十、百、千、萬……無止境向上攀升的托拉斯，轉眼間突破了千萬的單位。

這是一筆龐大的獎勵。

這一瞬間，他終於感受到聯盟究竟賺了多少托拉斯。

「妳說過，光是我待在這個地方，就會替聯盟賺取大量收入。」

「對。」

「不過這座塔的主人不是『駕駛員』嗎？為什麼聯盟能獲得收入？」

「當然駕駛員也會獲得收入，因為他必須負擔塔的營運費用，只不過駕駛員總是很忙，所以由聯盟負責代替他制定活動計畫。駕駛員只要批准聯盟的活動即可，收益由雙方平分。」

「所以最終批准的人還是駕駛員。打開直播吧。」

「什麼？」

勒內猶豫片刻，還是打開了直播。完成檢查後，神祇們開始進入她的直播。

〔火焰之神『伊格尼斯』說終於能連上網路了。〕

〔龍神『德洛伊安』表示自己才是先來的。〕

〔劍神『艾吉』抱怨維修拖了太久的時間。〕

……

勒內甚至尚未向觀眾打招呼，宰煥便站到了鏡頭前方。

「我是宰煥。正如你們所知，我殺了元宇宙六神的其中三位，剛摧毀了第七層的『昨日』。」

〔火焰之神『伊格尼斯』喝采歡呼！〕

〔龍神『德洛伊安』露出興致盎然的神情。〕

〔終結必至之神『塔納托斯』擺出自豪的表情。〕

〔多數神祇對宰煥的宣言感到震驚。〕

由於這是宰煥首次透過直播發表言論，眾神的反應相當熱烈。

宰煥等了一會兒，注視著不斷跳出來的訊息，接續說道：「四天後，元宇宙第八層即將舉辦一場活動，歡迎所有人參加。這不是強制性的活動，真正想來的人再來。」

〔赤龍之神『德瑞克』對於您的豪爽感興趣。〕

「我將發放少量的參加費給所有參與者。」

宰煥說著這句話的同時，向觀眾展示自身持有的托拉斯。

看見宰煥持有的鉅額托拉斯，眾神的態度更加激昂。

〔火焰之神『伊格尼斯』說不用給那種東西自己也會去。〕

〔龍神『德洛伊安』默不作聲地盯著伊格尼斯。〕

〔少數神祇表現了自身強烈的參加意願。〕

〔多數神祇詢問活動的詳細內容為何。〕

「很簡單，你們只要成為一場對決的見證人就行了。這種機會不多，最好仔細考慮一下。」

在宰煥突如其來的宣言之下，出現了一條特殊的訊息。

〔乘務員對於您的話感到驚慌。〕

他當然會大驚失色，因為這是一場沒有事先與駕駛員談論過的活動，但這並不重要。

攀升至第七層的過程中，宰煥清楚地感受到一件事——這座該死的塔，其所有的一切都能歸結為「銷售額」。

〔元宇宙的『駕駛員』對您的宣言感興趣。〕

因此，駕駛員只能接受他的提案。畢竟，這座塔的駕駛費用，最終仍是由「乘客」承擔。

宰煥輕輕吸了口氣，開口說道：「四天後，我與總司令將為七星之位而戰，你們則會成為那場對決的見證人。」

2.

〔火焰之神『伊格尼斯』期待聯盟的回應。〕

〔龍神『德洛伊安』要求一場光明磊落的比賽。〕

〔北海之神『格萊席爾』希望以見證人的身分參與。〕

〔終結必至之神『塔納托斯』希望以見證人的身分參與。〕

……

〔多數神祇紛紛探尋著進入元宇宙的途徑。〕

除了熟悉的神之外，甚至有未曾謀面的神。

得益於宰煥出乎意料的發言，小兄弟一時熱鬧非凡。連七天與七星等深淵強者也加入了話題，使得氣氛更加熱烈。

關閉直播後，勒內一副瞠目結舌的樣子。

「你確定能應付得了嗎？」

「當然。」

對手是元宇宙的支配者「聯盟」。

若是與整個聯盟交戰，縱然強如宰煥也難以應付，即使集結此處剩餘的神祇和一些小兵小將也是一樣。

但是，如果對手只有總司令呢？

勒內領會了宰煥的策略，發自內心感嘆似地頻頻點頭。

「原來你是個很有計畫的人啊。」

「什麼意思？」

「不過為什麼是四天後？」

「也要給那邊一點準備時間。」

聯盟不會立刻接受宰煥的提議。

而過了一段時間，他們腦中將會浮現此提議所帶來的各種活動，並考慮到能夠賺取的托拉斯，最終開始和駕駛員進行協商。

再過一天左右，隨著輿論高漲，他們將會發現接受這個提議對自身能帶來多大的利益。

思索片刻的勒內問道：「既然都要花大筆托拉斯了，為什麼不直接請求觀眾站在我們這一邊？」

「無論給多少錢，如果用強迫的方式讓他們選邊站，很少人會乖乖照做。拿了錢卻背叛的人反而更多吧。」

「所以你才要求他們當見證人。」

宰煥點頭。

不強求眾神支持特定一方，他們就能抱持輕鬆的心情觀賞這場對決，而隨著近距離觀戰的中立神祇越來越多，聯盟便無法輕舉妄動。

「總司令真的會單獨出馬嗎？」

「妳不是說他是最強的七星嗎？」

「就算是強者，也未必會光明磊落。」

「如果他不應戰，將終生背負汙名。既然我已公開宣戰，眾目睽睽之下，他想那麼做恐怕不容易，何況這更關係到元宇宙的收益問題。」

「聯盟可能會封鎖訊息，等我們一上去就來個甕中捉鱉，並對外散布我們沒有應戰的謠言。」

「所以妳才會在這，不是嗎？」

「哦……」

勒內眨了眨眼睛，突然放聲大笑。

「我有時候實在搞不清楚，你到底是瘋了，還是……」

她凝視著宰煥的側臉，眼前的男人一如既往地用著讓人琢磨不透的眼神望向遠方。

「徹底瘋了。」

「妳怎麼想都無所謂。」

勒內替自己打了打氣，開始檢查直播用的無人機。

她的手一碰到無人機，機器隨即出現異常，冒出黑煙——這是由於她的固有設定「機械白痴」導致的。

她拆開新的無人機包裝，同時輕輕嘆了口氣。

「事已至此，那還不如徹底瘋了比較好。別看這臺無人機這樣，它可是非常昂貴的配件。」
對手是七星的第一把交椅。
面對這樣的大人物，她很難因為一時的衝動而貿然下注。
儘管如此，勒內還是下定了決心。
「好，就試一試吧。無論你贏還是輸，我都會從頭到尾將這場瘋狂的戰鬥記錄下來，並讓它廣為人知。雖然不曉得這麼做有什麼意義，但感覺會很好玩！」
宰煥默默點頭，彈掉黏在獨不身上的雜質，站起身來。
這時，周圍一直在察言觀色的眾神齊齊望向他。
「想離開的傢伙就走吧，不用顧慮周遭的氣氛。」
第一個起身的是疾光之神雷伊雷伊。
「我要一起上去。反正已經走到這一步，也無法回頭了。」
旁邊的中階神蓋爾也開口了。
「我也一起去。」
臉色莫名漲紅的蓋爾躊躇了一下，又補上一句。
「通過這次戰鬥，我深刻意識到自己的不足。或許我這個中階神對於提升戰鬥力沒有什麼幫助，但如果你允許，我還是想一起去。我想親眼觀賞你這樣的好漢與總司令之間的戰鬥。」

面對蓋爾熾熱的眼神，宰煥輕輕點了點頭。

接著開口的是德瑞克的代行者，皮爾格林。

「我無法站在你那一方，因為我的神叫我不要介入你的戰鬥，不過我可以當見證人。」

「請便。」

宰煥接著看向「今日」的諸神。

幾小時前還是匿名神的他們，如今人數已減少了許多，大概是趁宰煥不注意時離開了。

這也不是什麼出乎意料之事，因此宰煥並未多說什麼。

只不過是他們選擇的今日不在這裡罷了。

「我們想一起戰鬥。」

另一方面，也有部分想留下來的神。

他們是以馬爾提斯為首的今日神祇。

「萬一聯盟不接受提議，果斷進行攻擊，我們將與你共同作戰。」

「你們有可能會死。」

「我們明白，而且我們大概也會因為這個瘋狂行徑備受責罵，不過無所謂，我們已經不再害怕其他神所說的話了。如果這就是瘋狂，那我們願意瘋狂地活下去。這是我們在與你共度的十年中學到的事情。」

馬爾提斯剛才滿懷激昂的語氣，逐漸黯淡下來。

「當然，這是我們恣意從你身上學到的東西，你或許不會喜歡這樣的我們。」

「你們可能會後悔。」

「沒關係，而且最重要的是——」

馬爾提斯將緊握的拳頭放在心口處。

「我的代行者也想幫助你。」

聽見這番話，數名神祇同時點頭。

雖然只是短短一瞬，但宰煥似乎在他們的表情中看見了代行者的面孔。

那些人是將自身借給神祇，身體原本的主人。

「別後悔了。」

面對宰煥的話，今日的眾神放聲高呼。

而後，一行人朝著通往下一層的門口走去。

在門口等待的柳納德跑了過來。

「宰煥先生。」

柳納德揹著昏迷的陳恩燮。

「我們也會帶上她吧？」

宰煥用手測量了陳恩燮的脈搏。

慶幸的是，由於傀儡化尚未完全，她的靈魂安然無恙。雖然會耗上一些時間，但只要陳恩燮從那場衝擊中清醒，很快就能恢復意識。

「帶上她。」

陳恩燮是龜裂的一員，若是將她留在此處，對龜裂懷有怨恨的神祇絕不會輕易善罷干休。

儘管宰煥並不喜歡龜裂，但畢竟欠了這孩子一個人情，所以打算在她醒來之前都帶著她移動。

最後，宰煥看向安徒生。

一般情況下，安徒生肯定會滔滔不絕地斥責他，例如罵他是個瘋子，或者說直接與總司令對戰沒有任何勝算。

然而此刻的安徒生不發一語地望著門後的景象。

宰煥也不曉得門的後方有著什麼。

也許會有聯盟的大軍，也許一上去就會遭受砲火洗禮，一行人全軍覆沒。

但宰煥還是一如既往地踏出了步伐。

只要擊敗總司令，他就能確認允煥是否在這座塔。

而抵達最終樓層時，或許他就能窺探妙拉克所留下的，關於幻想樹盡頭的祕密。

〔您已進入元宇宙第八層！〕

當眾人被耀眼的光芒吞沒時，安徒生說道。

『謝謝你。』

宰煥凝視著安徒生，不曉得她為何要感謝自己。

直到他與安徒生的眼神交會，才似乎稍微明白了她的意思。

過去五百年，安徒生始終在等待這一刻。

為了替伙伴雪恥，為了再次與聯盟的首領對決，她度過了如此漫長的歲月。

烏鴉形態安徒生發出了長長的哀鳴。

隨著景色出現在眼前，眾神緊張的聲音也從耳邊傳來。

勒內嚥了口唾沫，開啟直播，柳納德則作好了戰鬥的準備。

宰煥同樣緊握獨不的劍柄。一旦發現情況不妙，他便打算使用「星座撕裂」來撕碎前方的一切，展開戰鬥。

然而，一行人穿過門後看到的，卻是完全意想不到的景象。

「咦……」

出人意料的是，眼前所見是充滿東方風情的樸素街道。

一間間小屋、店鋪與客棧等星羅棋布。

或許是位於街道入口處的關係，全然不見其他乘客的身影。

勒內低喃道：「真不曉得這是不是如你所料……」

阿爾戴那的失敗必然早已呈報給聯盟，而聯盟軍隊不在此處，意味著他們默許了宰煥的提案。

又或許不僅僅是默許而已。

「宰煥先生，你看那邊。」

柳納德所指之處，一塊巨大的戶外廣告看板正閃爍著光芒。

重溫五百年前的經典，再度回到那個時代。

元宇宙「六神之戰」活動現正進行中！

新興七星的出現？

賭上元宇宙六神尊嚴的對決，你也能成為那傳說的一部分。

雷伊雷伊無言地咋舌。

「雖然我早就知道聯盟都是一群瘋子，但這也就代表他們有足夠的自信吧。」

街上瀰漫的世界壓十分不尋常。確實理當如此，縱然此處是「眾神的廢棄場」，能夠登上高樓層的神祇也絕非泛泛之輩。

那個叫作總司令的傢伙究竟有多強大？宰煥本人也難以預測。

考慮到元宇宙六神的實力，大致相當於方升上君將，或武將末位的君主，總司令顯然比他們更為強大，這一點毫無疑問。

也許他會是與第九地區的第二君將黑影軍師薩明勳、五大世家的長老刀風君主薩明柳夏，或是綠螟天渡等人物相提並論的超級強者。

鄰近繁華市區，街道的色彩逐漸接近武俠風格。這麼說來，至今為止出現了現代、中世紀與蒸汽龐克風格的世界觀，也是時候輪到武俠了。

清虛曾居住的中原，大概就是這種模樣嗎？

宰煥像是在欣賞清新脫俗的東洋畫一般，凝望著第八層的街道。

「嗯？」

這時，柳納德發出了奇怪的聲音，他留意到身旁路人的裝扮，忍不住開口。

「我沒看錯吧？」

「我也看到了。」

柳納德困惑地問道：「難道安徒生大人的世界觀流行起來了？」

「怎麼可能。」

「那為什麼大家看起來都很像會在卡司皮昂出入境大門被逮捕的模樣？」

儘管被柳納德用手指著，路過的乘客仍舊挺著裝束，旁若無人地走在街道上。

不分性別、年齡、種族，所有人都穿著相同的……不，是全都赤裸著身子。

第八層的乘客全都沒穿衣服。

3.

這邊是裸體，那邊也是裸體。
宰煥靜靜地注視著四處走動的裸體乘客，留下了一句簡短的評論。
「真是個奇怪的地方。」
宰煥的話令一行人齊刷刷地看向了他。
正當勒內搖頭表示荒唐時，一伙人以柳納德為首，紛紛發表了自己的看法。
「聽宰煥先生這麼說，感覺十分不對勁。」
「大家都裸體，這樣要找你就有點困難了。」
這時，宰煥說道：「不會的，我有穿衣服。」
「也對，今天是有穿。」
「看來那些朋友還停留在昨日呢。」
皮爾格林的玩笑引得眾人哈哈大笑。
其間，有一些乘客從他們身邊擦肩而過。
柳納德從近處仔細觀察乘客的服裝，然後問道：「仔細一看，他們好像不是真的裸體，而是穿著裸體造型。為什麼要穿那種衣服啊？」

「流行本來就是輪流轉的，看來這回輪到我的世界觀了。」

「可是祢的世界觀從來都沒有流行過啊。」

除非元宇宙的神和信徒都失去理智，不然怎麼可能會流行那種服裝？

「等等，難道？」

一行人彼此互看一眼，同時開啟了商店視窗。隨即，訊息像是迫不及待般開始跳出。

〔『六神之戰』紀念新款禮包登場！〕

他們一開始沒有注意，直到定睛一看，才發現街道上的神祇竟然全都在抽服裝造型。也有些神接受聯盟贊助，並透過直播進行抽獎。

而他們要抽的造型顯而易見。

〔傳說造型『裸體刺擊宰煥』登場！〕

「哇啊啊！抽到了！裸體刺擊傳說！」

〔少數神祇對您投以羨慕的目光。〕

片刻後，抽到裸體刺擊造型的乘客全身迸出繽紛光芒，轉瞬間成了「裸體刺擊」的樣貌。

「哇哈哈哈哈！」

閃耀著金色光芒的赤裸身軀，緊實而精壯的胸肌和腹肌，乍看之下甚至可能會將其錯認為宰煥。

「該死，我也要！」

「今天就算花光所有托拉斯也要抽到，可惡。」

其他乘客不甘示弱地開始抽造型。

正當宰煥內心疑惑著他們為何如此熱衷，看見公告才發現目前有個活動正在進行。

〔我們將為首先獲得五種新款傳說造型的乘客發放『傳說配件選擇券』。〕

柳納德慶幸似地嘀咕了一句。

「大家都裸體的話，就算宰煥先生脫掉衣服也不容易被發現了。對我們來說可能是件好——」

說到這裡的柳納德看向一旁，突然愣住了。

「雷伊雷伊大人？」

「嗯，喚我何事，少年。」

「您的語氣怎麼突然變了？」

「也許是設定的關係。一來到武林，不自覺就成了這副模樣。」

「還有您那個到底是什麼時候抽的？」

只見雷伊雷伊全身閃耀著金光，他乾咳了幾聲才回答。

「既然宰煥大俠交戰時會脫去衣物，那麼我裸著身子也能協助混淆敵方。」

「您又在胡說八道什麼？」

「其實是我在匿名神時期留下的習慣，所以不知不覺也買了新款造型。話說回來，你看看這個。」

柳納德看著雷伊雷伊遞出的商品型錄。

〔魔法造型『流淚的美少年柳納德』登場！〕

睜大雙眼的柳納德再度環視街道。

他認真端詳每一位乘客，發現偶爾會有些裝扮與他相似的矮小乘客出現在眼前。

柳納德搶過陳恩燮的帽子壓低戴上，嘴裡嘀咕。

「這就是七大神座的心情嗎……」

「你太誇張了。」

「也有安徒生大人耶？」

〔普通造型『嘎啊嘎啊安徒生』登場！〕

看清造型名稱的安徒生正打算說些什麼，附近的乘客率先迸出咒罵。

「嘎啊嘎啊？做這種垃圾出來幹嘛？」

「拿去合成吧，合成！」

看著那些沒仔細查看造型就匆匆按下合成按鈕的乘客，安徒氣得牙癢癢。

『聯盟那幫混蛋，我這次絕對要殺光他們！』

總而言之，根據第八層的情況來看，聯盟似乎不會立刻發動攻擊。反之，這股氣氛更像是要委託宰煥當廣告模特兒的感覺。

一行人鬧哄哄地談論著造型的期間，宰煥默然觀察著第八層的各個角落。他的目光彷彿在尋找某個人。

方才還在悄悄與其他今日神祇抽造型的馬爾提斯，突然從他的身後出現。

「宰煥大人，不介意的話，從這裡開始請讓我陪同。」

馬爾提斯已將裸體造型穿戴完成。

「我來過幾次第八層，如果您想逛逛設定商店或是配件商店，我可以帶您過去。」

「我想找人。」

「哦，您是在找靈魂啊，那麼……」

『第八層的黑店還在嗎？從那裡開始找會比較容易。』

安徒生的話令馬爾提斯困惑地歪了一下頭。

「您是說黑店？如果您想找人，未必需要使用那裡……」

「你知不知道位置？」
「知道。」

✣ ✣ ✣

在宰煥、柳納德與安徒生跟隨馬爾提斯前往黑店的這段期間，包括勒內在內的其餘神祇都決定為三天後的戰鬥作準備。
「我有些伙伴在第八層，我去見見他們。」
「為了以防萬一，我也去找找看有沒有其他神。」
勒內和雷伊雷伊消失在東邊的街道，而蓋爾和皮爾格林則消失於西邊的繁華街區。
他們之中，或許有些人再也不會回來了，不過這也是無可避免的事情，宰煥內心想著。他只不過和他們共同作戰過一回，彼此間積累的羈絆也如那短暫的歷史般無足輕重。
這隻烏鴉又是怎麼想的呢？
『幹嘛那樣看我？』
當宰煥回過神來，安徒生正堅定不移地朝著他所找尋的黑店走去。

宰煥感受到了一種格外生疏的情感。

許久以前，他與伙伴共同攀登噩夢之塔的時候，也曾有過這樣的感覺。

宰煥覺得這樣的自己有些陌生。

「黑店是什麼？」

『非要說的話，就是黑社會的情報站，五百年前就存在了。如果想找到你的朋友，那裡的情報最準確。』

不久後，他們抵達了一家位於小巷間的小型客棧。

馬爾提斯手指著客棧說道：「就是這裡。」

—武林客棧。

平淡無奇的名稱，以工整的字體書寫在匾額上。

安徒生嘆息。

『這裡還是跟以前一樣啊。』

「妳來過？」

『嗯，不過匾額和外觀還是有點改變。不曉得我認識的那個神還是不是這裡的主人，畢竟也過了很長一段時間。』

馬爾提斯為了宣告宰煥的來訪，一把打開了客棧的門。

「嗨，老闆——」

幾乎在同一時間，馬爾提斯被彈出客棧外頭。

正當滿臉通紅的馬爾提斯氣呼呼地打算發動世界力時，宰煥抬手示意。

「等著，我先進去。」

「什麼？可是——」

宰煥逕自走向客棧大門。越過門檻的瞬間，他感覺到有某種透明物體擋住了路。

結界——這大概就是方才彈飛馬爾提斯的力量。

宰煥利用「猜疑」明白了結界的原理，然後發動「理解」，將手伸了進去。

片刻後，幽藍的光芒籠罩整座客棧，結界的氣息隨即消失無蹤。

宰煥走進門，一名像是店小二的矮小男子突然站了起來。

「我們還沒開門，你是怎麼進來的？」

「我來找人。」

宰煥的冷硬口吻令男人表情扭曲。

「陣法系統又故障了？就算我們店快倒了，也不至於連這種阿貓阿狗都找來吧。」

隨著店小二的話語，坐在桌旁的數名乘客同時朝著宰煥的方向抬起頭，一陣冷冽的殺氣充斥整間客棧。

「誰介紹你來的？從實招來就饒你一命。」
「安徒生。」
「安徒生？」
男子顯然不認識安徒生。
宰煥決定親切地告訴他。
「就是我肩膀上這隻烏鴉。」
「原來是個瘋子，殺了他。」
在男子的指示下，客棧內的乘客一致站起，各個散發出精煉的世界壓。
咻咻！
位於左側的一名中年人擲出筷子的同時，宰煥也發動了世界力。若是平時，他會乾脆地以世界刺擊打飛所有人，不過現在這種情況，如果發動太強的攻擊，恐怕會危及那些替他尋找允煥的神祇性命。
宰煥左移兩步，再後退一步，避開攻擊後，向前伸出雙拳。
普通刺擊。
伴隨著巨響，兩名乘客整個被狠狠嵌進客棧的角落。
儘管宰煥已經控制了力量，但在世界力總量大幅增加的情況下，普通刺擊對一般神祇而言仍舊是致命的一擊。

「你這小子挺厲害啊。」

最終，店小二親自出手了。

店小二掌中湧動的赤紅世界力襲向宰煥，彷彿欲吞噬他一般。與其說是設定，那招式更接近於武功。

操縱系設定，赤魔霹靂掌。

宰煥沒有選擇閃避，而是以手掌接招。雖然他平時主要是以劍或拳頭進行刺擊，但不代表他無法用手掌施展刺擊。

隨著宰煥手掌展開的刺擊氣勢，對赤魔霹靂掌造成毀滅性的破壞，店小二瞠大雙眼，雙手頻頻顫抖。

「你是誰？我在第八層從未見過你這種傢伙。」

面色蒼白的店小二咬緊牙關，提升世界力。

這是一場真正的世界力對決。

對手的實力不容小覷，若是如此激烈的對決，宰煥勢必也得認真對待這場戰鬥。

就在宰煥輕抽嘴角，準備進行世界刺擊的瞬間——

「退下，白午，你不是他的對手。」

廚房傳來了一名老者的聲音。

「師父，但是……」

搶在話音落下之前，一雙年邁的手迅速抓住宰煥與店小二的手腕。

「我的弟子多有冒犯，我代他向您道歉，請放過他吧。」

收到了對方謙遜的道歉，宰煥緩緩收回手。

而店小二終於有了喘息的機會，氣喘吁吁地一屁股坐倒在地。

宰煥端詳著抓住他手腕的老者，對方腰間掛著一把巨大的中式菜刀和炒鍋，任誰看了都會覺得是一名廚師。

老人嘴裡發出嘖嘖聲，朝著癱倒在地的店小二數落一番。

「蠢小子，身為黑店的門衛，居然認不出這張臉。」

「那傢伙是誰？難道是元宇宙的六神嗎？」

「你這小子都不看小兄弟的嗎？」

「師父，您不是說老看那種東西會變笨嗎？」

店小二抱怨著站了起來，隨即端詳了宰煥一番。他的目光轉向停在宰煥肩上的烏鴉，以及跟在後頭進來的柳納德身上。

店小二的眼睛逐漸睜大。

「不會吧？」

老者代替驚訝的店小二站上前，開口道：「元宇宙最有名的客人大駕光臨了。」

屠神者，宰煥。」

4.

屠神者這個詞令宰煥露出了一絲苦笑。

他殺死君主時，被稱為君主屠殺者，而這回則是屠神者？

『好久不見了，萬里神通老頭，你不會過了五百年就忘了我的聲音吧？』

「嚴格來說是五百一十四年。妳遲到了，安徒生。」

安徒生笑了笑。

『你老是老了，記憶力還是一如既往地好呢。』

「可憐的赤身裸體之神啊，這座塔裡，還有讓妳感到好奇的事物嗎？」

『我來拿五百一十四年前寄放在此的外衣。』

老人神色一變。

「妳是認真的？」

安徒生點了點頭。

『是時候還我人情了，老頭。』

✝ ✝ ✝

現今，深淵的所有人都能透過小兄弟搜索情報，然而過去並非如此。

過去的人們相信，唯有親自奔走，才能獲取真實的情報，因此必然會委託嫻熟的行家或大師代為調查。

在那個時期，神祇經常會從被稱為「黑店」的黑市購買情報。

『這老頭當年是最頂尖的。無論是情報、配件，還是設定，只要委託給他，最晚一週就能得到消息。』

「都是過去的事了。吾乃萬里神通『許風』。幸會，屠神者。」

宰煥對著老人點了點頭。

萬里神通許風。

比起神，這個名字更接近武林中人。不知為何，宰煥覺得眼前的老者或許與清虛相識。

『居然能在聯盟的統治下生存，你這老頭的生存能力實在令人佩服啊。』

「我四處阿諛奉承，過得相當不易，也只能勉強維持生計罷了。」

安徒生淡淡地打量客棧內部。

『最近生意好像不太興隆？』

「自從聯盟導入小兄弟的宣傳模式後，幾乎阻斷了我們所有客源。主要活動情報都由聯盟發布，元宇宙店鋪內也可以利用有效貨幣輕鬆購買消息，人們又何必來此呢？」

『你也在小兄弟上販賣情報不就好了？』

「試過了，效果不理想。相關業務早就被其他同業把持，以我們的財力也買不了廣告。」

『所以我五百年前不就說了嗎？叫你先去占位子啊！現在不是固守匠人精神的時候了，曝光率要高，才能提高這間店在眾神間的知名度，實力是其次！』

「我無法反駁妳，但問題不僅僅是曝光率。」

『難道還有人誹謗你們？』

「也是有人這麼做，不過我指的是更加根本的問題。」

老者說完，好一陣子不再發言。

老人回到廚房後，便傳來炒菜與切菜的聲音，宰煥與安徒生只是靜靜地聽著。那節奏分明的聲響讓宰煥想起了過去在噩夢之塔，鐵匠傑伊的打鐵聲。匠人製造的生活噪音有著相似的規律，這名老者顯然是一位技術高超的廚師。

「如今的神祇不再對世界感到好奇，眼下吃上美味的食物變得更為重要，不過他們並不關心自己吃的是什麼。」

『啊，這個我同意。』

「近來，在神祇對某件事物感興趣以前，小兄弟便會率先提供引人注目的消息。大家都忙著吸收消息，沒有時間再對其他事物感到好奇，就連我們的門衛小伙子也是那副模樣，這還能怪誰呢？」

事實上，方才被宰煥撂倒的門衛此時正偷偷觀看著小兄弟，聽見老者的責備，才連忙關掉螢幕。

與此同時，有個人卻沒有觀看節目，反而直盯著宰煥。

那便是剛才與他較量的白午。

宰煥從容不迫地接下那道視線。

安徒生說道。

『放棄思考的神不是真正的神。』

「妳還是老樣子。」

廚房裡傳來開懷大笑的聲音。

『神並非沒有好奇心，而是放棄去好奇。我是這麼認為的。』

「安徒生，妳真的還有感到好奇的事物嗎？」

『其實，在我逐漸感到厭倦的時候，遇到了這個傢伙。』

「真有趣，那傢伙就是妳尋覓了五百一十四年，最終找到的『外衣』嗎？」

『究竟這傢伙是我的外衣，或者我才是他的外衣，誰知道呢。話說回來，飯還沒好嗎？』

萬里神通端著裝有麵條和大包子的碗公走了出來。

「請用。」

宰煥直勾勾地看著擺在桌上如靜物般的食物。

麵和包子。

雖然在混沌也曾嘗過他人料理的菜餚，但是像眼前這道能令人回想起故鄉的食物已是許久不見。他幾乎記不得上一次吃到這樣的食物是什麼時候了。

萬里神通問道：「沒胃口嗎？」

『他只是有點多疑罷了，這傢伙是那種必須弄清楚用了哪些食材才會吃的類型。』

「原來啊。」

『宰煥，可以吃了，這老頭不是會受聯盟唆使的人。』

安徒生說完，啄食著面前的大包子。她連聲讚嘆，彷彿傀儡之軀也能感受食物的美味一般。

『還是熟悉的老味道，尤其包子特別好吃。』

「這五百一十四年間唯一沒有改變的，就只有這個了。」

『老頭你也真夠倔的。』

宰煥依舊沒有動筷子。他望著熱騰騰的包子好半晌，突然間像是想起什麼似地，朝著一旁開口。

「吃吧，柳納德。」

「好！」

始終在旁邊察言觀色的柳納德大口大口地吞下包子。食物似乎相當美味，他的嘴角沾滿了內餡，狼吞虎嚥地將包子吃個精光。

萬里神通說道：「慢慢吃，還有很多。」

宰煥猶豫了片刻，也夾了顆包子，大口咬下。畢竟他在地球的時候也沒有特別喜歡包子，因此對味道並沒有過多的期待。

然而——

「……」

宰煥不知不覺又咬了一口，肉汁和蔬菜的香氣充滿口腔內部。就這樣吃了幾口之後，包子瞬間消失無蹤。

見到這幅情景，許風心滿意足地笑了。

「還合口味嗎？」

登上噩夢之塔，穿越混沌，再到深淵的旅途中，宰煥早已忘卻了食物的味道。

然而他竟在這意想不到的地方，感受到遺忘已久的某種情感正在甦醒。
在宛如厚雪般積累的歲月中，那份快樂早已被他淡忘許久。
宰煥說道：「好吃，你用了什麼材料？」
萬里神通滿意地點了點頭。
「看來屠神者是懂得品嘗的，這包子裡加了『記憶』。」
「記憶？」
「就是在生活中獲取的普通記憶……開心的記憶、傷心的記憶、痛苦的記憶。」
「這是某種比喻嗎？」
「我只能告訴你這麼多了，這是我的商業機密。」
安徒生插嘴說道。
『萬里神通的武林包子，可是天下第一的美味。而且食譜只傳承給弟子，所以要是老頭走了，包子就消失了。』
「一個獲得我的真傳的傢伙都沒有，畢竟現在誰還會關心包子呢。認真說得上用心修習的也就只有那傢伙，但他好勝心太強了，比起做包子，更適合吃包子。」
不管師父說了些什麼，坐在一旁的白午依舊狼吞虎嚥地吃著包子，彷彿在與宰煥較勁誰能先把包子吃完。

白午的嘴裡塞滿包子，一邊大口咀嚼，一邊向宰煥問道：「聽說你在第六層擊敗了三位元宇宙六神，那是真的嗎？」

宰煥沒有回答，只是瞥了白午一眼。因為他正忙著吃包子。

一臉不在乎的白午繼續問道：「坐在你旁邊那個小鬼頭也是你打倒的？」

「我嗎？」柳納德指著自己。

「你旁邊。」

柳納德看向右側，尚未恢復意識的陳恩燮無力地躺在一旁。

白午顯然已經察覺到陳恩燮的身分。

「總司令是我的獵物。本來打算再多鍛鍊五年就去挑戰他，沒想到竟然會出現你這種傢伙。」

轉眼間吃光三盤包子的白午猛然起身。或許是已經飽了，他在碗裡留下一顆包子。

「我去前面活動一下筋骨，順便修復那傢伙弄壞的陣法。」

望著甩動手臂走出客棧的白午，萬里神通嘟囔了一句。

「請你體諒他吧。白午在同輩之中難逢敵手，他的能力甚至和元宇宙六神的加拉泰翁不相上下，沒想到卻被你輕易擊敗，想必受到了不小的衝擊。」

宰煥漫不經心地點了點頭，然後將白午剩下的包子夾進自己嘴裡。

萬里神通露出一抹微笑，看樣子對宰煥相當滿意。

「話說回來，我能否請教你來黑店的原因？看起來安徒生已經將她的權利讓給你了，對嗎？」

宰煥露出一臉不解的表情時，正在吃麵的安徒生接下了話題。

『很久以前，那個老頭欠了我一個人情，如果你有想知道的事情，可以讓你來問。』

宰煥微微點頭，只見萬里神通雙眼閃爍著神祕的綠色光彩。

「無論是世界的祕密、藏匿傳說配件之處，抑或是僅存在於神話中的設定，若是有想了解的情報就問我吧。只要是黑店能探聽到的消息，我必替你找出。」

「我想找我的朋友，聽說他進入了這座塔。」

面對宰煥淡然的回答，萬里神通的眼瞳震顫。

「我聽聞過此事，竟真有人因此緣由而登塔，著實令人驚訝。看來你們交情匪淺？」

「他是和我在噩夢之塔共同作戰到最後的伙伴。」

聽見噩夢之塔，萬里神通露出像是感到荒唐的笑容。

「神的貪婪竟招來了滅亡的使者。」

彷彿猜測到了發生於宰煥身上的事情，萬里神通以憐憫的目光看著宰煥。

「能否讓我把一下脈？這是使用能力的必要步驟。」

宰煥伸出手，萬里神通便抓住了他粗糙的手腕。

「朋友的名字是？」

「金允煥。」

「試著回憶關於朋友的事情。」

「一定要嗎？」

「這是必要的環節，光靠名字很難找到。」

宰煥微微蹙眉，想著關於允煥的一切。

大概是攀至第五十層左右的時候嗎？

允煥突然問他這樣的問題。

「如果抵達最後一層，要許什麼願望好呢？讓大家全都復活嗎？還是抹去所有悲劇，讓這一切從頭來過呢？宰煥你怎麼想？」

那時，他們認為只要抵達塔的最頂層，一切都會恢復正常。

當時的宰煥沒能回答……也許他只是想推遲作答。

他只希望允煥能活下來。他希望這位能言善辯、深思熟慮的朋友，能代替他在塔的最頂層，為人類許下願望。

當然，如今說這些已毫無意義。

「好久沒聞到這麼純淨的記憶氣味了，請稍待片刻。」

萬里神通像是聞到了宰煥記憶中的香氣一般，嗅了嗅鼻子，輕輕地呼出一口氣。隨即，他的鼻子裡飄出一股神祕的煙霧，迅速瀰漫在眼前。

萬里神通的眼瞳緩緩染上一抹混濁的光。

宰煥意識到老者似乎正透過煙霧觀看著什麼。

『那是老頭的設定萬里眼，深淵幾乎沒有能逃過萬里神通眼睛的存在。』

仔細一想，混沌也有一名使用類似技能的傢伙，似乎是樹精城的城主。

但也許這名老人的設定，要比那位城主更加優秀。

不知過了多久，萬里神通輕輕嘆了口氣。

「你的朋友不在這裡。」

「你確定嗎？」

「確定，我的萬里眼能看清元宇宙內的任何事情。」

「有可能在第九層嗎？」

「元宇宙第九層只有總司令，你的朋友不可能在那裡，只是——」

萬里眼的效果似乎尚未消失，老者抓住了宰煥的手腕，手勁變得有些大。

「你朋友還活著。雖然不在這裡，但也不遠。」

「找到他在哪了？」

「等等……」

彷彿看見了允煥身在何處，又像是切身感受到他所經歷的一切，萬里神通的身體微微顫抖。

「感覺很冷，很痛苦。好冰……是被監禁了嗎？那是個有入口的房間，旁邊有人，但似乎沒有加害的意圖，所以——」

下一刻，萬里神通倒吸一口涼氣。他的瞳孔倏然放大，隨即迅速充血變紅。就像看到不該看的東西，老人喘著粗氣，隨著憑空飛濺的火花，鬆開了宰煥的手。

滋滋滋滋滋——

萬里神通的煙霧迅速消失。

宰煥反射性地發動「猜疑」，試圖窺探煙霧內部，最後一刻，他似乎在煙霧中瞥見了某種暗灰色的東西。

「滾。」

聲音雖然微弱，但那東西分明是這麼說道。

嘩啦——萬里神通吐出一口鮮血，皺起眉頭。

驚愕的安徒生問道。

『怎麼了，你還好吧？』

「抱歉，似乎不能再多說了，這是我能力範圍之外的事情。」

安徒生露出著實感到驚訝的表情，因為黑店從未像這樣放棄委託任務過。

『怎麼回事，你見到誰了嗎？難道是總司令在搞鬼？』

面色蒼白的萬里神通搖了搖頭。

「是比總司令更高的存在。最好放棄你的朋友，若是出手干涉，你必死無疑。」

5.

比七星之首總司令更為強大的存在帶走了允煥，這意味著對方至少有七天的等級，最糟糕的情況是七大神座介入。

萬里神通問道：「你朋友也和你一樣是覺醒者嗎？」

「我想不是。」

「難不成是出身於一座特別的噩夢之塔？」

宰煥思索了片刻，答道：「據說是大師塔。」

「大師塔啊……」

萬里神通若有所思地撫著他的山羊鬍。

「大師塔栽培出來的商品，往往會被賦予高度的評價，特別是畢業於第一代大師塔的人更是如此。」

製作「後悔的城堡」的妙拉克，同時也是第一代的大師。

宰煥沒有刻意宣揚這一事實，而是問了其他問題。

「你透過能力探出的情報就只有這些嗎？」

「……」

「綁架我朋友的傢伙是誰？快說。」

萬里神通沒有回答，而是啜了一口眼前的茶水。

老人握著茶杯的手微微顫抖。

那是個足以令隱居於元宇宙市郊度日的萬里神通深感畏懼的存在。

「他是比唯一王卡塔斯勒羅皮還要強大的存在嗎？」

「卡塔斯勒羅皮？你是指混沌的古代神？」

見宰煥點頭，萬里神通無奈地嘆了口氣。

「古代神是連十二君主或七大神座也不敢輕易冒犯的存在，你提出這種疑問是出於何種考慮？」

「如果沒那麼強大，那就直接告訴我，無論對方是誰都無所謂。」

聽著宰煥宛如對古代神瞭若指掌的口吻，萬里神通搖了搖頭。他儼然認為那是不可能的事情。

「看來你神智不清。實在對不起，我不能再多說，要是讓你徒然送命，就太愧對你的才華了。」

「聽你這麼一說，對方似乎並非等閒之輩。難道你的身分也暴露了？」

萬里神通的神情又沉了下來。

萬里眼是最高級的操縱系設定，而對方能反過來窺視萬里眼，意味著他也是操縱系設定的高手。

「我隱約窺見了周圍的景色，可以確定的是，那個地方離這裡不遠。」

萬里神通微微嘆了口氣，努力擦了擦半禿的腦袋。

「既然我沒能探出你朋友的位置，就當作這個人情還欠著吧。雖然幫不了什麼大忙，但我可以告訴你其他有用的情報，你想聽嗎？」

宰煥失了興趣，然而安徒生一聽到有免費情報便頻頻點頭。

於是，萬里神通說道：「聯盟似乎有所動靜。」

『現在？總司令帶人過來了？』

「總司令不喜歡多對一的決鬥。即便是戰爭，他也不曾親自參戰。他只接受與前往九層的乘客一對一較量。妳也經歷過，應該很清楚。」

安徒生點點頭，似乎不願承認。

『我當然曉得。』

「好像是聯盟方面的軍師單獨下達的指令，第八層的任務已經更新了。」

萬里神通說著，朝著空中吐出一團煙霧，繪製出系統視窗。

＋

〈元宇宙第八層〉

任務：於三日後進行的「攀枝大賽」活動中躋身前八名。

獎勵：進入第九層，獲得 400,000 托拉斯

＋

安徒生皺起眉頭。

『攀枝大賽？現在要舉辦這個活動？』

「仔細看，下面還有更多內容。」

＋

〈攀枝大賽〉

一、攀枝大賽為沿著指定路線前往目標地點，並選出最先抵達者的輕功比賽。

二、比賽將於三日後的正午開始，本賽事存在能提升能力的特殊增益。

三、獲得增益的乘客，移動速度與生命恢復速度將會提高。

四、殺害持有增益的乘客，可以奪取該乘客的增益。

距離大會開始還有71小時40分。

＋

看起來，聯盟似乎將宰煥提出的對決，改成以輕功比賽的方式進行。

從聯盟的角度來看，這是一項明智的選擇。宰煥將在大會中與其他參賽者搏鬥，不斷耗費體力。如此一來，在與總司令的對決中，他自然處於不利的地位。

安徒生發了一句牢騷。

『用膝蓋想也知道，額外增益一開始肯定會給聯盟的人。』

「事情可沒那麼簡單，妳看看名單。」

令人驚訝的是，名單上只寫著一個人的名字。

＋

〈當前增益持有者名單〉

屠神者宰煥。

＋

乍看之下，是在比賽初期便將增益效果提供給宰煥，因此從聯盟的角度來看，等同於名義上接受了宰煥的挑戰。

問題是，若公布了此項任務，宰煥在大會開始前，就會成為眾人追捕的目標。

安徒生憤怒地大吼。

『居然能出這種任務？駕駛員還真的批准了這種東西？』

這個策略既能夠避免總司令被指責逃避對戰，又能同時將宰煥推向危機。

萬里神通用著略微苦澀的嗓音說道：「我想大概是和駕駛員一起策畫的。目前黑店還有剩餘的安全屋嗎？」

對於萬里神通的問題，其中一名門衛回答。

「上週已有五處暴露，目前剩下三處。」

萬里神通望著宰煥。

「如果你願意，我們可以協助你藏匿起來，潛伏一段時間，再通過下車鈴悄悄溜出去。別白白撐到大會開始，也別考慮參加。我想你大概早已有所預料，攀枝大賽可不是普通的輕功比賽。」

能夠登上第九層的人只有前八名。為了搶奪這八個名額，其他乘客會使出什麼可怕手段，自然不言而喻。

「我知道你很強，不過此刻的問題不僅僅是總司令。一旦比賽開始，整個元宇宙都會試圖除掉你。」

『老頭，他可是擊敗三位元宇宙六神的傢伙。你知道他現在是七星之末的有力人選吧？』

「我曉得。不過如果來殺他的人是七星，妳也能如此輕鬆看待嗎？」

安徒生停下了不停吸入麵條的動作。

『七星？誰來了？』

「目前尚未確定，但已知有兩名七星進入塔內了，也有情報指出七天有所動作。不僅如此，就連十二君主的爪牙也正在登塔。看樣子你在幻想樹全域都樹立了敵人。」

自從在混沌展開君主大屠殺，已經過了兩年的時間，如今十二君主也是時候有所行動了。

宰煥問道：「窄門早就被我摧毀，如今應該不存在，他們是如何來到這裡？」

「深淵有人擁有『狹門』。儘管性能不如窄門，無法承受十二君主級別的存在往返，但其級別之下的君主依舊能任意使用那扇門。」

宰煥有些驚訝，他沒想到竟然還有這樣的門存在。

萬里神通繼續說道：「七大神座、少數七天，以及龜裂都各擁有一扇門。雖然不曉得他們之中是誰與君主合作，但無論哪一方，都不是現在的你能輕鬆應付的敵人。」

宰煥沉思了片刻。

若是像以前那樣，十二地區或五大世家的頂尖將領紛紛湧現，那麼宰煥確實難以單憑一己之力應付所有敵人。

然而，塔的頂端如今已近在咫尺。

既然無法拯救允煥，若是連駕駛員的面都沒能見到，那麼登塔也將變得毫無意義。

「你說過，黑店知道所有事。」

「我們只知道我們所知道的事情。」

「那你知道『初始噩夢』是什麼嗎？」

初始噩夢。

宰煥第一次見到這個名詞，是在妙拉克建造的一代塔裡。

—最終，每座噩夢之塔，都只是幻想樹頂端的「初始噩夢」的仿製品。

若他的猜測無誤，這棵幻想樹的盡頭存在著初始噩夢。

而那裡正是他必須抵達的地方。

「這——」

萬里神通的神情相當耐人尋味。

他的臉色比提到卡塔斯勒羅皮時更加蒼白。

有好一陣子，老人不停掀動著嘴唇，欲言又止。

這時，令人吃驚的事情發生了。

〔駕駛員對您的提問感興趣。〕

〔乘務員對您的提問感到震驚。〕

空中飛濺出輕微的火花。

宰煥漫不經心地仰頭望向客棧的天花板。

他們果然都在聽著。

萬里神通問道：「你怎麼會知道初始噩夢的事情？難道你也打算登上這棵該死的樹的盡頭？」

他彷彿見過不少那樣的存在，猶豫了片刻，繼續說了下去。

「對不起，我對初始噩夢一無所知，但我知道那位可能知曉答案的存在。」

「你是說建造這座塔的夢魘？」

萬里神通點了點頭。

「創造元宇宙的大師——尼爾．克拉什，也是追尋初始噩夢的存在之一。它為了抵達幻想樹的盡頭，創建了這座塔。我不曉得它最後是否成功了，那些登上塔的最終層的人們也未曾提及過它，唯一能確定的是——」

「最終層的駕駛員或許知道些什麼。」

「很有可能。」

「那我就更應該前往下一層。」

「你為什麼這麼固執？我並不是叫你不要上樓，只是現在還不是時候。你擁有足夠的才能，只要多花些時間累積世界力，讓自己變得更強大，你肯定能超越七星，甚至七天，幸運的話還能成為七大神座——」

說到這裡，萬里神通將話吞了下去。

因為他見到了宰煥的眼神。

萬里神通本身也是漂泊於深淵數千年，經歷了漫長歲月的存在。這段悠長的時間裡，他曾數次見過擁有這般眼神的神祇。他們如今不是死去，便是倖存下來，並登上了他未能觸及的悠遠王座。

萬里神通內心思索著。

若是這個人走了，他還能再度見到這樣的眼神嗎？

「為何非得是現在？」

「你為什麼要做包子？」

萬里神通愣了愣，望著宰煥答道：「我喜歡做包子，不過你問這個做什麼？」

「你是從什麼時候開始做包子的？」

「這……我已經忘了。」

每一個生活於深淵的神祇，終究會意識到自己並非能抵達幻想樹盡頭的特殊存在。

差別只在於，有些神祇能早早覺悟，有的則較晚，但所有神祇都必定會經歷這個瞬間。

——必須承認自己無論如何都無法見到樹枝盡頭的瞬間。

萬里神通便是從那時起，開始包起了包子。

他甚至連自己為何做包子也不曉得，只是不停地包了又包。

宰煥緩緩站起身。

「包子很好吃，這是我吃過最好吃的包子。」

萬里神通不由自主地從座位上猛地起身，凝視著宰煥，然後又癱坐下來。

「還要再吃嗎？」

「下次吧。」

萬里神通看著轉過身的宰煥，伸出了手。

這個男人究竟還有沒有下次呢？

他無法阻止宰煥。因為他做包子的原因，其實也正是宰煥的答案。

就像萬里神通為了在這該死的深淵活下去，不得不做包子，而那個「屠神者」也是如此。

這個男人若是不立刻攀登這座塔，就無法繼續活下去。

「師父。」

出去修復陣法的白午回來了，從他嚴肅的表情來看，似乎已然知曉發生了什麼事情。

「他們好像來了。」

隨後，訊息像是等待已久似地跳了出來。

〔已抵達元宇宙第八層任務。〕

〔您為當前增益持有者。〕

〔請注意，如果您被殺害，該增益將轉移至其他乘客身上。〕

宰煥能感受到正在接近客棧的世界壓，與至今所面對的神祇截然不同。

攀枝大賽的前哨戰，即將拉開序幕。

6.

宰煥大略掌握了接近客棧的敵人數量，粗估一算便能得知，要獨自應付這樣的兵力並不容易。

宰煥回頭望向萬里神通。

「能替我將小朋友藏在安全屋裡嗎？」

萬里神通立刻明白他說的是誰。

「兩個孩子應該沒問題。」

「宰煥先生，我——」

「留在這裡。從現在起，我無法再一邊保護你們一邊戰鬥了。」

外頭似乎已有戰鬥爆發，驚天動地的喧囂聲不斷傳來。

宰煥跨出客棧的帷帳。

「另外，還有一個請求。」

「什麼請求？」

「除了尋找情報之外，你能散播情報嗎？」

✝ ✝ ✝

宰煥進入客棧已經過了三十分鐘。

馬爾提斯坐在客棧前的長凳上，搓揉著剛才被門衛打的部位。

一旁站崗的今日神祇說道：「聽說黑店的門衛實力不容小覷，果然名不虛傳。」

「吵死了。」馬爾提斯搓著嘴唇，氣呼呼地說。

黑店的惡名眾所周知，馬爾提斯以為他們早已不復當年之勇，卻沒想到竟會被區區一名門衛羞辱成這副模樣。

「再打一次，我會贏。」

「我一定奉陪。」

後方傳來的話語令馬爾提斯猛地從長凳上起身。

不知何時開始就聽著對話的白午，正在與門衛一起看守客棧的入口。

「要打一場嗎？」

馬爾提斯握緊雙拳，就在白午拔劍的那瞬間——

「馬爾提斯。」

身旁的今日神祇緊張地環顧四周，可疑的人群正逐漸往客棧周圍聚集。

馬爾提斯臉色大變，與白午轉身背對著對方，同時戒備著周圍。

〔已抵達元宇宙第八層任務。〕

〔當前增益持有者為『屠神者宰煥』。〕

任務通知幾乎在同時傳來。

宰煥的相貌也隨著訊息一同浮現在眼前。

〔殺害增益持有者，即可獲得相應的增益效果。〕

白午立刻明白發生了什麼。

「這幫傢伙，目標是宰煥？」

客棧已被數十名神祇包圍，他們很可能事先聽到了風聲，來到此處待命。馬爾提斯與白午幾乎同時擋住客棧入口。

「站住，否則我就砍了你。」

「此路不通。」

果不其然，兩人的聲音同步響起。

白午和馬爾提斯彼此警惕地瞪著對方，但此刻並非他們相爭的時候。

「馬爾提斯，先前聽說你老跟在屠神者身邊，果然是真的啊。」

「聽說是變成明日之神什麼的。」

馬爾提斯隨即認出了那些嘻笑著走近的神祇。

突進之神「布斯特」，以及撤退之神「歷太易爾」。

兩人在元宇宙被稱為「進退兄弟」，他們雖然不是六神級別的存在，但在第八層也擁有相當高的聲望。

然而來者可不只進退兄弟。

此刻匯聚四周的神祇與馬爾提斯不同，他們並非藉由昨日系統而進入第八層，有些早在昨日系統形成之前便已登上此處，有些則是在昨日崩塌後湧入。

簡言之，眼前的神祇，皆是「真實」的存在。

布斯特像是在嘲弄馬爾提斯一般說道：「當初倚仗昨日威勢也打不過我們的

小嘍囉，你以為你攔得住我們嗎？」

「趁我還好好說話的時候退下吧，我們要找的人在那裡面。」

然而，馬爾提斯絲毫沒有撤離的打算，這是他證明過去十年的修行並非徒勞無功的機會。

「我們不是明日，而是今日之神。伙伴們，集合！死守此處！」

剩餘的今日之神以馬爾提斯為中心聚集在一起。

「這回就幫你一把。」

出乎意料的是，黑店的門衛伸出了援手。有了白午與門衛的支援，馬爾提斯感覺彷彿千軍萬馬加身。

這時，人群中傳來一道令人作嘔的話音。

「黑店的白午，我聽說過你。看來屠神者似乎向舊時代的遺留物求助了。」

六名黑衣人從群眾中央走出來，他們是隸屬前元宇宙六神「暗殺之神」雷克斯的手下——黑衣六殺。

其中還能見到專門接受聯盟委託的「殺客」、「屍神清道夫」等神祇存在。

無論往何處望去，眼前盡是不容小覷的高階神。

馬爾提斯咬緊了嘴唇。

「上啊！」

望著迎面而來的兵器，馬爾提斯提高世界力。他避開或正面迎擊操縱系、強化系、法規系等各式各樣的設定，不停地揮舞劍刃。

若是以前，這些攻勢肯定會令他難以招架，如今他卻能輕鬆閃避一部分，甚至能承受住其餘的攻擊。

「倒是比想像中更有一戰之力啊。」

向一旁望去，其他的今日之神似乎也抱持著同樣的想法。

真是奇怪。

不久前，進退兄弟和黑衣六殺甚至還是比他們高上一兩階的神。

「就這點程度？一幫愚蠢的傢伙！」

在馬爾提斯的吼聲下，敵人表情凝重，紛紛開顯各自的聖域。

或許各自都是高階神的關係，聖域的規模和密度都不小。不知何時，客棧周圍已經被五光十色的聖域染成了斑駁的色彩，一些神祇因其他神祇侵犯自身聖域所引發的火花皺起眉頭。

「喂，讓開點。」

「是你該後退吧。」

而對於今日之神和門衛而言，這恰好正中下懷。

眼見眾神逐漸拉近距離，馬爾提斯抬起了一隻手。

那是過去十年間，今日之神悄悄鍛鍊的招式。

起初是為了聯手殺死宰煥而創造，如今卻不同了。

聖域結合。

歷經各自不同歷史的神祇，短暫與彼此的聖域合併。對一般的神祇而言，這是一種危險的招式，若是使用錯誤可能會導致世界力逆流，甚至死亡。

然而，他們現在不是普通的神了。

所有的今日之神皆經歷了相同的情感，也在這十年間積累了相同的歷史。

聖域開顯——今日。

儘管不及宰煥與艾丹的聖域結合釋放出的力量那般強勁，但他們仍舊透過結合各自的世界力，創造出極為宏大的聖域。

彷彿回到在時間方塊訓練的那段時期，馬爾提斯與今日之神齊齊向前刺出兵器。

「刺擊！」

在毀滅性的刺擊洗禮下，眾神尖叫著撤退。有些神則受到致命傷，倒在地上打滾。

馬爾提斯想起了宰煥的話。

「相信你們所積累的時光。」

我們做得到，我們並不弱。

「再來！」

雖然只是短短的十年，卻是他們辛苦拚搏的十年。

通常神祇不會耗費如此漫長的時間與代行者進行調和，更遑論以此磨練靈魂。

然而此刻馬爾提斯的體內，靈魂與世界力正在融為一體。

這微小的融合再次與周遭的今日之神相呼應，進而匯聚成了一股宏大的能量。

「刺擊！」

進退兄弟和黑衣六殺抵擋不住瞬間襲來的刺擊，狼狽地向後飛退了出去。

「呃啊啊啊！」

緊隨而來的是眾神的慘叫聲。

即便人數是對方的三倍，也無法取得勝機。那些原本氣焰囂張、揮舞著兵器的神祇紛紛退避三舍。

群眾之間產生了微妙的動搖。

馬爾提斯抓住空檔，放聲道：「宰煥大人是即使我們所有人開顯聖域，也無法戰勝的存在，明白了嗎？像你們這樣的存在，只需一記刺擊就夠了，趁我還好好說話的時候，趕緊撤退吧。」

當然，馬爾提斯並不了解宰煥有多強大，但他的宣言有效地令眾人有所動搖。

光是這些小卒便有此等實力，那屠神者究竟會有多強大？

打破這股動搖氣氛的，是一名穿越人群走上前的神。

「讓開。」

宛如揪住對方頭髮，強行將頭部壓入海中的嗓音，使原先激昂的戰鬥氣氛冷靜下來。

馬爾提斯不由自主地後退一步，所有感官同時響起強烈的警報。

一名蓬頭垢面、身著破爛青袍的男子瞥了今日之神一眼，輕輕地向前一步。

隨後，不可思議的事情發生了。

轟的一聲，男子邁出步伐的那一刻，聖域「今日」瞬間崩潰瓦解。或許是世界力逆流的關係，兩三名今日之神痛苦地皺起眉頭，腳步踉蹌。

「匿名神啊，居然能爬出那個下水道。」

當馬爾提斯聽見緊隨而至的嗓音後，他的預感更進一步地化為確信。

縱然今日之神全員以同歸於盡之勢全力出擊，也無法戰勝眼前這名神祇。

「你為何會出現在元宇宙？」

「你知道我？」

那是當然。不對，不僅僅是他，深淵的所有人都知曉他的名號。

「深海之神，拉塞爾。」

深淵中與他交手過的神祇全都受困於其聖域，葬身於深海之下。

剎那間，馬爾提斯覺得自己似乎曉得他在此現身的原因。

過去三百年來，拉塞爾是在深淵屠戮最多神祇的神。在宰煥現身之前，他經常被譽為「弒神者」或「屠神者」。

拉塞爾森然的目光望向白午。

「黑店的小二，萬里神通近來可好？」

白午似乎和拉塞爾是舊識，神情看起來十分緊張。

他保持著戰鬥姿勢，同時以最恭敬的聲音問道：「您是為了委託而來嗎？」

「不，我是來見那位被你們藏匿起來的神。」

「他正在與師父單獨談話。」

「所以呢？」

拉塞爾滿不在乎地走向白午，迫使今日之神與黑店門衛死守的防線急遽收縮。

白午急切地大喊。

「就算你是七星的第五星也——」

而後，白午的瞳孔倏地放大。

滔天巨浪瞬間淹沒所有視野，從波濤縫隙間飛出的利刃將他的身體劈成三段。當白午驚恐地呼出氣息時，才意識到方才所見只是幻覺。

他渾身顫抖，無力地跪倒在地。

也許那並非幻象，他早已因那股濃烈的殺氣死過一回。

「話既已出口，就得有始有終。」

這便是七星。

深淵之中相互爭霸的二十一位神祇之一，七星的第五顆星——深海之神拉塞爾。

「門衛，都退下吧。」

說話的是現身於群眾之間的疾光之神。

「雷？」

「是雷伊雷伊。好久不見了，拉塞爾。」

雷伊雷伊沉著地擋在客棧前，悄然點頭。

「你來到這裡是為了何事？我本以為你厭惡元宇宙，為什麼要特地來這座廢棄場？」

「這裡倒是值得我來找可回收的垃圾。」

「我還以為你懼怕廢棄場的主人呢。」

拉塞爾臉色一僵。

「讓開，這是最後的警告。」

然而，雷伊雷伊沒有讓步。

「拉塞爾，你成為前輩之後，竟然特意前來欺壓即將誕生的星辰？你的度量就只有如此嗎？看樣子你始終無法登上七天和七座的位置，果然不是沒有原因的啊，卑鄙的第五星。」

拉塞爾沒有回答，他靜靜凝視天空，用吟詩般的嗓音低喃。

「與屠神者見上一面之前，陪你們玩玩也不錯。」

某處傳來如同波濤拍岸的聲音，以及自海底深處湧上的危險震動。

馬爾提斯嘴裡彷彿被強行灌水一般，無法呼吸，儘管他急忙張大嘴巴，也發不出半點聲音。那股蠶食周圍的世界力高壓使他的肺部緊縮，整個人宛如被拖進深沉的海底。

望向一旁，雷伊雷伊與白午的臉色也逐漸變得蒼白。

「撕碎他們。」

某種東西正劃破深海，步步逼近。

每當聽見魚鰭劃過的聲音，周圍的人群就被捲入其中，四分五裂。

即便是當初面對元宇宙六神時，也從未有過這樣的感覺。深不見底的恐懼侵蝕著馬爾提斯全身。

諷刺的是，這一刻，馬爾提斯想起了宰煥的稱號。

屠神者。

儘管目睹著眼前的殘酷屠殺，他仍覺得這個稱號更適合宰煥。

這不僅僅是因為宰煥殺了更多的神。

「你為何在笑？匿名神啊。」

當他化為鯊魚嘴形態的手，指向馬爾提斯的瞬間，海浪中傳來掠食者逐漸逼近的聲音。

馬爾提斯清楚地知道自己即將死去，然而即便面對死亡，他仍舊咯咯笑著，淚水和笑容交織在臉上。

在「昨日」，他從未經歷過這樣的感覺。

這是唯有活在今日才能體會到的情感。

死亡的恐懼沁入肺腑，讓他真切感受到自己活著。

令人惋惜的是，明日便無法體會到這般令人著迷的悸動了……

就在黑影籠罩馬爾提斯的瞬間，一道幽影一閃而過，潛伏在海浪中的黑影也被劃為兩半。

「辛苦了，快進客棧去吧。」
馬爾提斯呆呆地望著眼前的男人。
那個讓他體會到什麼是活著的男人，正在發言。
「老闆做的包子挺好吃的。」

7.

幾名門衛拖著受傷的馬爾提斯，將他移至客棧內部。
白午瞥了宰煥一眼，輕聲提醒。
「小心點，對手是七星之一，是在你出現之前被稱為屠神者的存在。」
宰煥點了點頭。
從勒內那裡聽聞的七星，此刻就在眼前。
「你就是接替我的屠神者？」
無須真槍實彈的較量，就算不開顯聖域，宰煥也能感受得到籠罩四周的威壓，以及凝聚於一顆顆世界力粒子上的殺意。
眼前的對手，比他在元宇宙遭遇過的任何敵人都更為強大。
那麼與總司令相比又是如何呢？

「聽說有個傢伙能接替我的位置，原本還抱著期待，不過現在看來還是個菜鳥——」

「你在七星中排名第幾？」

宰煥的提問使得拉塞爾的眉頭緊蹙。顯然，話語被打斷令他感到不悅。

「七星的排位毫無意義，那些無知的好事者不過是根據小兄弟的傳聞，隨意替我們排名——」

「看來是位居下游。」

「你再敢打斷我——」

拉塞爾的話語尚未結束，宰煥已飛身而出，踏著周圍的建築開始奔跑。

「追上！」

正在觀戰的神祇率先察覺到異狀。

數十名神祇同時瞬間騰空而起，追逐著宰煥，場面十分壯觀。

拉塞爾在稍遲察覺情勢後，隨即跟了上去。

「讓開！我說讓開！」

由於沒料到宰煥會逃跑，拉塞爾只好迅速穿越前來追擊的眾神，緊隨其後。

他穿梭於巷弄之間，追趕著恣意變換方向的宰煥，不知不覺間，第八層的繁華街道早已亂成一團。

「什麼？發生什麼事了？」
「聽說屠神者出現了。」
「裸體刺擊嗎？」
街頭巷尾，原先正忙著抽裸體刺擊造型的神祇，也順勢加入這場追擊。後方群眾的數量瞬間激增。
「是屠神者！」
「他往那邊去了嗎？」
「該死，到底在哪裡！」
猶如攀枝大賽提前開始一般，正午的街道上展開了一幕追逐與逃脫的絕勝景象。
一片混亂中，宰煥觀察著追逐他的眾神。
隨著著裝裸體造型的群眾出現，一些神祇因混亂而紛紛四散而去，但仍舊有許多神祇窮追不捨。留下的，都是成功突破喧囂人群、緊追而來的佼佼者。
宰煥縱身狂奔，同時留心那些追趕著他的神祇的設定。
腳力強化。
全身加速。
天魔君臨步。

梯雲縱。

從單純增強肌力、世界力以提高速度，乃至借助武功，其中還有些似乎是由眾神獨創，以及與君主技能不相上下的設定。

能確定的是，這些設定皆是卓越的輕功技巧。

「在那邊！」

宰煥幾乎不熟悉任何輕功或步法，因此相較之下，他的奔跑速度不如眾多神祇。

畢竟他是只懂刺擊的男人。

當宰煥粗暴地將腳尖伸直，猶如刀鋒般踏向地面後，立刻傳來一聲巨響，灰濛濛的塵土隨之升騰而起。

——大地刺擊！

眾神望著每踢出一步就瞬間跑遠的宰煥，不敢置信地大喊大叫。

不知跑了多久，他終於看見一棵如梁柱般聳立在第八層中心的巨大樹木。

那就是攀枝大賽的擂臺嗎？

樹梢恰好指向第八層頂端，總司令極可能就在那裡等著。

宰煥默默改變方向，朝著那處奔去。

「殺了他！」

一名藏身於巷口的神祇倏然擲出一把鋒利的匕首。早已感知到世界壓的宰煥扭頭避開攻擊，同時揮劍。

普通刺擊。

偷襲者瞬間吐出銀光，暈厥倒地。

隨後，又有六條鞭子齊齊從前方飛來。

宰煥利用大地刺擊騰空而起，六度迴旋獨不，揮劍斬擊。

——螺旋殺六連發！

他特意集中使用消耗世界力較少的技能，策略性減少神祇的數量。當黑衣六殺吃驚倒下的瞬間，眾神更加殺氣騰騰地緊追在他身後。

危險的劍氣紛紛襲來，匕首與箭更是接連而至。

宰煥逐漸無法從容閃避。

最終，來到第八層的中心，宰煥停下了腳步。

攀枝大賽的擂臺近在眼前，追擊宰煥的眾神早已形成包圍網，不打算讓他有任何逃脫的機會。

「到此為止吧。」

粗略一算，追趕而來的諸神多達數百名。望著密密麻麻的神祇，宰煥瞥了自己來時的方向一眼。

已經離武林客棧夠遠了。

也就是說，從此刻起，他可以盡情地大開殺戒。

「閃開。」

伴隨著強大的世界力浪濤，原先試圖逼近宰煥的神祇驚恐地退下。兩三名閃避不及的神祇噴出銀光倒地，只見一個男人踩著他們走了出來。

「看來你還挺疼愛手下的。」

深海之神拉塞爾。

「竟然和信徒跟代行者一樣，執迷於微不足道的情感。你這種傢伙真的屠戮了二十多萬名神祇？」

「沒數過。」

「要是死的是你的手下，那你可就會數得很清楚了。」

世界力匯聚在拉塞爾的雙手上方，凝成如水球般的球體。

海神砲。這是拉塞爾的招牌技能，能讓化為水屬性的世界力，發出超音波頻率的震動，將其如炮彈般射出。

拉塞爾將手伸至前方，宰煥的周圍隨即開始爆炸，彷彿遭受砲擊一般。

宰煥拉開距離，勉強避開了攻擊，即便是他，也難以正面承受這招。

拉塞爾舉重若輕，毫無保留地釋放強大的世界力。

世界刺擊。
宰煥的劍刃與海神砲正面碰撞。
強大的反作用力讓宰煥退了兩步，拉塞爾則與他相反，一步也不曾移動。
儘管雙方皆未展現真正的實力，但初交手就遭到壓制的情況，宰煥已經許久沒經歷過了。
拉塞爾挑釁說道：「真是令人啼笑皆非的實力，看來我也不必開顯聖域了。」
「……」
「就憑這點實力，也能打敗元宇宙六神？聽說你的劍撕裂了天空，一切只不過是謠言嗎？」
撕裂天空的招式。
他指的應該是星座刺擊。
「再不拿出真正的實力，你必死無疑。」
宰煥沒有回答，只是衝向拉塞爾。然而，他找不到近身的機會，每當他試圖刺擊，飛來的砲彈便會妨礙他的視野。
數百記刺擊與海神砲於空中交織，瞬間爆炸。
「判斷力不錯，但攻擊太單一了，想不到僅憑刺擊能讓你走到這裡。」
刺擊終究是尋求最快直線路徑的技法。如此單純的招式，只要能預測攻擊的位置，要想閃避或阻擋也不無可能。

而對手恰好是相當了解刺擊特性的高手。

啪喀喀喀！

正當宰煥驚險擊退一發砲彈後，下一發又迅速飛來，在他的肩上炸開。更糟的是，每一發海神砲的引爆時間與爆炸範圍都不同，因此應對起來也更加棘手。

就像在拆解一顆顆威力未知的炸彈。

不知不覺間，宰煥已遍體鱗傷，前臂與小腿流淌著銀色的光芒。

拉塞爾確實很強。

自從在混沌與薩明動交鋒之後，宰煥許久未面對過如此強敵。他心想，縱然那三名被他擊敗的元宇宙六神同時迎擊，也難以應付眼前這名神祇。

拉塞爾逐漸感到厭倦，嘀咕了一句。

「我看夠你的花招了。」

腳尖傳來震動，整座區域隨之震顫，驚慌的眾神迅速撤退。

宰煥緩緩集中感知，眨了眨眼。

只見遠處掀起一道滔天巨浪。

那是一道足以摧毀這片區域，甚至是第八層大部分地區的浩瀚世界力巨浪。

拉塞爾的聖域「深海」轟然展開。

那些被世界力捲走的神祇正在掙扎，發出呻吟。
宰煥的雙腳牢牢釘在地面，緩緩地反覆進行呼吸。
七星的第五位嗎？
也許眼前的神祇積累了比他更多的世界力，經驗更為豐富，活的時間可能也更長。
宰煥毫不猶豫地拔出滅亡，使其與獨不重合。
獨不化為「滅亡劍」，吐出凶殘的劍鳴。拉塞爾見狀，眼神微微一變。
宰煥先開口了。
「聽說屠神者本來是你的稱號。」
「沒錯。」
「看樣子，你只挑弱者下手呢。」
伴隨著轟鳴聲，一股浪潮挾帶著拉塞爾的憤怒襲捲而來。這是場無法衡量規模，令人驚駭的世界力巨浪。
儘管如此，宰煥的話語並未停下。
「不必開顯聖域的應該是我吧。」
隨著拉塞爾的手勢，浪濤中猛然躍出無數的鯊魚群撲向宰煥。
幽黑的滅亡劍不斷將襲來的鯊魚一分為二，然而，這些掠食者只不過是微不足道的偵查兵。

真正的威脅，是那即將覆蓋世界的波濤本身——那並非單純的浪濤。

猜疑。

浪濤中的每一顆粒子都在高頻振動，那股力量足以撕裂並分解一切接觸到的事物。

只要輕輕一碰，任何靈魂都會在瞬間化為塵埃。

「呃啊啊啊啊啊——」

被捲入其中的神祇發出慘叫。

宰煥緩緩放下手中的劍，凝視著湧來的波濤。這個舉動乍看之下猶如放棄，實則不然。

理解。

宰煥解讀著波濤。他讀取了震動的世界力粒子，解析出這些粒子產生的流動和方向。

波濤之牆的另一側，拉塞爾露出勝負已定的微笑。

宰煥靜靜等待，直到洶湧的波浪最終吞噬周圍的一切，逼近他的眼前。

忘我。

接著，時間的流逝突然變得緩慢。

宰煥加速的手臂，如繃緊的弓弦般收縮。

這種規模的巨浪，無論再怎麼厲害的神祇，也無法操縱其中所有粒子。若是對方真的擁有這種等級的控制力，宰煥早就輸了。

然而，他在見到拉塞爾的同時便明白了一點。

那傢伙不是波浪的主人。

因此，他才總是耍一些小伎倆，例如波浪中的鯊魚，或是扔球之類的把戲。

那道洶湧而至的波浪也是同樣道理。

實際上，能對宰煥造成致命打擊的，或許只是波浪中的一小部分。

宰煥似乎明白了，拉塞爾至今為止是透過何種訓練而變得強大。

如同他日復一日地進行刺擊，拉塞爾肯定也是一顆顆理解波濤中的粒子，不斷地理解、推敲那數量接近無限的粒子，而後反覆練習如何重新控制它們。

但是，拉塞爾在某個時刻放棄了，至於究竟是何時則不得而知。

總之，這成了一場比誰更堅持不懈的較量。

而若是這樣的對決，宰煥相當有信心不會敗北。

「有種就再撕裂天空啊。」

拉塞爾笑了，彷彿他已經了解宰煥的所有能耐。

周圍所有人似乎也抱持著同樣的想法。

面對巨大的浪濤，他們認為宰煥會使用在第六層所用過的祕技「星座刺擊」。

不過，眾神忽略了一項事實。

對於其他神祇而言，看見宰煥施展星座刺擊不過是一週前的事情。

然而，就宰煥來說，那已是兩百年前的事了。

8.

兩百年。

那是宰煥在元宇宙第六層，用來教導昨日眾神的時間。

然而，他並沒有將這兩百年完全用於教學。隨著從昨日到今日的神祇越來越多，代替宰煥教導他人，擔任助教角色的神祇也增加了。

因此，他才有餘裕進行自己的修行。

徐徐眨了下眼睛，宰煥清楚看見拉塞爾的浪濤已逼近至十餘公尺內的距離。

若宰煥沒有全力啟動「忘我」，他的身體必定早已被波浪的粒子撕碎，隨之泯滅消失。

拉塞爾臉上浮現勝負已定的自信表情。

宰煥等的就是這一刻。

喀喀喀。全身肌肉抽動扭曲，似乎有某種東西碎裂了。

靈魂承受著極度濃縮的時間，痛苦地掙扎翻騰。

這是過度訓練的副作用，然而此刻他別無選擇。若不將靈魂榨取至極限，將無法戰勝深淵的強者。

正如拉塞爾所言，刺擊是一項單純的招式。

刺擊之所以強大是因為速度快，能比其他攻擊更迅速接觸到敵人。

宰煥在心中思索著。

最快的刺擊究竟是什麼？

即便透過世界力強化性能，借助肉身結構的刺擊，速度仍有所限制。

因此，宰煥反覆對自己理解的刺擊進行一遍又一遍的猜疑。

現在這項招式，是歷經無止境的猜疑後，最終對刺擊參透的一句微薄理解。

滋滋滋滋滋滋滋！

宰煥緊握著獨不的右臂，如同流淌著電流的電池般開始發燙，手臂內的世界力狂暴地跳動。

宰煥一遍又一遍地壓縮這股狂亂的世界力。

而後——

「——！」

猛烈的泡沫吞噬了眾神的高喊聲。宰煥奮力踏出腳跟，在原地掀起漫天沙塵，製造出巨大的坑洞。

正當眾神驚愕得張大嘴巴時，他已經開始揮劍。

從敵方使用「波浪」的那一刻起，宰煥便可說是佔了上風。實際上，這正是他在混沌劈開亡者之潮的那日創造而出的招式。

大氣瞬間化為真空，獨不的劍尖射出某種東西，周圍卻無人能看清其貌。能夠確定的是，從刺擊迸射出的世界力貫穿了波浪的中心。

甚至連拉塞爾都忍不住驚詫到嘴唇顫動。

雖然宰煥只使用了相當於星座刺擊一半的世界力，但藉由指定攻擊範圍，他甚至能施展破壞力超越星座刺擊的攻擊。

儘管這項招式的動作較緩，卻能更快擊打敵人。

如果清虛此刻在身邊，或許會這麼說道——

「小鬼，你領悟了後發制人的妙理呢。」

這項招式還沒有名稱，但當浪濤被一分為二的瞬間，宰煥意識到這項招式的唯一名稱。

宰煥流第二式——波濤之路。

破碎四濺的水沫籠罩住宰煥，拉塞爾的慘嚎也隨著波濤一同消失。

宰煥集中精神，全力扛下嘩啦啦墜落的殘浪。儘管世界力在體內翻騰不休，他仍舊面不改色地堅持下來。

當四散的水沫全部消失時，退潮後的景象映入眼簾。波浪席捲而過的荒涼風景之中，神祇的屍體散落一地。

那些屍體的後方，是跌坐在地的深海之神拉塞爾，他不敢置信似地睜大雙眼，不斷大口吐出世界力，瞪著宰煥。

〔火焰之神『伊格尼斯』感嘆地說，這是場難得一見的精采戰鬥。〕

〔龍神『德洛伊安』說自己不過去上了個廁所，這期間究竟發生了什麼事？〕

〔終結必至之神『塔納托斯』對這場生死之戰表示讚賞。〕

〔速度之神『貝洛』聲稱自己看見了宰煥的刺擊。〕

〔疾光之神『雷伊雷伊』宣告一名新任七星的到來。〕

周圍似乎恰好有正在進行直播的神祇，也許勒內的無人機也正在拍攝。

〔部分神祇向您的戰鬥贊助了 500,000 托拉斯。〕

〔部分神祇為您的勝利表示祝賀。〕

〔少數神祇向您投以好奇的目光。〕

由於鉅額的托拉斯贊助，四處都有嫉妒和羡慕的視線投射過來，但這場戰鬥的精采程度，確實無愧於這個金額。

畢竟這是兩名七星之間的對決。

「沒想到竟然能見到改變七星排位的戰鬥。」

為了公證而登上第八層的諸神，也默默流露出讚嘆的神色。

拉塞爾抬起頭，怒視著眾神，雖然他一副想立刻反駁的神情，此刻卻沒有餘力這麼做。他跌跌撞撞地試圖站起身，喘著粗氣，咬牙切齒。

拉塞爾的代行者身上被開了一個大洞，勝負幾乎已成定局。

事實上，宰煥同樣對這個結果感到驚訝。波濤之路是他目前最強的單人對戰招式，是在敵人掉以輕心之際，迅速奪命的祕密武器。

沒想到正面吃下這招，拉塞爾還能存活下來。

七星果然名不虛傳。

握著恢復原狀的獨不，宰煥走向拉塞爾。

拉塞爾憤怒地咆哮，眼中閃過一絲焦躁。

七星級別的神祇會耗費大量的時間與托拉斯培養專屬的代行者。換句話說，此刻失去代行者的深海之神，幾乎等同於徹底失去戰鬥能力。

拉塞爾一瘸一拐地舉起手臂試圖戰鬥，但全身千瘡百孔，只能癱坐在地上，既無法起身，也無法倒下。

宰煥只是看著他，問道：「還有什麼想說的嗎？」

拉塞爾直視著宰煥。

「現在的你，確實是『屠神者』。」

宰煥注視著拉塞爾片刻，然後以「滅殺」的力量斬斷拉塞爾的連結。深海之神受到巨大衝擊，他的氣息隨著一股輕微的火花消失無蹤。

看著撲通倒地的代行者，宰煥說道：「哪個傢伙認識他，帶他去治療吧。」

在一旁悄悄觀望的幾位神祇走了過來。

「我是湖水之神內斯，曾受過拉塞爾大人幫助，我們可以帶走他嗎？」

「隨你。」

「感謝您的大恩大德。」

神祇低頭鞠了個躬，帶著昏迷的代行者離開了。

即便連結已被斬斷，但神與代行者皆未死亡，拉塞爾或許還有機會重新找回代行者。

宰煥也不明白自己為何不殺死拉塞爾。或許是源於屠殺許多神祇而被稱為屠神者的罪惡感，又或者是因為最後一刻，拉塞爾所顯露的眼神。

此刻，無論是哪種情況都無所謂。

宰煥輕輕吸了一口氣，緩緩環視周圍的群眾。

「凡是接下來上場的，一律格殺勿論，下車或逃跑也沒用。正如你們所見，我可以切斷神的連結，並對神的本體造成傷害。還有人想挑戰的嗎？」
在這沉靜而狠戾的話音中，眾神腳步躊躇地向後退去。
然而，仍然有些神祇試圖煽動群眾。
「怕什麼，他再強也只有一個人！」
「和拉塞爾的戰鬥已經使他精疲力竭了，趁現在解決他就行。」
「聯盟的強者去哪了！現在正是大好機會！」
這時，宰煥說道：「是啊，我確實消耗了不少力量，但要摧毀第八層還綽綽有餘。」
宰煥手裡，蘊滿「滅亡」世界力的獨不發出狂猛的咆哮聲。
「我知道總司令那傢伙正在看，這裡肯定也躲著聯盟的鼠輩。」
宰煥緩慢擺出戰鬥姿勢。
任何一個透過直播看過宰煥戰鬥的人，見到這幅景象都會忍不住想逃。
「那、那是——」
那正是星座刺擊的預備姿勢。
「我說過，會在三日後與總司令進行一對一對決，但從未答應參加攀枝大賽。你們欺騙了我，所以我也不必再遵守承諾。選吧，是現在立刻和我面對面進行對決，還是——」

宰煥採取著姿勢，直勾勾地盯著遠方的風景——攀枝大賽的擂臺。

以及，位於擂臺下方的聯盟的大本營。

「要在此處迎接第八層全域的毀滅。」

實際上，宰煥早已沒有足夠的世界力。想要使出星座刺擊，必須消耗他所有的世界力。

儘管如此，他的威脅仍相當有效，周圍的人群早已逃之夭夭。

「瘋、瘋子，他打算使用那個招式！」

「屠神者要進行大屠殺了！」

剎那間，群眾人數急遽減少，負責煽動的神祇一個個面如土色，匆忙逃竄躲藏。

然而仍有人留在原地。

『宰煥！』

從空中降下的安徒生落在宰煥肩上，她顯然已透過直播得知了一切。

早已熟悉宰煥一貫的闖禍方式，安徒生沒有出言責備，而是這麼說道。

『世界力不夠就跟我說，我這裡還有一點存量。』

宰煥輕輕點頭。

從現在開始，他不得不借用小烏鴉的力量了。

宰煥將目光移向那些依舊沒有逃跑的神祇身上。

『小心點，還是有些厲害的傢伙在。』

安徒生神色緊張。

宰煥當然也感覺到了，方才群眾間還潛藏著一些不容小覷的傢伙。

至少有一人的世界壓相當於剛才被他除掉的拉塞爾，還有五人雖不及七星強大，卻擁有幾乎能與其相媲美的世界力存在。

這時，某處傳來了秒針的聲音。

『滴答聲？難道……』

人群間走出一道身影，他的打扮獨特，容貌雌雄莫辨，右眼戴著寫有羅馬數字「Ⅸ」的眼罩。

認出對方身分的神祇紛紛屏住呼吸，退避開來。

『是盲人鐘表匠。』

盲人鐘表匠？

宰煥瞇起雙眼，緊盯著對方。

不只有這個傢伙。對面的牆後還藏有一人，人群間潛伏兩人，而右方殿閣上方還也躲著一人。

宰煥問安徒生。

「是聯盟那邊的傢伙嗎？」

『嚴格來說，他們不是聯盟的人。』

「不然呢？」

『他們是來自第五站點的精銳。總司令就是出身於那裡，看樣子是被派來幫忙他的。』

第五站點——終於出現比聯盟更強大的勢力了嗎？

宰煥也認為該是時候了。

『盲人鐘表匠眼罩上的數字代表著本人的實力，他的數字是九，應該是個相當厲害的傢伙，是殺手中的超級菁英。』

即使不用說明，宰煥也很清楚，他還是第一次感受到如此沉重的世界壓。在先前遇過的對手之中，唯有元宇宙六神的雷克斯擁有類似的世界力波動，而眼前的敵人正散發出比那更為濃厚的世界壓。

像這樣等級的傢伙，至少還有四名隱藏在附近。

「是來帶我去見總司令的嗎？」

對方沒有回應宰煥的問題，只是靜靜地觀察著他，如同在檢查損壞的鐘表一般。

四周瀰漫著一片死寂，聽不見一絲呼吸聲。

宰煥本能地意識到，要是稍有不慎，可能會十分危險。

拉塞爾雖然也是厲害的高手，但這群傢伙可是熟諳合擊的刺客。

鐘表匠的眼眸固定在宰煥的獨不上，絲毫沒有移開，似乎正在精準地衡量流轉於獨不之中的世界力。

宰煥感到一陣寒意。

敵人正在估算他現在的狀態能否使出星座刺擊。

該先發制人，還是伺機而動？

無論選擇哪一邊，眼下的情況都不利於宰煥。

若是連潛藏在人群中的其他強者也加入戰鬥，即使是宰煥，也無法確保自己的生死。

圍繞著令人窒息的緊張氣氛，就在宰煥與鐘表匠的手同時移動的瞬間——

「到此為止。」

一道冰冷的嗓音打破了沉寂的空氣。

隨著沉悶的重響，原先包圍宰煥的五股世界壓中，突然有一道急遽減弱。在那短暫的瞬間，一名待在牆後的鐘表匠受到了襲擊。

隨著瀰漫的塵土，有人從崩塌的牆後走了出來。

「我們有事要先找那傢伙。」

群眾紛紛露出驚慌的神色。

縱然是七星級別的強者也無法貿然插手這場戰鬥，究竟是誰，敢這樣出手干涉？

然而，當他們看清牆後走出的人影，隨即陷入了更慌亂的情緒之中。

先前七星拉塞爾與第五站點的鐘表匠現身時，這些仍舊選擇留下的神祇，此刻卻紛紛夾著尾巴逃之夭夭。

看著這一幕，宰煥深刻體會到了眼前登場的傢伙，在幻想樹有多惡名昭彰。

儘管如此，他依然面不改色，反而笑了笑。

因為他們的出現，意味著黑店順利完成了任務。

龜裂第二團長柳雪荷緊盯著宰煥。

「陳恩燮在哪裡？」

9.

與柳雪荷一同現身的，還有一個精瘦的矮個子男人。

看起來有些吊兒郎當的男人走上前，瞥了宰煥一眼。

「就是那邊那傢伙？」

「對。」

柳雪荷輕輕點頭，毫無顧忌地介入宰煥與鐘表匠之間。

在柳雪荷釋放出的霸道世界力之下，鐘表匠也面露緊張之色。一片狼藉的牆面後方，似乎可以見到一些鐘表匠正在慌忙處理受傷的同僚。

柳雪荷絲毫不理會周遭狀況，再度向宰煥問道：「我聽說恩燮在你這。」

「那孩子在安全的地方。」

「希望你能乖乖把她交給我，我很喜歡那孩子。」

宰煥搖頭。

「恐怕辦不到。」

「你打算把她當作人質嗎？」

柳雪荷的氣勢變得十分不尋常。

位於後方觀察形勢發展的鐘表匠，以如鬧鈴般生硬的聲音插嘴。

「龜裂，這可以理解為你們打算介入第五站點的事務嗎？」

第五站點的事務。

這無疑是一個警告，意味著這並非是「聯盟」層面的事件。

面對這明確的警告，柳雪荷身旁的男人笑了。

「哦，挺有趣的。」

介入第五站點的事務，也就意味著將與第五站點的主人，時間之神克洛諾斯為敵。

然而，男人臉上絲毫不見緊張，反而變得更加從容恣意。

他朝柳雪荷耳語似地說道：「看他額頭上貼著羅馬字，他們應該是那個時鐘系列的人。」

「時鐘系列？」

「就是挑選一些擅長用刀的傢伙，將他們按時間順序排名。克洛諾斯老土的品味。」

這些話雖是耳語，眾人卻都聽得清清楚楚。

鐘表匠的表情變得十分僵硬。

「你要是再敢提到克洛諾斯大人的名字——」

「想威脅我，克洛諾斯就該親自出馬，不然至少也得是那小子的得力右手總司令親自過來，你們算得了老幾？」

這時，牆垣內部傳來聲音。

「九點，一點死了。」

被稱作九點的鐘表匠一點頭，其他鐘表匠便從牆後傾巢而出，齊齊撲向男人。

男人咯咯輕笑。

「很好，早就該這麼做了。」

瞬間拔出武士刀的男人將飛來的匕首統統擋下，出手之快，就連宰煥也吃了一驚。

但鐘表匠也非等閒之輩，就算賭上性命，也要使出致命的攻擊，展現出同歸於盡的覺悟。

雙方展開了一場旗鼓相當的高水準攻防戰。

當他們在巷弄中展開遠高於元宇宙六神水準的劍舞之際，那些本已溜之大吉的神祇，也出現了悄悄返回的跡象。

只有一人對此感到不滿。

「我正在說話。」

柳雪荷的嗓音中帶有一股冷冽的寒意。

男人察覺氣氛異樣，迅速退下並解釋。

「雪荷，這架也不是我想打的——」

「閉嘴，今井。你們也是。」

縱然面臨柳雪荷提高的世界壓，鐘表匠的攻勢也仍未停歇。

緊接著，四周開始降下閃電。

「我說了閉嘴。」

天空烏雲密布。

柳雪荷全身縈繞著深藍色鬼火，手中緊握的鎖鍊正發出陣陣響鳴。

「閉嘴、閉嘴、閉嘴！閉嘴沒聽見嗎！」

剎那間，降下的雷電襲捲整片區域。

正當發出輕呼的今井迅速趴下的瞬間，四周人群已化為耀眼的灰燼，與可怕的尖叫一同泯滅。就連鐘表匠也大吃一驚，立刻拉開距離。

強大的世界力著實令人膽戰心驚。

嚇得無法動彈的群眾，眼珠瞪得像是要掉出來一樣，雙腿止不住顫抖。

「那、那個，該不會是——」

彷彿直到此刻，他們才真正意識到柳雪荷是誰。

龜裂第二團長，柳雪荷。

鎖鍊「雷鬼」的主人。

這就是龜裂團長所具備的武力。

宰煥先前已見識過她的力量，如今再度看見，感覺又有所不同。看來上回她並沒有使出全力。

他在心中暗自肯定，就算是方才被他擊倒的那名七星，也無法單獨與這個女人對抗。

柳雪荷抬起妖冶的面容，用鎖鍊指向宰煥。

「我給你選擇的機會。現在起十秒內，將陳恩燮帶到我面前，否則，那隻烏鴉就會死。」

站在宰煥肩上的小烏鴉哆嗦了一下。

宰煥毫不在乎烏鴉的生死，將獨不指向對方。

「我拒絕。」

「你以為呢？你覺得你能打敗我嗎？」

看不下去的安徒生插嘴了。

『不對，等一下，她說要殺我耶！你到底幹嘛跟她打？直接把那孩子還回去不就行了嗎！』

「如果回到那些傢伙身邊，她會再次受到折磨。」

柳雪荷眉頭一動。

「你在胡扯什麼？」

「雪荷，我們先談談——」

柳雪荷甩開急忙插嘴的今井。

宰煥接續說道：「我不能把小孩子交給做那種實驗的傢伙。」

「什麼意思？你要是不說清楚，今天就會死在這裡。」

柳雪荷的表情相當嚴肅，彷彿真的不明白他在說些什麼。

宰煥冷靜地盯著她，檢查著自身的世界力。

由於已經施展了一次波濤之路，若是在此處交鋒，宰煥將會處於劣勢。

眼看宰煥始終保持沉默，等到不耐煩的柳雪荷再度引發雷電。

就在那瞬間，巷弄一側出現了黑店的門衛，一名小孩衝了出來，彷彿在保護宰煥一般，張開雙臂站在那裡。

「團長，住手吧。」

是陳恩燮。

✢

✢

✢

宰煥一行人再次回到客棧。

也許是因為其中包括了龜裂的成員，所以再也沒有神祇像之前那般對宰煥出手。

儘管盲人鐘表匠不滿地瞪著他們，卻也沒有貿然挑起戰鬥。他們也清楚自身無法同時應付龜裂的團長與宰煥。

「老闆！這裡來一個大包子和一碗麵！哈哈，每次來武林就想試試這個。」

今井泰然自若地加入一行人的隊伍，彷彿是一名真正的客人，毫無顧忌地點了一桌菜。

萬里神通面有難色地望著今井，片刻後還是端上了一桌豐盛的食物。

「多吃點。」

「沒下毒吧？」

「沒有任何廚師會對龜裂做出那樣的事情。」

今井輕輕點頭，就這麼灌了一口雞湯後，大口咀嚼著包子。

「哦……天啊，這是什麼？雪荷，妳也吃吃看，真的很好吃。」

「你自己多吃點吧。」

「老闆，你有沒有打算在元宇宙外頭開連鎖店啊？」

「呵呵，暫時沒有這個計畫……」

或許是因為受到龜裂團長讚揚料理手藝，萬里神通的神情顯得相當尷尬，甚至連黑店的門衛與愛多嘴的白午這回也保持沉默。

他們是元宇宙最優秀的情報組織，自然對今井瞭若指掌。

龜裂第三團長，無形劍客今井勝己，只要他想，一刀就能讓整座客棧從世界上消失。

面對這樣的高手，能輕鬆與他對話的唯有柳納德一人。

「這位大哥，你真的是龜裂的人？」
「嗯。」
「龜裂的成員平常也吃包子嗎？」
「不常吃，所以才更美味啊。」
「聽說只要和龜裂成員搭話就會死，是真的嗎？」
「你現在不是好好地在和我聊天嗎？」
「裂主和七大神座打架的話，誰會贏啊？」
「他們沒打過所以不曉得，但我投我們首領一票。」
「那麼團長跟七大神座打呢？」
「嗯，那是機密，你要是真的想知道——」
柳雪荷對吵吵嚷嚷的今井發出了警告。
「閉嘴，今井。」
「總之，那位大姐在所有團長當中的實力排名第二。」
說完最後一句話，今井總算閉上了嘴巴。
柳雪荷輕輕嘆了口氣，注視著坐在桌子另一側的宰煥。
「我從恩燮那裡聽說了。」
多虧陳恩燮懇切詳盡的解釋，柳雪荷似乎終於理解了事情的來龍去脈。簡而言之，宰煥沒有綁架陳恩燮，反而還在危機時刻救了她。

但是宰煥的表情並不友好。

「我還沒說會把她交還給你們。」

「這件事不需要你的許可。」

「妳也一樣，不一定要回去。」

聽見宰煥的話，陳恩燮瞪大了雙眼。

宰煥在「昨日」裡清楚看見了陳恩燮的過去。這個孩子經歷了什麼，以及如何成為覺醒者並活到現在，他都知道了。儘管並非全面，但也算得上有一定程度的了解。

陳恩燮的眼眶微微泛淚，紅著臉說道：「謝謝，但我必須回去，我想親自解決這件事。」

「如果沒地方可去，隨時可以過來。」

陳恩燮咬緊嘴唇，深深低下了頭。

正在大口吃麵的今井忍不住嘀咕道：「團長就坐在這裡，竟然敢在我們面前挖角團員？真不是等閒之輩。雪荷，一定要抓住那傢伙。」

「我不是叫你閉嘴嗎？」

柳雪荷再度瞪了今井一眼，然後對著宰煥說道：「我們上次鬧得不太愉快。」

「也沒理由要相處愉快吧。」
「雖然我不知道這孩子身上發生了什麼事，但現在起我會多加留心，你就不必擔心了。順帶一提，我之前的提議仍然有效，你覺得如何？」
宰煥沒有回答。
「加入龜裂吧。」
「我應該拒絕過了。」
「為什麼？我會給你職位。嗯……我讓你當第三團長。」
正在狼吞虎嚥地吃著包子的第三團長今井，突然一陣咳嗽。
宰煥搖了搖頭。
「不需要。」
「為什麼？我看你也不太喜歡神祇和君主，來我們這裡，你就可以盡情地打架。大家都畏懼我們，你有看見吧？」
「……」
「雖然不曉得你為何討厭我們，但反正先加入看看，再作決定也不遲。而且裂主也很想見見你。」
裂主。
宰煥的眉毛一挑。

在第六層，他從艾丹那裡聽說過，裂主的天空中，也懸掛著某種與他固有世界裡的「眼珠」很相似的東西。

他確實有點好奇。與他看見了同樣世界的覺醒者，究竟在這個世界盡頭追尋著什麼？

「如何，真的不考慮嗎？」

宰煥搖頭。

「我一個人就夠了。」

「你是認真的？現在外面有一堆傢伙虎視眈眈，如果我和今井離開客棧，你知道會發生什麼事嗎？」

實際上，柳雪荷說的沒錯。

雖然不像之前那樣明目張膽地包圍客棧，但五百公尺外，仍然可以感受到許多世界力正在監視著此處。

一旦龜裂的團長離開，潛伏在暗處的傢伙會是何種態度顯而易見。

「好吧，既然你都這麼說了，我也不強求。不過你救了恩燮的這筆人情還是得還，要我幫你處理聯盟那幫人嗎？」

坐在今井對面，正吃著麵的柳納德把麵條從嘴裡噴了出來，客棧的門衛也大為震驚。

聲名赫赫的龜裂，竟然要介入六神之戰？

「不需要，別妨礙我。」

柳納德與安徒生露出彷彿消化不良的臉色，看著宰煥。

幸虧柳雪荷的提議不止於此。

「還是我替你殺了總司令？」

萬里神通沒想過事情會朝這種方向發展，臉色也逐漸變得蒼白。

要是稍有不慎，這很可能不再是元宇宙的內部事務，而是會擴展為站點規模的聖戰。

一口氣吃完三碗麵的今井也插嘴，似乎是覺得很有趣。

「妳是認真的？那個總司令？」

「怎樣？」

「妳以前可是輸過他。」

「那都多久以前的事了？現在的我會贏。」

聽見那句話的瞬間，宰煥腦海浮現出在第一層排行榜上看見柳雪荷名字的記憶。顯然在他來到此處的很久以前，這個女人也曾挑戰過這座塔。

宰煥頓時好奇了起來。

柳雪荷究竟有沒有見到這座塔的最後一層？

就在這時，他的耳邊突然嗡嗡作響，整個第八層彷彿陷入了真空。
客棧窗外，五彩光芒從天空傾瀉而下，精準地落在聯盟本營的上方。
儘管沒有人開口，但在那一瞬間，所有人意識到了。
——方才，元宇宙最強的神，降臨在了第八層。
僅僅是增加了一名神祇，整個第八層的空氣卻已迥然不同。
柳雪荷忍不住發牢騷。
「那小子竟然也會親自下來第八層。」
此時，八道身影迅速占領了客棧外頭，他們像是在拆解玩具般，輕易破解了門口的結界，轉眼間進入了客棧內部。
白午與門衛同時握緊刀柄。
今井奚落道：「時針軍團，人數增加了呢。」
敵人的身分正是盲人鐘表匠，但人數從剛才的四人增加到現在的八人。
看來為了防範團長，他們作了相當充分的準備。
沒想到的是，鐘表匠的態度有了出乎意料的轉變。
「我們不是來打架的。」
鐘表匠環視客棧內部，最終望向了宰煥。
「屠神者，總司令想見你。」

10.

過了一會兒，宰煥、柳雪荷和今井在鐘表匠的引領下，朝向聯盟本營前進。

映入眼簾的是一座由黑岩打造而成的古老宮殿。雖然是聯盟總司令的居所，宮殿卻相當樸素。

安徒生帶著異常激動的情緒對宰煥耳語。

「有點緊張。」

這也可以理解。從安徒生的角度來看，無異於時隔整整五百年，再度見到復仇對象。

踏上通往宮殿的路途中，宰煥掃視著路旁正在觀賞自己的眾神。

這些神祇，有些是看了宰煥直播而進入第八層，有些則是起初就居住在這裡。其中還有些神祇穿戴裸體造型，用奇異的目光注視著宰煥，形成一幅奇妙的景象。

曾經，他們或許也像宰煥一樣挑戰過總司令。

他們也夢想著登上最後一層，在腦中描繪著塔頂的風景。

然而，在某個瞬間，他們遇見了無形的巨大壁壘，迫使他們呆坐在原地，估量著那道牆的厚度和高度良久，最終陷入絕望。

不是每個人都能看到相同的風景，但是……

宰煥注視著遠方那群凝望著自己的裸體造型人群，心中沉思。

至少可以穿著相同的衣服？

這時，他才稍微能理解他們如此執著於造型的原因。

「屠神者大人，我是您的粉絲。」

面對突然衝上前攔路的神祇，鐘表匠投以凶狠的目光。

宰煥微微挪動步伐，用背部承接鐘表匠的視線，凝視著自稱為粉絲的神。

比起實用性，對方更注重於外表華麗的裝備，似乎並未鍛鍊過靈魂體和世界力，造型之下能感覺到的，唯有薄弱的氣勢而已。

任誰都看得出來，為了穿上現在這件造型，他幾乎傾注了所有的托拉斯。

裸體造型團中，有幾人高聲喊道。

「好大的膽子！立刻把那傢伙拖出去！」

數名裸體者將擅闖的粉絲拉了出去。

粉絲被拖走時，仍舊懇切地向宰煥大喊。

「要怎麼做，怎麼做才能像您一樣！」

這是個愚蠢的問題。

一個登上此地的神，居然問如何變得更強，這本身就是件自相矛盾的事情。

每位神祇都有著強烈的自尊心，這是因為他們在與「老大」的對抗中，親手確立了自身的世界觀。唯有那些執拗且獨斷的神祇，才能在深淵的風浪中守護自己的世界觀，使信徒安心。

然而他放下了自尊心，主動提起這個問題。

「刺擊吧。」

「其、其實我已經在練習了！要練習多久才行？」

「我也不知道。」

聽見這番話，有人咒罵了一聲，有人則認為那是玩笑話而笑了起來，也有些神祇真摯地點了點頭。

宰煥注視著眾人。

昨日的神祇也是如此。

有人懷疑，有人理解，有人執行。

區別僅止於此。

『別管了，他要是聽得懂，早在你告訴他之前就會曉得了。』

身旁看著這幅景象的柳雪荷說道：「挺受歡迎的嘛，連我們都沒被那麼誇張地追捧過。」

「你們為什麼要跟過來？」

對於宰煥尖銳的質問，柳雪荷只是聳了聳肩。

「就是有點無聊，反正他們也沒說什麼啊。」

事實上，鐘表匠與幾個小時前不同，並沒有再對宰煥和龜裂團長展現出強烈的敵意。

柳雪荷再次問道：「話說回來，你真的要跟總司令打一場？」

「可以的話。」

「你會輸的，別白費力氣了。」

說出這番話的人是今井，他咬了一大口從客棧帶來的包子，輕輕掃了宰煥一眼。

「你是什麼時候晉升到假說階段？」

「幾年前。」

「看起來也可以開顯聖域，世界力的量和質都相當不錯。以你的成長速度，再修行個幾百年，整個幻想樹應該沒有人會是你的對手。不過，現在還不是時候。」

今井吞下口中剩餘的包子。

「即便同為七星，拉塞爾跟厄杜克西尼強大的程度也截然不同，厄杜克西尼是足以與七天抗衡的傢伙。」

「看來你對總司令相當了解。」

「因為我見過他啊，該知道的我都知道。」

「跟你們比的話呢？」

「這問題有點難回答，大概只有打過才知道。」

「那倒是值得我一試。」

今井皺起了眉頭。

「看樣子你不太了解自己的程度啊，成為七星之一就得意忘形了——」

「強弱無關緊要，我從來沒操心過那種事情。」

宰煥泰然自若地回覆，令今井露出無言以對的表情。

終於，一行人的步伐停了下來。

不知何時，古老的宮殿已在眼前。

鐘表匠將宰煥送入內部，隨後將其他人擋在大門外。

「你們就此止步。」

這一次，鐘表匠顯然沒有打算退讓。

望著他們不同尋常的氣勢，想必是加入了不少比九點更強大的成員。若是在此處試圖強行突破，即使是龜裂的團長，也不得不承受一定的損傷。

柳雪荷作出了決定。

「就先這樣吧。」

「這樣撒手不管好嗎？那傢伙百分之百會死的。」

柳雪荷沒有回答，只是默默盯著宰煥走進宮殿入口。

✝ ✝ ✝

宮殿內部站著幾名侍衛，他們確認宰煥的身分之後，默默行了個禮，便開始領路。

宰煥跟在無聲移動的侍衛身後，漫步在宮殿的走廊上，步伐悠閒，彷彿享受著此刻的閒情逸致。他看著陳列於走廊兩旁的展示品，似乎對於總司令的品味有了些許的了解。

丈八蛇矛、青龍偃月刀、真名劍、雙龍劍、方天畫戟……

展示品全都封存在毫無特別裝飾的透明盒中，盒面下方寫著標示兵器名稱的小字。

有些兵器宰煥曾經有所耳聞，也有些是他初次見到的兵器，因此他無法辨別那些武器是否為真品。

唯一能確定的是，見到那些兵器的瞬間，他腰間的獨不貪婪地嗡鳴作響。

「那是總司令蒐集的配件，大多是真品，不然就是非常接近真品的贗品。」

「防備太鬆懈了。」

「這代表他相信沒人能闖進這裡偷東西。」

此外，還有各種看起來像是紀錄冊的書籍。

《幼發拉底詩集第八卷》、《關於大師塔》、《三神器的祕密》……

倘若時間許可，有些書名甚至令他迫不及待地想要翻閱。

宰煥默默地瀏覽書名，突然停在某一個展示品前。

《關於元宇宙與世界盡頭的隨筆》。

光是書名便相當引人入勝，但最讓他感興趣的是這本書的作者。

—妙拉克·阿爾梅特著

不知從何開始，走在前方的侍衛身影已然消失。

『你想要那本紀錄嗎？』

取而代之為他指路的是，飄散於黑暗中的，灰燼般的聲音。

『通常人們都是對兵器感興趣，你倒是挺特別。』

宰煥循著聲音的方向走去。片刻後，走廊的黑暗散去，通道的盡頭出現一座明亮的演武場。

演武場中心，一位中年人盤腿閉目而坐。

半白的頭髮、俊俏的臉龐，作為窮凶惡極的聯盟總司令，眼前的男人給人的印象卻截然不同。

男人沒有開口，而是用意念說道。

『謝謝你欣然接受邀請，宰煥。』

徐徐睜開眼眸的總司令，用藍色的虹膜注視著宰煥。他像是凝視著宰煥的靈魂一般，眼神真誠而清澈。

這麼一想，已經很久沒有人初次見面時直接叫他的名字了。

「你就是總司令？」

總司令點了點頭。

實際見到的總司令看起來有些弱不禁風，骨瘦如柴的身軀，令人懷疑是否真的能擋下他一記刺擊。

然而，只要能感知世界壓的存在皆能知曉，以這個男人身上流淌的世界壓來看，他毫無疑問是聯盟的總司令——七星之首，灰燼之神厄杜克西尼。

當宰煥的手伸向獨不之際，總司令開口了。

『我不是為了打架才找你來。』

「何必拖延時間？在這裡一決勝負更快。」

總司令緩緩起身，身體輕輕一拐，一股優雅的世界力氣息隨即縈繞周圍。宛如電流流入了古老的工廠一般，整個第八層微微震動。
宰煥不由自主地握緊劍柄。
在旁人看來，這不過是一場不起眼的表演，對宰煥而言卻並非如此。他至今遭逢的敵手中，眼前的男人可說是排名前三的強者。
『果然，百聞不如一見。從世界壓來看，你已經超越覺醒第四階段，如今正邁向第五階段了吧？』
「你了解覺醒？」
覺醒並非普通神祇能輕鬆談及的話題。
總司令對著宰煥微微一笑，走向窗邊，各式各樣的迷你模型如花盆般陳列在那裡。
總司令注視著它們，緩緩伸出了手。
—元宇宙一之一層。
—元宇宙二之六層。
—元宇宙三之五層。
—元宇宙四之十二層。
……
定睛一看，這些迷你模型全都以元宇宙內部地圖為藍本製成。第一層、第二層、第三層、第四層……甚至還能見到第八層的全景。

看著在模型中活動行走的眾神，以及位於模型中央的漆黑宮殿，宰煥瞬間感到一陣寒意。

那不僅僅是迷你模型。

也就是說，那個是……

「難道你就是駕駛員？」

『該說是我留在這座塔上的代價嗎？我確實有替他執行一些工作，畢竟駕駛員那傢伙太懶了。』

總司令開始動用世界力修復坍塌的迷你模型。他管理著許多聯盟負責的舞臺，填充新的配件，復活那些用於任務中的怪獸。

他移動的手指，偶爾不經意摧毀迷你模型內的神祇。他們是在塔的第四層，反覆利用遊戲機制漏洞進行挑戰的集團。

直到這時，宰煥才有些明白總司令是何種存在。

『我能猜到你在想什麼，但不必擔心，我會依照我的標準公正地處理一切。駕駛員也知道這一點，所以才會將事情交給我。』

「我破壞塔的時候，你為什麼放任不管？」

『已經很久沒發生這種事情了，所以讓我產生了點興致。』

宰煥總算理解，總司令為何會將他召喚至此處了。

打從一開始，宰煥的威脅就毫無意義。

總司令隨時都能輕鬆動動手指，粉碎這裡的所有神祇。

11.

創造舞臺，再摧毀舞臺。

總司令似乎已經重複這個工作很長一段時間。

『總司令。』

安徒生的呼喚令總司令微微動了一下頭。

『五百年沒見了吧，安徒生。』

兩名神祇一時陷入沉默，宛如在追溯久遠的記憶。

總司令注視著徹底毀壞的迷你模型，那是已然無法修復，成為一片廢墟的地圖。

那片廢墟是宰煥在第六層摧毀的世界。

『當時挺有趣的。』

有趣。

能這麼評價那段時光嗎？

宰煥理所當然地認為安徒生會大發雷霆。

『是啊，那時候確實如此。』

對於安徒生的回答，總司令有些意外地嘟囔一句。

『妳變了。那時的妳與其說是神，更接近人類。』

『我跟以前一樣，只不過，現在我稍微能夠體諒你了。』

安徒生沉靜的目光注視著成了廢墟的迷你模型。

『謝謝你照顧艾丹、賈斯蒂斯和阿爾戴那。』

『其實我本想再讓他們活久一點，他們都是很好的神。』

『他們當然是很好的神。』

在長達五百年未見的宿敵面前，安徒生的語調依然冷靜。與遇見元宇宙六神或老伙伴時相比，如今的她顯得更為平和。

被她壓抑已久的怒火，也能散發如此幽靜的光芒嗎？

又或者，此刻的安徒生已經不再留有那樣的情感芥蒂？

無論是哪一種情況，宰煥都意識到安徒生確實有什麼不一樣了。而他們共同登塔的這段時間，也對她產生了某種影響。

『妳是為了替同伴復仇而來的嗎？』

『一半是，另一半是為了替信徒報仇。』

『聽說妳的代行者和信徒變成了傀儡。』

『我知道那不是你主導的，因為你本來就對那種事不感興趣。但既然聯盟的負責人是你，你就必須為此承擔責任。』

『我無法反駁。』

『說實話，我沒想到你還留在這裡，我原本以為你早就見過塔的最終層了。』

正在照料塔的總司令，手指第一次微微一頓。

『見是見過了。』

窗邊豎立的迷你模型中，並沒有包含第八層之後的景象。第九層和第十層，不在總司令的管理範圍內。

『這座塔還像以前一樣有趣嗎？』

總司令沒有回答安徒生的問題，他只是看著宰煥和安徒生，露出一抹微妙的笑容。

『我還以為自己再次見到你會生氣。』

『然後呢？』

『但現在看著你，只覺得你很可憐。』

安徒生靜靜地注視著總司令。

即使是如此強大的總司令，在迷你模型之間，看起來就像一個負責管理花盆的園丁。

總司令說過，他代替駕駛員行使部分職務，這也意味著，他承擔著一定的代價。

『即使付出這麼大的代價，你的疑問仍然無法在這座塔中得到解答嗎？』

『有些問題永遠都無法獲得解答。我明知這一點，卻還是不斷提出問題。』

『現在該思考最後一個問題了。』

『或許我就是在等待那一天的到來吧。』

總司令笑著，他輕輕吹了一口氣，覆蓋在迷你模型上的薄薄一層灰塵便如灰燼般散去。

『或者，是在等待一個能替我繼續提出疑問的人。』

總司令望向宰煥。

宰煥迎上他的目光，問道：「你找我的理由是什麼？」

『覺醒者宰煥，試圖看見幻想樹盡頭之人啊。』

總司令眼中閃過藍色光芒的瞬間，宰煥意識到他正在窺探自己的固有世界。

縱然沒有開顯聖域，總司令也能看見「滅亡後的世界」，他抬頭仔細端詳懸掛在天空中的奇異眼珠。

『你為何登上這座塔？是想要讓你的世界觀獲得認同嗎？』

宰煥從眼前的男人身上感受到了微妙的共鳴。當初見到薩明伽藍時，也出現了相似的感覺。

凡是曾經深深苦惱自身世界觀的人身上，往往會散發出一股特別的氣息。而眼前的男人與他一樣，同樣好奇著世界的盡頭，又或者，他是曾經深究過世界盡頭的存在。

因此，宰煥才能夠坦誠地回答。

「我來這裡是為了找朋友。」

『朋友？』

「可惜的是，他似乎不在這座塔裡，所以我打算見見駕駛員，問他幾個問題。」

『什麼問題？』

「關於初始噩夢。」

總司令像是在忖度宰煥的心思，凝視著他的雙眼良久。

『有些疑問本身就蘊含強大的力量，光是提問，就足以使世界毀滅。』

「如果這麼做就足以使世界毀滅，那或許毀滅也是命中註定。」

總司令笑了。

『你說的對，但即便是駕駛員，大概也無法回答這個問題。』
「什麼意思？」
『過於龐大的疑問，本身無法成為疑問。』
總司令像是在堆積木，將迷你模型一層一層地疊放起來。
第一層、第二層、第三層、第四層……層層堆疊的迷你模型組裝起來，隨即形成了一座塔。
宰煥腦中頓時浮現了在妙拉克的塔中見到的那段文字。
—最終，每座噩夢之塔，都只是幻想樹頂端的「初始噩夢」的仿製品。
總司令繼續說道。
『由於提問的範疇過於龐大，任何神祇都難以回答。因此需要將問題分解，從小的疑問開始，再進一步細化成更小的疑問。』
倏然間，宰煥想起了練習刺擊的時光。
「就像必須先以小東西為目標開始刺擊，最後才能對上更大的目標，是這個道理嗎？」
『按照你的方式，也可以這麼理解。』
總司令露出微笑，宰煥的表述似乎令他感到愉悅。
「那我就得先對你使用刺擊了。」

『我想這就是你目前最迫切的疑問吧——究竟灰燼之神厄杜克西尼會比屠神者宰煥更強，還是更弱？』

宰煥點了點頭。這確實是他目前最想知道的問題。

『你希望的話，我也能現在就告訴你答案。當然，如果是我，不會立刻去尋找那個解答。』

「為什麼？」

『因為無法得到正確的答案。』

——那是指我會輸嗎？

正當宰煥打算這麼問時，又立刻閉上了嘴巴。

如果只是單純認為他會輸，總司令不會使用「正確的答案」這個表達方式。

宰煥扔出了另一個問題。

「你說你去過最後一層。」

『沒錯。』

「你在最後一層問了駕駛員什麼？」

『我不能告訴你。』

「看來你也沒能獲得『正確的答案』。」

面對宰煥的提問，總司令的眼瞳微微顫動。

『是啊。』

「所以你待在這裡，是為了再度登上最後一層，對吧？」

或許是覺得繼續談下去沒有意義，總司令隨即進入正題。

『我找你的原因很簡單。三天後，參加攀枝大賽吧。』

「我拒絕。」

『你沒有拒絕的權利，威脅也起不了作用。如果你想那麼做，也可以試試。』

總司令並未看向宰煥，只是淡淡地說著。

宰煥緊握獨不的劍柄，調整呼吸。

然而在宰煥驅動世界力的期間，總司令只是默默修理著迷你模型塔。

第八層模型在總司令的指尖之間移動，接著，他的指尖停在了某個點上。

宰煥十分清楚他的指尖所停留的位置。

武林客棧。

若宰煥此刻拔出獨不施展波濤之路，總司令將會如破壞玩具般輕而易舉地粉碎那間客棧。

『你和五百年前的安徒生非常像。』

總司令似乎相當享受這種情況。

『我看到你擊敗拉塞爾的招式，很出色，但還遠遠不夠。動動手指就輕易讓你爆炸身亡的存在，在深淵最少有十名。』

「你究竟想說什麼？」

『你的成長方式顯而易見，想必是將一項技能鍛鍊到極致而變強的類型，就如同反覆提出同一個問題。你或許比這世上任何人都擅長提出同一個問題，但過度執著於那個問題，反而導致你錯過了當下應該提出的其他疑問。就像專注於迅速登塔，卻錯過了第二層到第五層的風景一樣。』

「我不是來這裡觀光的。」

『正因如此，你才更應該認真欣賞這座塔。夢魔的塔宛如一件藝術品，如果一開始沒有靜心解讀，就永遠無法發現其中的細節。傲慢的覺醒者啊，我給你三天正是為了這個原因，希望這段時間能讓你充分準備幾個提問。』

宰煥至今從沒見過話這麼多的神祇，或許正因如此，他也有些好奇。

就算總司令的話屬實，他也沒有理由為了宰煥作出這麼大的讓步。

「為什麼要給我變強的時間？」

『安徒生應該也清楚，現在的你無法與我匹敵。』

宰煥回頭看向站在自己肩膀上的烏鴉。然而正如字面上所述，安徒生此刻頂著一張烏鴉的面孔，令人無法讀取她的心思。

總司令的話語還在繼續。

『即使如此，因為你信任我，所以還是接受了我的邀請，我對這分信任表示敬意。宰煥，純真的神啊，你非常幸運。要相信你所走過的歷程，拯救了你的生命，為自己還有時間可以提出疑問而感激吧。』

隨著這番話語，宰煥感覺到周圍的空間正在扭曲。彷彿行星開始朝反方向自轉，視野失去了平衡。

是受到總司令的設定影響嗎？

當宰煥急於拔出獨不的那一刻，他的肉體突然感受到巨大的壓力，甚至自己動了起來。

伴隨一陣噁心感湧上，周遭景象隨之變化，從演武場變成走道，再從走道轉爲迴廊。

重新回過神時，宰煥意識到自己再度站在宮殿之前。

「怎麼回事？你剛才不是進去了嗎？」

站在附近的柳雪荷睜大雙眼，盯著宰煥，旁邊的今井也露出驚訝的神情。守衛宮殿入口的鐘表匠像是在責備他為何還在那裡一樣，瞪視著宰煥。

而宰煥這才緩慢地意識到自己身上發生了什麼事情。

心臟猛地跳了一下，關於噩夢之塔的久遠記憶頓時湧入腦海。

但總司令是怎麼做到的？

在噩夢之塔時，彼斯特萊因分明說過，這種奇蹟在宇宙的任何地方都不可能發生。

『這就是總司令擁有的三神器的能力，也是他迄今為止，除了對抗七大神座外，未曾敗北的原因。』

唯有與宰煥一同進入宮殿的烏鴉，才能解釋此刻發生在他身上的事情。

『總司令厄杜克西尼，能夠逆轉時間。』

Episode 22. 攀枝大賽

1.

你吃得真香啊，我以前認識的某個男人也非常喜歡這個包子。

——摘自《包子的回憶》，萬里神通著

† † †

見識過總司令的能力後，宰煥的思緒變得有些複雜。

對方竟然能倒轉時間。

回顧過往的對手，他從未遇過擁有如此超常技能的存在。

「妳確定那不是幻覺，而是真的倒轉了時間？」

「對。」

「我認識的惡魔說過，這世界上不存在那種能力。」

「我明白你的意思，不過確實有倒轉時間這種能力，只是用『回歸』來形容有點誇張就是了。」

「看來能力是有限制的。」

畢竟，這種近乎全能的設定不可能毫無限制。

宰煥立即返回客棧。

「宰煥先生啊啊啊！」

伴隨著噠噠噠的腳步聲，柳納德飛奔過來，撞在宰煥身上。

宰煥低頭看了看柳納德，向萬里神通問道：「你們不是去安全屋了嗎？」

「被聯盟發現了。根據我的判斷，讓他們待在這裡反而更安全。」

看來聯盟已經看穿了宰煥一行人的行動。

如果宰煥與總司令直接發生衝突，客棧裡的所有人都會喪命。

此時已有不少熟悉的面孔抵達客棧，包括雷伊雷伊、勒內、皮爾格林、蓋爾、馬爾提斯，以及今日的眾神。

宰煥再度意識到，進入這座塔以來，自己遇見的人比想像中還要多。

大家七嘴八舌地向他提出疑問。

「聽說你去挑戰總司令了。」

「現在要開戰了嗎？」

「你見到總司令了？他說了什麼？請看著鏡頭說一下吧！」

宰煥望著一行人，答道：「我們決定在三天後一決勝負，在那之前，聯盟不會輕舉妄動。」

「總司令真的這麼做？」

「這我就不曉得了，他是個有點奇怪的傢伙。」

眾人回以狐疑的目光，但宰煥不打算多作解釋。

「總之，接下來的三天我要閉關獨處，別來打擾我。」

同伴們的眼神中滿是困惑，他們從未見過這副模樣的宰煥。向來毫無顧忌、勇往直前的他，竟然決定停下來喘口氣？

「宰煥先生，那這段期間我要做什麼？我現在每天都在練習刺擊。」

「對著什麼刺擊？」

「沒有目標物，就是對著聯盟的方向刺擊。」

宰煥靜靜望著柳納德，說道：「你現在能使出普通刺擊了嗎？」

「還沒辦法完全掌握。」

「繼續和大家一起訓練，在你可以使用強力刺擊之前，不要參與戰鬥。」

柳納德點點頭表示明白。

「三天後見了。」

宰煥徑直走出客棧。因為他知道，繼續拖下去只會讓其他人更加困惑。離開客棧，一條開闊的街道展現在眼前。

奇怪的是，他此刻竟有種彷彿初次進入元宇宙的感覺。

站在他頭上的安徒生問道。

『這三天你要幹嘛？』

「認真查看下面的樓層。」

『為什麼？因為總司令說的話？』

安徒生有些詫異，在她看來，宰煥是個根本不會把別人的話聽進去的那種人。

「因為我想起了遺忘許久的回憶。」

『什麼回憶？』

「據說建造這座塔的夢魔也是一名大師，那這裡應該也隱藏著夢魔留下的祕密。」

賽蓮說過，每座噩夢之塔都蘊含著夢魔的意圖。若是如此，元宇宙肯定也留有夢魔的痕跡，就如同妙拉克在噩夢之塔留下的字句。

此時，眼前浮現了一條訊息。

〔屠神者『宰煥』紀念禮包登場，帶你重溫在元宇宙無意間錯過的回憶！〕

〔與屠神者『宰煥』一同踏上尋找元宇宙祕密的大冒險！〕

〔只要 30,000 托拉斯，就能在三天內任意遊覽第一層至第八層的各個角落！〕

沒想到在這個節骨眼上，他們竟然還在賣這種道具，而且還不只賣給他一個人。

「哦哦，回憶之旅嗎？」

「元宇宙的生意做很大嘛。」

「可以跟屠神者一起去嗎？元宇宙的祕密又是什麼？」

看著鬧哄哄的眾神，宰煥輕蹙眉頭。

因為聯盟的橫行，元宇宙早已難以找尋過往的樣貌，要透過禮包查出塔的祕密更是無稽之談。

宰煥沒有購買禮包，而是輕輕躍入半空，登上客棧的屋頂。

那個地方有人正在等著他。

「他來了。」

宰煥朝龜裂成員點了點頭。

等待著他的正是柳雪荷、今井，以及陳恩燮。

聽完宰煥簡短的說明，柳雪荷答道：「你要我們保護你三天？」

「我打算閉關修行，這期間需要人護衛。」

「你確定？就用這件事來抵銷你救恩燮的恩情？」

「一言既出，駟馬難追。」

宰煥一屁股坐在屋頂上，盤起雙腿，屏氣凝神。

此刻起的三日間，他不能受到任何干擾。

他不認為總司令會出手襲擊，不過萬事還是小心為妙，何況如果聯盟的蒼蠅傾巢而出，他需要有人替他保護客棧。

「今井，聽見沒？好好護著。」

「妳又打算推給我？」

「我也來幫忙！」

隨著陳恩燮激昂的大喊，宰煥漸漸沉浸於自身的固有世界之中。

他緩緩眨了眨眼，不知何時，周圍的景象已經變了，抬頭一看，天空上巨大的眼珠正凝視著自己。

他已經完全進入了自己的固有世界。

宰煥徐徐移轉目光，四周的風景一幕幕映入眼簾。

最先映入眼簾的是頂著瑞秋·玲模樣的安徒生。她在固有世界中鑿開一扇窗戶，正朝外張望，發現宰煥時著實嚇了一大跳。

「哇！嚇我一跳！你什麼時候進來的？」

「剛剛。」

「不對啊，你幹嘛突然進來，不是說要去看看下面的樓層嗎？」

「因為塔就在這裡。」

「能不能淺顯易懂地解釋一下你在說什麼鬼話？」

「現在的元宇宙不是夢魔設計的原始狀態，我想看的是『以前的元宇宙』。」

安徒生的神情微微一變。

「等一下，不會吧。」

宰煥立即將手伸向安徒生。

隨即，安徒生體內流淌出記憶的細流，團團湧出的記憶在固有世界的地面扎根，迅速長成了一個巨大的形體。

安徒生呆呆地望著那個形體的尖端。

她記憶中的元宇宙就在那裡。

那座令人既思念又憎惡的塔，設施相比現在陳舊得多，看起來毫不起眼，但仍然散發出一種獨特的韻味。

在那座塔的入口，宰煥看見了一塊從未見過的告示牌。

—神祇無法抵達世界盡頭的原因很簡單，因為太過沉重，而這座塔是我為沉重的神建造的階梯。

這或許是尼爾．克拉什所留下的文字。

宰煥讀著這段文字，然後問安徒生。

「妳說過，妳曾和總司令交手。」
「沒錯，雖然是很久以前的事了。」
兩位神一同仰望著塔樓，沒有相互對望。
這座塔太大，想在三天內徹底探查，簡直是天馬行空的想法。
安徒生說道。
「先提醒你，我的任務會很艱難。」
「這就是我要的。」
「好，那就試一試吧。」
於是，這場為期三天的旅程就這樣開始了。

† † †

宰煥進入固有世界的同時，柳雪荷孤身前往聯盟的本營。
這不是她和宰煥事先商定的計畫，但龜裂著手行動之前，何曾在意過這種細枝末節？
柳雪荷轉眼間就越過眾多建築，瞬間抵達宮殿的正門。
「什──」

守衛伴隨著臨終的慘叫一同倒下。

柳雪荷直闖正門進入宮殿，驚訝的鐘表匠一擁而上。

三點、五點、六點，鐘表匠根據其標示的時間分為數個階級，被譽為強者的七點到十二點似乎都不在宮中，那就沒必要浪費時間了。

轟隆隆隆。

當鐘表匠察覺一道雷電擊中宮殿上空時，他們的腦袋隨即被疾如閃電的鎖鍊斬飛。

為了阻止肆無忌憚闖入的柳雪荷，在迴廊一側按兵不動的神祇傾巢而出，其中甚至包括七星以下、元宇宙六神以上等級的強者。

「龜裂有何貴幹？」

聽見這副口吻，柳雪荷頓時明白了對方的身分。

「妳若不立即撤退，我將動員聯盟的全部軍力——」

「原來聯盟的新任軍師就是你啊。」

她曾聽聞過這人，雖然記不清名字了，但對方確實是這座塔中有兩把刷子的神祇。

讓宰煥陷入麻煩、折磨陳恩燮，這些肯定都是出自於那傢伙的指示。

柳雪荷秉著最後一分耐心，張口道：「叫總司令出來。」

「妳以為我們會畏懼龜裂嗎？」

大概是在擊潰陳恩燮的過程中獲得了自信心，軍師絲毫沒有害怕柳雪荷的神色。

「上啊！」

柳雪荷看著一擁而上的聯盟士兵，笑了起來。

「看起來龜裂的聲望已經跌落谷底了。」

她抬頭望著宮殿的天花板，緩緩閉上雙眼。

隨著她的感知能力增強，周圍神祇的動作相對減緩。

聖域開顯——屍山血海。

當她再度睜開眼時，整個世界都沐浴在鮮血之中。

「呃、呃啊啊啊啊啊——！」

眾神七孔流血，這些分明無法流出鮮血的存在，卻都嘔血而亡。

在眾神崩潰的哀號聲中，柳雪荷的鐮刀悠悠地砍斷了他們的脖子，頸項遭斬斷的軍師甚至到最後一刻，也尚未意識到自己的死亡。

柳雪荷漠然地踢開軍師的頭顱，嘆了一口氣。

「可不能全部都死啊，總要有人回去報告這一切吧？」

幾名勉強保住性命的神祇這才驚慌起身，倉皇逃回宮殿。

此刻他們才意識到，這就是龜裂——眾神的恐懼、君主的宿敵，亦是整個幻想樹最邪惡的恐怖組織。

遠處傳來幾聲頭顱破碎的聲音，與此同時，演武場這一側，總司令現身了。

『好久不見，雪荷。』

「好久不見。」

柳雪荷端詳著總司令的臉龐許久。

「師兄。」

『妳來這裡做什麼？』

「你的總司令遊戲要玩到什麼時候？裂主希望你回來了，我們也等得夠久了吧？」

厄杜克西尼在昏暗的空間中凝視著雪荷。

『我說過，我已經離開龜裂了。』

「清虛師父也說過這種話，但是啊，如果每個人都想走就走，那就有點困擾了。剩下的人該怎麼辦，對吧？我們不是說好要一起在這座地獄裡奮戰到底的嗎？」

總司令凝視著柳雪荷的固有世界。

由屍體堆積而成的屍山血海，那正是七百年前「大失蹤」的慘象。

「醒醒吧，師兄，別再自居為神了。清虛師父走了，你也離開了，現在龜裂的走向有些不對勁。你也清楚，裂主很難獨自承擔這一切。」

『雪荷啊，我們無法再成為伙伴了。』

「所以你才偷偷潛入第五站點嗎？看樣子你似乎偷到了克洛諾斯的『時光回溯器』，那你幹嘛不乾脆把時間倒回到七百年前，拯救你死去的弟弟？讓龜裂消失，讓七大神座消失，回到沒有神祇和君主的時期去啊。」

總司令露出苦澀的笑容。

『我確實想那麼做過，但太困難了。』

「這也不行，那也不行，所以你決定把自己關在這裡，像個囚犯一樣度過餘生，再像以前一樣時不時拋出一些奇怪的問題？」

『我仍舊會提出疑問，但現在的我，有時也會懷疑自己提問的理由。』

黑暗中，總司令的眼眸如鬼火般燃燒起來。他緩緩眨了眨眼，接著將視線從屍山血海移開，望向窗外。

『也許是因為這個關係，最近我偶爾會對其他人提出的疑問更感興趣。』

「例如呢？」

總司令靜靜抬起手，下達了逐客令。

『離開吧，別再來找我。下次見面，我們就是敵人了。』

「我本來就是這個打算。」

柳雪荷全身湧出的世界力氣勢更加強烈。

「乾脆就在這裡殺了你再走吧。」

耀眼的雷電凝聚在柳雪荷身上，殺氣如鋒芒般襲向總司令全身。

「前龜裂第二團長，金時雲，我將在此消滅你。」

就在那一瞬間，總司令發動了他的設定。

總司令的三神器之一，時光回溯器開始運作。

在強制逆行的時間洪流中，柳雪荷的面容變得凶狠猙獰。

「就憑這種設定——」

喀喀喀喀，聖域之力發動，柳雪荷的時間開始逆轉。

總司令從懷裡掏出了一個立方體。這立方體比囚禁宰煥和艾丹的時間方塊大得多，看起來也更加堅固。

柳雪荷瞪大了眼睛，似乎想要開口大喊。然而一陣光芒閃耀，方塊的蓋子打開，隨著世界力風暴翻捲，她的身影和呼喊聲一同被吸進立方體內。

隨後，一切歸於沉寂。

『好好休息吧，三天很快就過去了。』

總司令將方塊放在演武場的窗邊。

咚、咚。

方塊內部不時傳來的震動，令窗邊的迷你模型隨之微微搖晃。

總司令聽著那陣聲響，彷彿什麼事情都沒發生，靜靜凝視著窗外的天空。

三天後，宰煥在黑暗中睜開了雙眼。

✢　✢　✢

2.

〔5分鐘後，第八層任務『攀枝大賽』即將開始。〕

眾神紛紛聚集在聯盟根據地宮殿的後院。

從元宇宙的骨灰級玩家，乃至深淵大名鼎鼎的強者，全都齊聚一堂。

眾神身穿不同造型的服裝，三三兩兩聚集在那裡等待任務的模樣，宛如一群正準備參加大型運動會的孩子。

「好久沒感受到這種氣氛了。」

卡頓站在喧譁的人群間，臉上滿是不悅之色。

「卡頓，你不是深淵全境通緝的對象，先利用傳送陣去幫忙宰煥吧，記得別太引人注目。」

當時聽見這番話後，卡頓立刻動身飛來，而那已經是兩天前的事情了。

或許是多虧了平時良好的形象管理，又或者是因為卡斯皮昂並非七大神座的管轄範圍，警衛並沒有特別阻攔他。相反地，還有些人說他們訂閱了他的頻道，甚至要求簽名。

就這樣，卡頓來到了元宇宙。

他大手筆地花掉這段期間在深淵積攢的托拉斯，以飛快的速度登上第八層。

『喂，卡頓。到了嗎？』

收到賽蓮透過小兄弟傳來的訊息，卡頓簡短地回覆。

『到了。』

『宰煥呢？』

『還沒找到。』

明明聽說宰煥在第八層的入口，可是無論怎麼找，都不見他的蹤影。

『城主真的在這裡嗎？』

『對啊，據說他還跟龜裂接觸了。』

卡頓輕輕嘆了口氣，伸展一下身體。

如果賽蓮的情報正確，那麼宰煥肯定就在附近。

『小心點。』

就像印證了賽蓮的警告，周圍的神祇各個都顯得不好對付。如果這之中任何一名神祇前往混沌，想必都能掀起一場大災難。

卡頓露出了一抹苦笑。曾經他只要見到中將君主就會瑟瑟發抖，如今站在高階神祇之中，竟然不再感到緊張。

『放心，我和以前不一樣了。』

此時，附近傳來熟悉的招式名稱。

「輕刺擊！」

卡頓的金色眉毛猛地一挑。

「普通刺擊！」

這種直白到不行的技能名稱，翻遍幻想樹全域恐怕也只有兩人會這麼叫。

而其中一名正乘坐著滅亡號，像隻蝸牛般慢慢爬行過來，所以聲音的主人肯定是——

「嗯？」

當他走近聲音源頭時，卻看見了出乎意料的景象。

喊著招式的並非一兩人，而是一群不斷向前刺擊的神祇。他們赤裸著身子，隨著號令反覆進行刺擊。

刺擊的方向，準確地指向了聯盟的宮殿。

難不成是城主的追隨者？

卡頓在小兄弟中見過，他們好像是追隨宰煥的全裸團體吧。

與宰煥一同在混沌訓練的記憶浮上心頭，或許正因如此，他在無意間說出了一句話。

「動作不對。」

「你剛才說什麼？」

回過神來時，他發現自己已經被全裸的神祇包圍。

糟糕。

因為太久沒見到群體刺擊的景象了，他不自覺地太過投入。

「沒什麼。」

「既然你對我們的訓練不滿意，那你來秀一手吧。」

果然，喜歡刺擊的人不會輕易善罷干休。

「如果你真的這麼想……」

雖然卡頓現在專注訓練其他技能，但他起初也是從刺擊開始的。

刺擊，一條通向單點的簡潔直線。

卡頓輕輕深吸一口氣，召喚出長矛，開始刺擊。他猶如在進行穩固建築的基礎工程般，仔細堆疊鋼筋，並以虔誠的心繪出線條。

就這樣反覆刺擊許久。不知不覺間，周圍的裸體神祇成群結隊地聚集此處，坐在一旁觀看著卡頓。

「哇，這位大哥，你真厲害。」

那是一位讓人有些面熟的少年，或許是方才還在拚命練習刺擊，少年的全身被汗水浸濕。

卡頓收起長矛，難為情地笑了笑。

「謝謝。」

「你剛才那是什麼刺擊？」

「哦，這個。」

卡頓稍微思索了一下。

「這叫作清虛刺擊。」

「清虛刺擊？」

「是一位名叫清虛的老先生，為了刺擊而設計的招式，我的指導者也經常使用──」

「10秒後，『攀枝大賽』即將開始。」

愉快的相遇很快便結束了，一名觀看著刺擊的男子從原先的位置上站了起來。

「你的刺擊不錯，俊俏的小伙子。柳納德，走吧。」

「是！這位大哥你也加油喔。」

「你也是，一定要活下來。」

卡頓與少年交換眼神，輕輕碰了拳頭。

原先觀賞刺擊的群眾也紛紛散去。

本以為他們聚過來是為了找麻煩，沒想到人群就這麼安靜地離去了。

熱愛刺擊之人的心境果然有所不同。這一刻，卡頓對宰煥的尊敬之情再度油然而生。

轟隆隆隆，空中開始降下龐然的樹根。那是一棵巨大的樹木，光是樹圍就足足有數千公尺長，甚至占滿第八層中心區還綽綽有餘。

〔公告任務細節！〕

＋

〈攀枝大賽〉

一、攀枝大賽為沿著指定路線奔至目標地點，並選出最先抵達者的輕功比賽。

二、本賽事存在能提升能力的特殊增益。

三、獲得增益的乘客，移動速度與生命恢復速度將會提高。
四、殺害持有增益的乘客，可以奪取該乘客的增益。

＋

〔接觸附近的樹根將能移動至任務地點。〕
卡頓仔細閱讀了任務內容，毫不猶豫地將手伸向近處的樹根。
〔您已選擇461號樹根。〕
眼前的景象扭曲，下一刻，卡頓站在一道向天空無限延伸的螺旋階梯之前。
這裡是樹的內部。
幾乎同時，數名理解了規則的神祇高聲大喊。
「跑啊！」
卡頓與他們一同跳上了螺旋階梯。
在這無盡的螺旋階梯中，想必也有著宰煥的身影。既然如此，卡頓唯一能做的就是盡快找到他並給予幫助。
「有點礙事。」
有些神祇提前組好了隊伍，他開始遭到牽制。劍擊同時從左側與後方襲來，從劍上蘊含的穩健世界力來看，對方至少具備中將級君主的實力。
卡頓的銀色世界力翩然飄蕩。

法規系設定，銀光拘捕。

曾為技能的「銀光拘捕」隨著卡頓的覺醒，蛻變成專屬於自身的設定。

過去仰賴系統命令體系才能發動的拘捕力量，如今則是依循他所制定的法規而動。

「《卡頓談話法》第一條第五項：動口前，不得先動劍。」

銀白鎖鍊自卡頓全身迸射而出，束縛住突襲者的手腳，將其摺倒。

「呃、呃啊啊，這是什麼鬼東西！」

行動受限的神祇就這樣滾下階梯。

卡頓瞥了他們一眼，低喃道：「為什麼不好好遵守法規呢？」

「到底是誰頒布那種法律——」

「《卡頓談話法》第一條第一項：不得打斷他人的話語。」

一道銀白鎖鍊飛來，將擋住前路的神祇拋起，丟到九霄雲外。

「等等，那人難道是——」

眾神此時才察覺到卡頓的身分，臉色一變。

「是銀光拘捕！我在小兄弟看過！」

「法令中毒者！」

「美男子！」

卡頓一臉難為情地朝眾神揮了揮手，接著又向前衝了過去。

當他奔越數千級階梯時，出現了通往更寬敞階梯的通道。

他進入的地方是四六一號樹根，看樣子其他樹根的倖存者也是通過這條通道匯集。

卡頓繼續沿著階梯向上攀爬。

途中對他造成威脅的並非只有神祇，還有突然從通道中竄出的怪獸，以及莫名其妙冒出的陷阱。

「感覺就像在登塔一樣。」

卡頓身為天族與人類的混血兒，從未真正經歷過噩夢之塔。他誕生於樹根，死後便墜入混沌，因此他與其他人類不同，他沒有故鄉。

〔您獲得了增益！〕

〔移動速度已提高！〕

約莫繼續奔跑三十分鐘後，卡頓已經加入了領先隊伍，甚至在路上的隱藏寶箱中獲得增益，移動速度大幅提升。

就在他認為自己可能會比宰煥先抵達終點時，一股強大的氣息擋住了他的去路。

嘶嚓。

上半身的衣襟被猛地劃破，若是他沒有下意識地停下腳步，身體很可能就被眼前的鋼絲切成兩半了。

某處傳來了時鐘滴答的聲響。

一、二、三、四……

看見戴著黑色眼罩的蒙面人時，卡頓的表情一沉。

眼前這些神祇，明顯與他以往對抗的敵人高出一個層級。若以君主來比喻，他們是接近君將級別，甚至與之相當的存在。

卡頓召喚出他的主要武器「銀光聖槍」，握在手中。

有人輕聲低語。

「銀光拘捕卡頓，水準在第四階段覺醒初期，聖域未知，主要設定是銀光拘捕和銀光聖槍。」

「你認識我？」

蒙面人沒有回答。

卡頓不假思索地躍入蒙面人之間。

眼前的敵人相當強大，如果不搶先削弱對方氣勢，接下來便難以突破重圍。

瞬間，包圍在四周的敵人瞄準他的盲區，持匕首向他刺來。

法規系設定，法令。

當卡頓口中流淌出如方言般令人難以理解的話語時，秒針規律的滴答聲響頓時減弱，他隨即捕捉到匕首前進路線偏移的剎那。

卡頓式演繹——強力刺擊。

從宰煥身上學來的刺擊，自卡頓的聖槍中噴薄而出。眼看充滿威脅的銀光世界力逼近，蒙面人快速向後飛退。

那記刺擊徑直貫穿了敵方陣形，鎖定隊伍中心的蒙面人。這是一記誰都無法躲避的攻擊。

喀喀喀！

然而，卡頓的刺擊卻在蒙面人的胸前扭曲變形。

那是眼罩上刻有「XII」字樣的蒙面人。

『卡頓，快逃！』

賽蓮似乎正透過直播觀看戰鬥，她急促的聲音傳了過來。

『那傢伙是盲人鐘表匠的十二點，實力相當於七星的強者！』

七星，閃耀於深淵天際的七顆星辰。

據說，宰煥最近重創了其中一顆。

但傳聞畢竟是傳聞，親自交手又是另一回事。

城主竟然與這樣的敵人交鋒過？

正面對上十二點的冷冽氣息瞬間，縱是已在深淵打滾兩年的卡頓，也不禁下意識地感到畏怯。

傳進腦海的指針滴答聲，宛如定時炸彈的計時器，嗡嗡作響。

卡頓穩住心緒，沉著地提升世界力。即使知道自己在這場戰鬥中沒有勝算，他也不能退縮。

「開顯你的聖域吧，銀光拘捕。」

十二點似乎是想看看卡頓的身手，他從胸口取出兩把短刀，形如時針和分針。時鐘的聲響比方才更加響亮了。

縱使卡頓全力運用「忘我」，他的身體動作仍舊遲緩。若是依照敵人的建議，開顯聖域或許還能打上一架，但問題是，他從未成功開顯過聖域。

「恕我拒絕。」

不知為何，卡頓的腦海一直無法浮現符合「聖域」形象的地方。他曾試著想像一個與法律有關的世界，但對他這個不是夢魘的人來說，要將字符想像成具體的世界，實在太過困難。

「那你的時間就到此為止了。」

「《卡頓生存法》第一條第一項：這條性命只為城主而捨棄。」

卡頓的肩胛骨上綻放出銀色的翅膀。他的聖槍高速移動，與鐘表匠的短刀進行數十次的攻防。

匕首鑽入防守的薄弱處，劃過卡頓的翅膀和肩膀。

強烈的疼痛襲來，他卻面不改色。

這些人肯定是宰煥的敵人，既然如此，將他們困在這裡，或許能對宰煥有所幫助。

匕首的數量不停增加，卡頓逐漸陷入劣勢。在這種情況下，要繼續堅持幾分鐘都很困難。

面對如亡者般蜂擁而至的刀刃，卡頓腦海頓時閃過了他所懷念的景象。

——約翰、凱門，你們都好嗎？

那裡雖然不是他的故鄉，卻是他曾經長久駐留、傾注大量心血的地方。在那裡，他被稱為「北方盤查所長」。

而他成長並度過大部分生命的故鄉，則是混沌。

如亡者浪潮般洶湧而至的世界力波濤中，卡頓的銀白鎖鍊在空中崩解。

正當襲來的匕首即將砍斷他的頸項之際——

某處傳來了五角獸加爾納的咆哮。

卡頓瞪大了眼睛。起初他還以為那是幻聽，緊接著一聲脆響，眼前的匕首彈飛出去。

十二點面露驚愕，其餘鐘表匠也發出驚呼。

令人不敢置信的景象浮現在眼前，一道熟悉的身影正守護在卡頓身前，那道闊的背影，令人不禁聯想到戈爾貢城堡。

看見這道身影，淡忘許久的情感猛然湧現卡頓心頭。

他就是跟隨這道身影，才會來到深淵。

「城主。」

混沌認可的王回頭看向他。

3.

「不用擔心我，請您繼續往前吧。」

在卡頓堅定的嗓音中，宰煥露出了一絲苦笑。

時隔足足兩年，他們才再次重逢。

宰煥有很多想問的問題，也有很多想說的話。不必多言，他也能了解到卡頓是如何度過這段期間。

每當卡頓刺出銀白聖槍，他都能感受到歲月的痕跡。

宰煥明白，這樣的刺擊，唯有堅持進行一次次訓練的人才能做到。

看樣子無論是在混沌還是在深淵，這名固執鬼的性格依舊如故。

「我知道了。」

宰煥相信卡頓，向前奔去。卡頓的「銀光拘捕」死死纏住試圖緊追在後的鐘表匠。

只有一名鐘表匠擺脫了束縛，急追宰煥而去。那是盲人鐘表匠的十二點。

卡頓焦急的聲音傳來。

「小心，城主！」

十二點從背後拔出半透明的環刀，襲向宰煥。

獨不與環刀衝突的瞬間，宰煥也明白了一件事。

眼前的十二點是一名七星級的強者，雖然比不久前交手的深海之神拉塞爾略遜一籌，但毫無疑問是一名高手。

「你也是七星之一？」

「我對那種庸俗的排名沒興趣。」

「這樣啊……」

宰煥腦中浮現了清虛在他進入深淵前所說的話。

「小心點，小鬼。深淵很廣，比起那些揚名四海的傢伙，多的是不為人知的強者。『深淵的強者』可不是浪得虛名。」

深淵的強者。

宰煥久違地憶起了那張令人懷念的面孔。他踏上混沌初次遇見的人，見到自己時也產生了同樣的誤會。

十二點察覺到宰煥的心不在焉，臉色一沉。

「你在小看我？」

這時，他腳下的地面展開一面巨大的時鐘。

聖域開顯——正午噩夢。

地板上的時鐘準確地指向十一點五十分。

接著，秒針開始移動。

看來這就是鐘表匠的聖域。

〔請在10分鐘內躲避對手的攻擊。〕

〔受到攻擊傷害時，剩餘時間將會減少。〕

〔成功對對手造成傷害時，剩餘時間將會增加。〕

〔剩餘時間用盡時，您將受到致命傷。〕

宰煥大為震驚，原來還能以這種方式運用聖域？

四面八方飛來的刀刃擦過宰煥的肩膀和脛骨，剩餘時間轉眼已經減少了十秒以上。對手的攻擊節奏越來越快，宰煥身上的傷口也越來越多。

﹝剩餘時間減少1分鐘。﹞
﹝剩餘時間減少1分鐘。﹞
十二點相當擅長速度戰，時間已經不知不覺地降到五分鐘以內。
照這樣下去，一旦時間耗盡，宰煥將遭受致命傷，局勢會完全倒向十二點。
十二點一副勝券在握的樣子，臉上帶著從容的神情，甚至還游刃有餘地提供戰略建議。
「跟我比拚速度，你毫無勝算，把你擊敗拉塞爾的那套招式拿出來試試吧。」
宰煥冷笑了起來。
「深淵的神祇似乎很喜歡對敵人指手畫腳啊。」
「都給你指點生路了，還想抱怨嗎？」
深淵的七星強者態度都大同小異，大概是基於對自身世界觀深厚的信任所產生的傲氣吧。
宰煥擺出了刺擊的姿勢。
正如十二點所述，如果在速度戰受到壓制，那麼唯有施展強力一擊來決勝負才是解決之道。再繼續拖延下去，只會使對方更占上風。
察覺到凝聚在獨不之上的世界力，十二點輕輕作了個手勢，就在宰煥刺擊的瞬間，擺脫卡頓束縛的十點和十一點同時衝了過來。

轟隆隆隆隆！

獨不射出的世界力劃破空氣，直奔鐘表匠而去。

波濤之路是一種將世界力匯聚壓縮於一點的絕技。

敵方似乎早已分析過宰煥與拉塞爾的戰鬥，準確地將世界力集中在波濤之路的攻擊範圍中，以最大效率抵擋他的攻擊。

十點和十一點同時受到強烈的衝擊而飛出，多虧他們兩人分攤了攻擊力道，十二點完全沒有受到任何傷害。

眨眼間，十二點的身影出現在宰煥眼前。

或許是確信這麼強大的招式無法連續使用兩次，他的環刀鎖定宰煥的腦袋，直直劈落。

然而宰煥的獨不再次動了起來。

轟隆隆隆隆！

十二點大吃一驚，勉強撥開第二發刺擊。

「這——」

第三發刺擊緊接而來。

轟隆隆隆隆隆！

無法抵擋衝擊的十二點被彈飛，全身傷痕累累的十點和十一點，連忙上前為他掩護。

十二點勉強平復呼吸，嘴裡吐出一口銀光。

十點緊張道：「好像不太對勁，報告上沒提到他有這麼強。」

十二點蹙起眉頭，死死盯著宰煥。

「難不成是偶然？就我所知，他應該沒辦法連續使用那招。」

宰煥不發一語，再度採刺擊姿勢。十二點見狀，神情一僵。

宰煥的獨不再次噴出火焰，十二點在十一點與十點分散衝擊力的協助下，擋住了刺擊。

十二點若有所悟地低喃。

「這不是當時那招……」

他用充滿懷疑的嗓音低語。

「那招的威力沒有這麼大。」

十二點的判斷是正確的，宰煥使用的並非波濤之路，而是世界刺擊。

「原來如此。」

三名鐘表匠齊齊撲向宰煥。與此同時，宰煥的獨不開始旋轉。

一圈，兩圈，三圈……頃刻間繞轉十圈的獨不朝著正前方迸射而去。

世界刺擊十連發！

十二點被連續襲來的刺擊嚇得心神一顫，但這仍在他們的預期之內。

總而言之，這招的等級還比不上擊敗拉塞爾那招，他已經掌握了招式的威力和速度，只要抓準時機進行突襲——

世界刺擊二十連發！

「呃啊啊啊啊！」

在宰煥的刺擊下，面目全非的十點和十一點全身灑出銀光，無力倒地。

十二點雖然也傷痕累累，這次卻是他攻擊的好時機。畢竟威力如此強大的招式不可能使用超過二十次以上。

世界刺擊三十連發！

十二點嚇得瞪大雙眼，連忙用環刀擋下刺擊。

對於速度的較量，十二點充滿信心，他篤定自己一定比宰煥更快，更強！

刀劍交擊的聲響不絕於耳，十二點度過數次生死關頭。

他感受到與同等敵手對戰的喜悅，將自己逼到極限的戰鬥，也讓他變得更加強大。

最終，當宰煥的刺擊逐漸減緩時，他覺得自己贏了。

那傢伙的刺擊就到此為止了，他不可能再施展更多刺擊。

世界刺擊五十連發！

噗咻咻咻——十二點整個身體被洞穿。十連發令他受創，接著五十連發擊致重傷，最後五十連發再添上致命打擊。

下半身成了殘廢的十二點，不由自主地跪下雙膝。

他是怪物嗎……

不可能有這種事。

他認識的每一個七星，都無法連續發動這麼強大的攻擊。

「還沒有開顯聖域，怎麼可能會有那種力量——」

宰煥緩緩朝著倒下的十二點走去。

事實上，正如他所言，沒有開顯聖域不可能施展出這種力量。

聖域開顯，意指將特定的空間轉換爲自身領域，由於需要消耗大量的世界力，因此難以隨意施展。

「難道……」

於是，宰煥不禁思考，進行刺擊的時候，非得開啟整個聖域嗎？

十二點察覺到流淌在宰煥獨不上的聖域之力，瞪大了雙眼。

局部聖域開顯——這便是過去的三天裡，宰煥為了對抗深淵強者而研發的招式。

獨不的刀刃斬斷了十二點的連結，受到巨大打擊的他吐出慘叫，就此泯滅。

「閃開。」

目睹七星強者的慘痛敗北，群眾跌跌撞撞地退開。

確認卡頓也跟上來之後，宰煥再度開始疾奔。

或許是因為來到樹枝上層，聯盟的高階神祇開始頻繁出現，但大概是目睹了剛才的戰鬥，他們並沒有貿然衝上來。

陸續擊退了幾名神祇後，階梯的盡頭終於出現在眼前。

「很抱歉，但你無法再往上了。」

一名和萬里神通差不多年邁的男子，擋住了宰煥的前路。

老人身穿厚重長衫，斑白的頭髮盤成髮髻，像武林中人一樣做了自我介紹。

「老夫名叫施俞，你可曾聽聞？」

宰煥搖搖頭。但在見到老人的瞬間，他心中某處有一種深深下沉的感覺。

「我隱退江湖已久，你不認得我，倒也不足為奇。」

〔火焰之神『伊格尼斯』瞇起了眼睛。〕

〔龍神『德洛伊安』露出興致盎然的神情。〕

強者的氣勢千差萬別，有的令人毛骨悚然，有的則如心頭的重石般鎮壓著對方。

老人的氣勢溫和而沉穩。

宰煥意識到一個事實，眼前的老者比深海之神拉塞爾及鐘表匠更為強大。

在階梯附近徘徊的神祇發出驚呼。

「我的天，那個人真的參戰了？」

此時階梯上的都是元宇宙高樓層的頂尖玩家，他們一見到老者，卻立即退避三舍。

〔終結必至之神『塔納托斯』抱怨無聊的老人竟然還活著。〕

〔部分神祇對『衰老之神』的出現感到驚愕。〕

〔極少數神祇對『衰老之神』保持戒心！〕

聽見眾神的訊息，施俞露出了慈祥的微笑。

「看來我的同僚相當疼你。」

〔終結必至之神『塔納托斯』怒瞪，誰是你這傢伙的同僚。〕

〔火焰之神『伊格尼斯』警告，這裡不是七天可以干涉的地方。〕

看見伊格尼斯的訊息後，宰煥才意識到眼前老人的身分。

七天。

位於七星之上，深淵的七片天空之一。

這等超級強者竟然為了阻擋宰煥而親自出馬。

「老夫可不想年輕的星辰殞落在我手裡，請就此止步吧。」

「為什麼要阻止我？」

「你在短時間內樹敵過多。深淵中冠絕群倫的強者為何不登上元宇宙，難道你真不明白箇中緣由？」

「因為懶吧。」

「荒唐的小伙子，你怎會招致『時間』的憤怒？就算你這次能活下來，往後在深淵也難以安生。在深淵與七座爭鬥，就如生命抵抗衰老一樣愚蠢。」

老者的話不難理解。總司令是元宇宙的最強大的存在，而引領總司令的神祇，正是第五站點的主人，時間之神克洛諾斯。

換言之，元宇宙相當於克洛諾斯的站點。

4.

「我必須繼續往上。讓路，否則我斬了你。」

宰煥的回答令周遭的氣氛凝重起來。

「那麼你將葬身此處。」

在施俞的目光下，周圍的靈魂紛紛屏氣斂息。他全身籠罩著一股令人窒息的威壓，這股氣息甚至比最高階君將出現時還更具壓迫性。

面對這股氣勢，宰煥毫不退縮。

「如果這就是七天的實力，我想總司令也該列為七天。」

「你見過總司令？」

宰煥一點頭，老者的臉上立刻閃過一絲動搖。

「總司令確實具備與七天相當的力量，你能察覺到這一點，意味著……」

施俞暗藏玄機的眼睛仔細端詳著宰煥的雙眼。

不一會兒，老人的眼中閃爍著輕微的火花。

老人對著宰煥低聲自語，彷彿真誠地感到驚嘆。

「真是令人驚豔，年輕神祇的眼中竟然已映照出七座之位。」

〔多數神祇對『衰老之神』的話語大為震驚。〕

〔部分神祇詢問該發言是否屬實。〕

聽見施俞的話，眾神面面相覷。

他們當然也曉得宰煥很強大，但深淵的歷史中出現過太多強者，早已不足為奇。

然而，施俞的口中竟然提到了七座之位。

「屠神者有那麼強？已經能看見七座之位了？」

「衰老之神老糊塗了啊。」

「居然能與七片天空一決雌雄……」

過去千年間，七星與七天的位置經常發生變化，不時會出現超越常規的怪物，或者發現古代神遺物而登上超強者之位的人。

七大神座——即七座的位置卻並非如此。

他們是位於深淵最頂端的七名神祇，既是巨型站點的統治者，也是幻想樹擁有最強權力的存在，即使是十二君主也要忌憚三分。

大多數神祇就算傾盡一生，也註定見不著七天的影子，更別說是七座了。

但是就在剛剛，七天之一的衰老之神施俞，竟然表示宰煥的眼中映照出七座之位。

「太驚人了，即便是全盛時期的總司令和安徒生，也未必有你這般實力。」

「你認識安徒生？」

「她是一名優秀的神，若非五百年前與總司令交戰，如今或許已成為七星或七天的一員了。我也不清楚她此刻身處何方，又在做些什麼。」

看樣子施俞並不曉得安徒生和宰煥一同行動。

可能他是一名幾乎不看小兄弟的神。

深淵廣闊無邊，存在著形形色色的神祇，有一名不問世事、隱居山林的神，倒也不足為奇。

被施俞提到的安徒生沒有出聲，大概是厭倦了和宰煥共享記憶，此刻暫時陷入沉睡。

施俞不疾不徐地打量著宰煥。

「親眼見證你的天賦，我更懼怕危害少年英才，你是有能力覬覦七座之位的人，切莫輕視自身性命。」

這麼一想，萬里神通和總司令也曾說過類似的話。難道上了年紀的神祇之間還會產生奇妙的團隊意識？

「謝謝你的擔心，現在別再擋我的路了。」

不知為何，他並不想與施俞爭鬥。對方不是真心要來殺他，從表情上明顯可見，他是因克洛諾斯的請託而被迫來到這裡。

「實是不可理喻，你——」

施俞輕輕嘆了口氣，正當他欲繼續發言時，階梯下方傳來一道冷漠的話音。

「君主屠殺者。」

他在這裡被稱為屠神者，而那裡的人則是稱他為君主屠殺者？

從稱號來看，似乎能猜測出說話者屬於什麼組織。

眾神臉色一變，朝著聲音傳來之處表現出強烈的警戒心。

那是曾在混沌與宰煥交鋒過的熟悉世界壓。

來自五大世家與十二地區的君主。

他們應該只是先遣部隊，不像上回前來找他的第九地區君主那麼強大。不過儘管如此，對方也必定是君將級以上的強者。

「君主竟然踏足此地！」

「滾開，我們要找的只有君主屠殺者而已。」

雖然隱約料到他們會找到這兒來，現在的時機卻不大理想。

前方是七天，後方是君主，宰煥此刻已無路可逃。

就在這時，階梯後方倏然出現了一群神祇，他們直接橫穿人群來到宰煥身旁，像護法一樣站著。

「這裡交給我們吧。」

勒內率先說著，雷伊雷伊又添了一句。

「快走吧，屠神者。」

馬爾提斯也發表了令人摸不著頭緒的言論，

「從這裡開始，就是我們『裸體團』的領域了。」

柳納德也拔出像是玩具的劍刃。

「宰煥先生，我現在可以使出強力刺擊了。我是看了那位英俊大哥的刺擊才學會的，雖然還沒有你那麼厲害就是了。」

柳納德的話令卡頓睜大了雙眼。

隨後，率領著中階神一伙人的蓋爾，以及帶著黑店門衛前來的萬里神通也現身了。

「我要讓那些輕視中階神的傢伙見識一下我們的真本事。」

「這種歷史性的戰鬥，黑店可不能缺席啊。」

卡頓感動萬分地凝視這一行人。

就像在混沌一樣，這個地方也有人追隨著宰煥。

卡頓與他們並肩而立，守護著宰煥，他開口說道：「城主，我也留在這裡阻止那些傢伙。」

君主們怒吼著拔刀的瞬間，今日之神也握緊劍刃高聲吶喊。

戰場各處傳來轟隆巨響。

至少具備武將，甚至君將實力的神祇與君主交鋒，激烈的餘波橫掃至階梯上方。

戰場的中心，斬掉一名君主首級的勒內朝宰煥說道：「上去殺了總司令！」

宰煥凝視著勒內片刻。

他無法理解，為何勒內和其他神祇願意幫他到這種地步。

因此，宰煥必須說出來。

他得清楚地告訴眾人自己想做些什麼，以及他們此刻幫助自己的善意將會得到什麼樣的回報。

「我將會毀滅你們的世界。」

聽見這番話，勒內愣愣地望著宰煥。

在樓梯間戰鬥的數名君主發出慘叫，墜落至螺旋階梯下方。

宰煥與勒內同時看向他們。

神祇和君主墜落至幽深的螺旋底層，許久以前，勒內也曾見過同樣的場景。

神祇、君主、人類，無數存在為了攀向更高處，進入了深淵。他們積攢世界力，提升等級，攀爬塔樓，唯一的目的，僅是為了抵達更高的地方。

當他們無法承受那樣的高度而再次墜落，最終來到這裡。

「請便。」

勒內究竟在那幅景象中看見了什麼，產生了什麼樣的想法，宰煥無從得知。或許勒內自己也是如此。

他們之間隔著一道如同幽深的螺旋梯般遙遠的距離，註定無法理解彼此。

縱然如此，宰煥仍然救了勒內，勒內也為了幫助宰煥而來到這裡。

這項事實，即是他們在這慘絕人寰的地獄中，唯一能共享的理解。

「妳不是說必須保護這座塔嗎？」

「我的想法沒有改變。我雖然幫你，但同時也希望你失敗。要是你真的成功終結了這個世界……」

勒內出神地凝視著螺旋階梯的彼端。

「也讓我們看看，你所見到的風景吧。」

宰煥看著勒內，片刻後點了點頭，轉身離開。

這時，彷彿等待已久的七天擋在他面前。

「看來這個時代仍然有羈絆存在，不過，年輕人你無法通過這裡。」

宰煥毫不猶豫地催動世界力。

就在此刻，他感受到背後有一股強大的力量。

「那邊的老頭，來跟我玩玩吧。」

刀刃破空的森然聲響傳來，只見後方的神祇和君主紛紛被攔腰斬斷，屍體滾落在地。

屍體林立的階梯平臺上，龜裂的第三團長今井正緩緩走來。

大吃一驚的施俞剛張開嘴，今井的武士刀便劃出一道詭異的弧線。

施俞急忙抽出的雙杖與武士刀碰撞，發出震耳欲聾的巨響。僅僅一回合的交手，整座階梯卻猶如在痛苦哀鳴，搖搖欲墜。

今井說道：「快走吧，這老頭很強，我得集中注意力。還有件事要拜託你。」

「拜託？」

「三天前，雪荷一個人去找總司令，結果失聯了。我不知道她為何這麼做，如果可以，希望你能帶她回來。」

宰煥點了點頭。

「知道了。」

或許是宰煥敷衍的回答令今井感到不安，他語重心長地補充了一句。

「雖然我覺得雪荷那孩子沒這麼容易死……但請你千萬要救她出來。團長級的人員下落不明，對我們來說也是大問題。一有差錯，裂主說不定會親自降臨，這樣大家都會完蛋。好了，你趕快走吧！」

今井雙手緊握著武士刀，正面接下施俞強勁的世界力。今井優雅揮舞著刀，刀尖散發出鮮血混著花香的奇異氣息，隨即他的周圍綻放出血花。

看來那便是第三團長的主要設定。

宰煥雖想繼續觀看兩人的戰鬥，卻只能將遺憾拋在腦後，再度向上疾奔。

「我在後面掩護你。」

陳恩燮擋下了追趕在後的神祇。

趁著一行人為他爭取時間，宰煥加速前行。

大地刺擊。

他的腳猶如劍尖擊出，一舉越過數十、數百個階梯。

就這樣狂奔了不知多久，終於，他再也感覺不到陳恩燮的聲息，以及後方追趕而來的神祇。

宰煥徹底成了隻身一人。

眼前是怎麼跑也看不見盡頭的階梯，不知從何時開始，世界力的密度越來越大，呼吸越來越困難，彷彿正於壓縮的時空中逆流而上。

精神和靈魂漸漸難以負荷，這種感覺有點類似進入將時間倍率調至上限的噩夢之塔。

階梯上隨處可見其他神祇中途放棄的痕跡。宰煥數著那些痕跡，繼續向前奔跑，如機器般切實修行的過往正守護著他。

驀地俯瞰階梯下方，隱隱約約可以看見遙遠的世界風景。在那個世界裡，神祇和君主持續進行著永無止境的戰爭，而栽培者正在收割要獻給君主的商品。

那些收割失敗的靈魂，將在名為死亡的煉獄中成為神祇和君主的爪牙，彼此舉劍相對。

宰煥覺得所有的苦痛就如一場謊言。

難道這就是建造這座塔的夢魔想傳達的內容嗎？夢魔為何要向他展示這一切？在這毫無價值的世界中，經歷這些情感又有何意義？

階梯越來越狹窄，不知不覺間，他感覺不到奔跑在階梯上的踏實感，彷彿踏在雲朵之上。

就這樣持續向前，當奔跑的感覺完全消失之際……

〔您已抵達『樹枝的盡頭』。〕

宰煥終於抵達了樹梢的頂端。

〔已完成任務『攀枝大賽』！〕

〔您於『攀枝大賽』中排名第一。〕

〔獲得獎勵 400,000 托拉斯。〕

〔獎勵『第九層入場卷』已發放完畢。〕

〔您已獲得抵達元宇宙最終層的資格。〕

再次睜開雙眼時，有人正在等待著宰煥。

5.

放眼望去，四面八方盡是一片潔白。

總司令站在一個看不見盡頭的白色空間裡，純白的壓迫感，令人聯想到無菌室。

總司令不禁眨了眨眼，深吸一口氣。

在他的身後，設計古樸的門扉開著一條小縫。
他的敵人，即將從門後現身。
那是他等待了許久的敵手。
而他要做的，就是守護那座塔。
第五站點的主人克洛諾斯並不希望總司令去戰鬥，便派遣了其中一名門客和鐘表匠前來。
面對這樣的兵力，別說是七星，整個深淵除了七座以外都必死無疑。
然而，總司令對宰煥出現在門的彼端，抱有一絲渺茫的期待。
他如同在準備最後決戰的將帥一般，悠悠地向左方走去。走了一段路後，眼前出現了一排棺材模樣的玻璃太空艙。
太空艙內裝著傀儡，並沒有一一標示名字。
那些是他的昔日同伴。
七百年前，消失於大失蹤的同伴。
就像由絕跡的病毒製成的疫苗一樣，同伴的軀殼只留下曾有靈魂棲息的痕跡。
〔駕駛員正在凝視著您。〕
總司令抬頭仰望天空。

〔駕駛員詢問您是否還想復活同伴。〕

『你是來嘲笑我的嗎？駕駛員。』

一陣令人不快的笑聲憑空傳來。

總司令面無表情地繼續說道。

『好好遵守你的承諾吧，這是最後一次了。』

〔駕駛員表示您將會得到您想要的東西。〕

長久以來的心願如今近在眼前。

他不曉得這是否可行，但他至少可以試著挑戰。

對他而言，僅是如此便已足夠。

『我有一個問題。』

〔駕駛員詢問您有什麼問題？〕

『裂主也在塔的頂端見到你了吧。』

〔駕駛員表示您說的沒錯。〕

總司令猶豫片刻。

『他當時問了什麼？』

〔駕駛員表示看來您的心中還留有疑問。〕

總司令沉默了。

事實上，這只是一個微不足道的問題，但為了提出這個問題，他花了很長一段時間。

就如同每個人都曾經有過的疑問，對於總司令而言，這個問題也是如此。

〔駕駛員認為事到如今，就算知道答案也不會有所改變，畢竟您已經放棄了盡頭。〕

『只是好奇而已，不想回答就別回答。』

〔駕駛員說那個男人知道無論選擇哪條路，最終都只會變得不幸，因為這就是攀樹者的結局。〕

『那是什麼意思？』

駕駛員沒有回答。

伴隨著輕鬆的笑聲，駕駛員的氣息消失了。

駕駛員總是如此。

總司令感受到胸前的震動，伸進胸口翻了一下，封印柳雪荷的方塊正嗡嗡作響。

與三天前相比，方塊已經變得破破爛爛，它承受不了柳雪荷為了從內部逃離而釋放的世界力。

柳雪荷要他重新回到龜裂。

「時雲，你真的要走嗎？」

總司令至今仍記得他與裂主的最後談話。

那時的他還不是厄杜克西尼，而是龜裂第二團長，金時雲。

「我走了。」

「看來你需要一個新的疑問。」

「隨你怎麼想。」

裂主並沒有阻攔他。

他讀不懂裂主的表情，似乎有些悲傷，也有點憂鬱。不過裂主總是看起來悲傷且憂鬱，所以也許是他自己誤解了。

即便在最後一刻，裂主依舊仰望著天空。

「你現在還在看著那東西嗎？」

「是的。」

那個男人一輩子都在追尋著懸掛於自身天空中的理想。

他是一個註定要獨自面對世界真相的孤獨男人。

他說道。

「我以為你也能看見。」

是那句話傷到了自己嗎？金時雲緊咬著嘴唇。

「你這個瘋子。」

於是，裂主像個真正的瘋子般笑著開口。

「也許吧。只有一個人能見到的真相，真的能算是真相嗎？」

「⋯⋯」

「我觸摸不到它，感受不到它，也聞不到它的氣味，只知道它懸掛在那裡。這與夢境和妄想有何不同？『那個東西』真的存在於『那裡』嗎？」

金時雲沒辦法回答，那是一個他不懂的問題。

一個永遠也找不到答案的問題。

「走吧，時雲，去尋找另一個問題。」

因此，他試圖逃避這個問題。

「希望你找到的問題，也能讓我感到好奇。」

好似幻境被扭曲一般，總司令的記憶在白色空間中飄散而去。

他輕輕吸了口氣。

『你是什麼時候到的？』

「剛剛。」

轉身回頭，宰煥就站在那裡。

正如預期，他抵達了這個地方。

「剛才那個人就是裂主？」
宰煥直勾勾地盯著總司令消散的記憶。
對方的輪廓瞬間變得模糊。
總司令點了點頭。
「原來如此。」
宰煥沒有多問，只是默默抽出獨不。
「開始吧。」
『好。』
元宇宙最後的決戰，就此開始。

✝ ✝ ✝

迄今為止，宰煥交手過無數強敵，除了讓他毫無還手之力的古代神卡塔斯勒羅皮之外，其中最強大的存在，莫過於第九地區的第二君將薩明勳。
確切來說，那是在他遇見總司令之前。
一回，兩回，三回，宰煥的獨不與總司令的拳頭數度交鋒。
相較於當時與薩明勳的戰鬥，宰煥的「忘我」如今已有了不可同日而語的進步。

儘管如此，總司令依舊能夠完美地跟上「忘我」的動作。即便發動「猜疑」也看不見總司令的弱點，使用「理解」也無法洞悉設定的真諦，宰煥覺醒的能力被徹底壓制。

然而，宰煥全然沒有感到不安。

相反地，這場危險的戰鬥，正在教會他獨自修行無法領悟的事情。每當兵刃與臂甲相交產生衝擊波時，獨不便會嗡嗡作響，聽起來它似乎十分享受。

宰煥和總司令內心都十分清楚，可以遇見讓自己全力以赴的對手是如此難能可貴。

『你變強了。』

「這種時候你還在評價我的實力？」

事實上，與三天前相比，宰煥的實力確實更上一層樓。

『如今就算翻遍整座深淵，能對付你的人也不超過十個。』

「很快就會變成九個。」

宰煥用左手抽出滅亡。當滅亡與獨不相疊，獨不頓時被一層暗黑的氣息籠罩，化作「滅亡劍」的形態。

這是宰煥擊敗元宇宙六神的主要技能之一。

總司令也將手部的鎧甲轉變為長矛形態，令人聯想到三叉戟的青色長矛，流轉著總司令的深灰色世界力。

就在相互揣摩對方破綻的瞬間，率先動身的人是總司令。

暗灰巨蟒。

總司令的長槍宛如舞動般劃出奇異的曲線，槍尖頓時生出一股形如巨蟒的世界力。暗灰色的巨蟒張開血盆大口，準備吞噬宰煥。

幾乎在同一時間，宰煥迅速改變了滅亡劍的形態。

滅亡劍，第三式。

滅亡劍張口，一條黑龍猛地衝出。

黑龍與灰蟒各自形成一道漩渦，沖天而起，隨即開始互相撕咬。

首先占上風的是宰煥一方，黑龍咆哮著撕裂了巨蟒的脖頸。

總司令有些驚訝地瞇起雙眼，他沒想到自己會在一場純粹的世界力較量中屈居劣勢。

『現在開始，我要全力以赴了。』

一層灰色輕紗凝成球狀，團團包覆總司令，一股前所未見的恐怖世界力隨即噴湧而出。

在強大的引力作用下，周圍的空氣都朝總司令那側湧動。

覆蓋在總司令身上的灰色輕紗消失無蹤。

宰煥腦海中警鈴大作，本能地用雙手舉起獨不。

局部聖域開顯。

攻擊猛然襲來，宰煥甚至來不及看清發生了什麼，就被強大的衝擊力道擊中，整個人彈飛出去。儘管使用聖域之力包裹獨不，仍舊無法承受如此強勁的衝擊。

向後滑退了一百多公尺，宰煥才好不容易旋身穩住身體。即使他運用獨不抵銷了衝擊力，胸口依然留下深深的傷痕。

烏鴉鎧甲，這是宰煥從元宇宙六神艾丹身上得到的設定。若不是這副鎧甲在危機時刻護住他的胸口，方才的衝突可能會造成更嚴重的傷害。

『本想殺了你的，看來你挺有兩把刷子。』

總司令的身影自暗灰色的塵土中現身，全身覆蓋著灰色的金屬套裝。

宰煥一眼就認出那是什麼。

造型。

就像其他神祇一樣，總司令也祭出了自己的專屬造型，但不同的是，這套造型給人的感覺不太尋常。

就連號稱傳說級的造型，也難以散發出這種奇妙的氣息。

那究竟是以什麼東西為原型製成的？

『那是總司令的第一件三神器。』

安徒生不知何時醒了過來。

『配件「金屬灰套裝」。聯盟的所有造型，都是為了強化他的配件而製作的試驗品。』

「那是以什麼為原型製作的？」

『大概是古代三神之一吧。』

古代三神之一。

卡塔斯勒羅皮的外觀不是這副模樣，所以擁有那副外觀的應該是其他神。

宰煥想起在混沌守護奇妙工廠的德烏斯使徒。也許那個金屬造型外觀，正是仿照機械裝置之神德烏斯的設定。

見宰煥停頓了好一會兒，總司令問道。

『打算放棄了嗎？』

宰煥稍稍放鬆肩膀，肌肉帶動骨頭發出嘎吱聲響。雙方僅經歷過一次衝突，卻足以令他感受到壓倒性的差距。

烏鴉盔甲已嚴重受損，倘若再度承受一次類似的打擊，優勢將全面倒向總司令。

「不。」

彷彿早已預料到一般，總司令再次低下身子。

當總司令的腳跟微微移動的瞬間，宰煥打了個信號。

「安徒生。」

『知道了。』

隨著大量塵土飛揚，一陣轟鳴響起。

如同導彈般彈射而出的總司令急速衝向宰煥，意圖摧毀他的身軀。

片刻後，總司令意識到塵土中有什麼正緊緊抓住他的鎧甲，力道之大，彷彿欲將其徹底粉碎。塵埃之間，一道耀眼的金色光芒湧現。

某處傳來了歌聲。

很久、很久以前，

有一名赤身之神住在那裡。

隨著猛烈的世界力爆炸，某件物品發出了碎裂聲響。

總司令匆忙收回拳頭。

他那近乎堅不可摧的金屬灰套裝，竟出現了裂痕。

飛揚的煙塵間，傳來了安徒生的聲音。

『你不過是模仿，而我擁有的，是古代神真正的力量。』

總司令低語，似是覺得事情越發有趣。

『原來如此，妳把那套設定教給了他。』

即使面對穿著衣物的對手，也能展現無敵力量的設定。

安徒生的赤身裸體設定，使宰煥全身散發出耀眼燦爛的金色光芒。

穿戴著世上最完美造型的神，與世上擁有最完美裸體的神，將進行一場神與神之間的對決。

『像五百年前那樣，再來玩一場吧，總司令。』

伴隨著一聲巨響，第二輪的戰鬥已然開始。

6.

「哇啊啊啊啊！到了！」

一行人當中，率先抵達第九層的是柳納德。

身上的造型早已變成縷縷碎片，柳納德打開第九層大門進入的瞬間，隨即精疲力竭地癱倒在地。

緊隨其後的是萬里神通。

「了不起，你怎麼這麼快就到了？」

「只要對著階梯刺擊，就可以快速向前飛行。」
柳納德笑嘻嘻地補充。
「最後那一段路，我光是用走的就覺得快窒息了，那裡到底是什麼地方？」
「應該是時空密度很高的區域，深淵裡偶爾會有那種地方。」
接著，勒內和馬爾提斯也推門而入。
大多數人都受了輕傷，但若是考量到他們對手的身分，這種程度已經稱得上是奇蹟了。
勒內微笑著說：「看樣子我們也沒白跑一趟。」
「終於狠狠教訓了君主那幫傢伙。」
追隨宰煥的裸體團和萬里神通率領的黑店各自都出了一份力，而龜裂的支援更是至關重要。
如果沒有龜裂的援助，一行人恐怕早就敗在第八層的施俞手下。
萬里神通一邊檢查大家的狀況，一邊問道：「雷伊雷伊呢？」
「正在門口戰鬥，他會堅守在那裡，直到剩下的人員到齊。」
「雷伊雷伊大叔……」
這段期間與雷伊雷伊親近不少的柳納德看起來有些擔憂。
萬里神通再度問道：「蓋爾和皮爾格林怎麼樣了？」

「遺憾的是，兩人都被淘汰了。」

大伙的氣氛一時變得沉重。

姑且不提德瑞克的代行者皮爾格林，中階神蓋爾是一名即使面對與自己無關的事情，也會比任何人都更加奮力戰鬥的神祇。

他雖然不會因為滅殺等特殊技能傷害而死，但失去代行者或傀儡，對中階神也是一項巨大的打擊。

「下次見面時，得請他們喝一杯了。」

萬里神通沉吟的同時，又有新的成員進入了第九層。

是陳恩燮和卡頓。

萬里神通這回也發問了。

「你們是最後的人了？」

陳恩燮點了點頭。

「那個叫第三團長的青年呢？」

「他還在門口戰鬥。」

萬里神通對目前的局勢進展有了大致的了解。

追捕宰煥的隊伍中，包括身為七天一員的衰老之神施俞，而負責對付他的人只有第三團長今井。

今井與雷伊雷伊選擇留在第八層，為同伴爭取時間。
〔『攀枝大賽』的八名合格者皆已確定！〕
〔『攀枝大賽』的合格者將獲得『第九層入場卷』！〕
〔所有合格者成功進入第九層！〕
第九層可容納人數共為九人，在宰煥、總司令和安徒生已經進入第九層的情況下，剩餘容納人數為六人。
再加上柳納德、勒內、馬爾提斯、萬里神通、卡頓與陳恩燮，此刻第九層的人數已經達到規定上限。
〔元宇宙第九層容納人數已達到最大值。〕
馬爾提斯的神情充滿了激動。
「我一生都被困在第六層，沒想到竟然也有看見第九層風景的一天。」
「我也是，還以為我這輩子註定要在第八層做包子了。」
「我也差不多，本以為只是當個盤查所長的料，沒想到竟然會來到這種……」
聽見這番話，一行人同時看向卡頓。
「話說回來，你是誰？」
「啊，我是城主的——」
此時，遠處傳來一陣轟鳴聲，同時亮起一道刺眼的光芒。

眾人互看了一眼，甚至省略意見交流的步驟，紛紛朝著光源奔去。

過了一會兒，他們發現了宰煥和總司令。

正想呼喚宰煥的卡頓急忙閉上嘴巴，因為他擔心自己的聲音可能會對決鬥產生不良影響。

「城主——」

赤裸的宰煥和穿戴著造型的總司令正在激戰。每當宰煥的獨不挪動，整座空間便會傳來被撕裂般的巨響；而當總司令揮舞他的拳頭，巨大的窟窿旋即形成。

兩名神祇的戰鬥已達七星的層次，抑或是更高的境界。

萬里神通感嘆地低喃。

「真是一場難得一見的對決。」

所有人都曉得他們應該幫助宰煥，卻沒有任何一人能幫得了他。

不僅是因為他們渴望專注觀賞對決，更是因為害怕貿然介入會對宰煥造成干擾。

畢竟此刻戰鬥的兩名神祇，眼中映照的戰場風景，可能與他們截然不同。

勒內迅速升起無人機。

無論最終誰勝誰敗，這場戰鬥都將被載入深淵的歷史。

當勒內透過無人機開啟直播後，許多神祇立刻進入了頻道。

〔火焰之神『伊格尼斯』沉浸在緊張感十足的對決中。〕

〔龍神『德洛伊安』注視著兩條龍之間的爭鬥。〕

〔賭神『百家樂』對於要押注在誰身上感到猶豫。〕

〔終結必至之神『塔納托斯』感受到活著的感覺。〕

〔疾光之神『雷伊雷伊』為宰煥加油打氣。〕

……

〔多數神祇正在觀看這場戰鬥。〕

雙方爭鬥激烈，勝負難分。

宰煥前撲，總司令就後退；總司令向前，宰煥則再度後撤。這是一場雙方不分軒輊的攻防戰。

柳納德心急如焚地頓足道：「我們現在該怎麼做？」

「嗯……有人收到任務了嗎？」

面對勒內的提問，眾人頓時回過神來，眨了眨眼。

他們過度沉迷於觀賞戰鬥，甚至忘了自己已然成為第九層居民的事實。

「我還沒。」

「任務好像公告得有點慢。」

元宇宙的任務，通常會在玩家進入相應樓層之時下達。

可是，為何第九層的任務遲遲未公告呢？

打斷眾人思緒的是柳納德的吆喝聲。

「哦，宰煥先生好像要贏了！」

戰況逐漸傾向於宰煥一方。

雖然攻擊與挨打的比例仍舊相差無幾，但是同樣的一擊，總司令所受到的傷害明顯比宰煥嚴重許多。

這一差異顯而易見，因為宰煥赤裸的身軀仍舊完好，而總司令的造型卻逐漸變得千瘡百孔。

萬里神通開口了。

「現在樂觀還太早了。元宇宙有句話是這麼說的：沒有人能一對一戰勝總司令。」

「這是代表總司令真的那麼強嗎？」

「不單單是如此而已。」

「那麼……」

遠處，可以見到總司令的世界力正在形成一股新的氣流。

萬里神通輕撫著山羊鬍。

「你很快就會知道了。」

† † †

經過三十分鐘的激戰，總司令的金屬灰套裝發出喀啦喀啦的聲響，開始粉碎。

這是宰煥發動的設定「赤身裸體」的性能。

在面對穿著衣物的敵人時，這個設定能發揮近乎無敵的力量。也正因如此，五百年前的安徒生才能與總司令一戰。

總司令低頭望著破損的造型，輕聲低喃。

『好久沒發生造型毀損這種事了。』

總司令露出淡淡的苦笑，毫不猶豫地卸下造型。他精瘦結實的身軀布滿了黑色刺青，完全顯露無遺。

隨後，宰煥的身體也逐漸失去了金色的光輝。

赤身裸體發動的條件是敵人穿著衣物，面對同樣赤裸的對手，這個設定幾乎無法發揮效果。

安徒生緊張地說道。

『小心，他準備使用第二項三神器了。』

不知何時，總司令的手部鎧甲已化為了長劍的形態，他緩緩降低身姿，雙手緊握長劍，目不轉睛地盯著宰煥。

劍刃上瀰漫的灰色不祥氣息逐漸加深，他的眼瞳也染為煙灰色。

正當宰煥思索著對方打算施展何種招式之際，總司令的劍刃倏然閃出另一道光芒。

滅殺。

宰煥已經有一段時間沒見過其他存在施展這項招式了。

正如所料，總司令能使用這項招式，意味著他絕非泛泛之輩。

霎時間，總司令的身形從宰煥眼前消失，即便沒有穿戴特殊造型，他的動作仍然異常迅速。

突然一陣轟隆聲響起，煙塵同時升騰。

宰煥驚險接下飛來的長劍，隨即意識到總司令使用了何種技能。

如同宰煥通過大地刺擊加快移動速度一樣，總司令也透過讓灰燼在腳尖如塵土般爆炸，瞬間加速襲來。

轟隆隆！

於眼前爆發的爆炸，使宰煥一時失去視力。

待他回過神來時，尖銳的長劍已然劃過胸前。

總司令的手掌也因爆炸而傷痕累累。

他沒想到對方竟會瘋狂到將灰燼塗抹在刀刃上，再將之引爆。
他究竟在搞什麼鬼？
雖然是一記不錯的進攻，但對於總司令這樣的神祇而言，這項招式過於魯莽且效率低落。
歸根究柢，即使宰煥接觸到帶有滅殺的劍刃，也不會有任何損失。
因為他是神，同時也是為自身代行的覺醒者。
在與肉體斷開連結的情況下，滅殺也不足為懼——
等等，難道……
他突然感覺似乎有什麼從他的體內被割裂出去。
幾乎在同一時間，安徒生發出了痛苦的慘叫，從宰煥的固有世界中彈飛而出。
『呃啊啊啊啊！』
安徒生逃難似地化作烏鴉，飛上了天空。
『不行！宰煥！』
對方啟用了滅殺，即代表安徒生不能繼續和他待在一起。
法規系設定，灰燼五邊形。
隨著總司令的設定啟動，兩人周圍形成一道五邊形的環。與此同時，空中出現一個沙漏。

〔沙漏中的沙子漏盡之前，任何人都無法自環中逃脫，也無法尋求外部的援助。〕

〔『灰燼五邊形』的施術者必須在限定時間內殺死目標。〕

〔若未能殺死目標，施術者將受到致命打擊。〕

這是一個能有效將兩人與外部隔離的招式。不久前，十二點所使用的聖域也是類似的設定。

總司令的長劍開始散發出奇異的光輝。

『這把「灰燼」，讓現在的我被稱為灰燼之神。』

他甚至主動告知自身兵器的名稱，顯得十分從容。那究竟是源於認定自己不會落敗的自信，還是想盡情享受這場對決的瘋狂，誰也無從得知。

〔總司令公開了劍名。〕

〔配件『灰燼之劍』效果發動。〕

〔『灰燼之劍』將在一對一對決中發揮特殊能力。〕

直至此時，宰煥才明白為何總司令要阻斷外援。

那把劍是專門設計成只能在一對一情況下使用的配件。

看著散發出不祥氣息的長劍，宰煥產生了一種微妙的既視感。

「難道那個配件也是以古代神為原型製成的？」

『你認出來了嗎？』

總司令擺出戰鬥姿態的模樣，令他想起了某個無比熟悉的存在。

那是他迄今為止遇過的最強存在。

亡者的支配者，混沌的唯一王，卡塔斯勒羅皮。

五邊形環外，安徒生的高喊傳了過來。

『不要被劍砍到！你會被他的世界力感染，化為灰燼！』

「我知道。」

那把武器明顯是仿照卡塔斯勒羅皮的空虛劍打造而成。

也許是因為見過原始配件，宰煥輕易地掌握了灰燼之劍的使用要領。

「是把使用條件相當嚴格的劍呢。」

如同安徒生赤身裸體的設定一樣，那些能夠發揮強大能力的設定或配件，通常都具備相當苛刻的使用條件。

比如總司令的灰燼之劍，即是帶有一對一的條件限制。

簡單來說，一旦這把劍的對手超過一人，灰燼之劍便會喪失效果。

『沒錯，所以我需要灰燼五邊形。』

唯有一對一的情況下才能發揮可怕力量的配件，以及僅支持一對一對決的設定。

這樣的組合，讓總司令在一對一單挑中能發揮無敵力量的原動力。

『宰煥，不管怎樣都要從環裡出來。必須照原計畫進行，否則你贏不了！』

安徒生對總司令三神器的使用方法早有大致的掌握。

原本的作戰計畫是，如果總司令採用一對一的戰略，那麼同伴就必須無條件加入戰鬥，以破壞灰燼之劍的效果。

「作戰計畫取消。」

『什麼？』

「這次就交給我吧。」

灰燼之劍與獨不交集，可怕的世界力迸發而出。

然而，面對極具威脅的攻擊，宰煥依舊面不改色。

「原本還很期待所謂的三神器，但說實話，我很失望。」

『你是什麼意思？』

「全都是些在其他地方見過的設定。」

或許是宰煥的挑釁起了作用，總司令的長劍微微顫抖。

宰煥抓住機會，獨不鎖定了總司令的腹部。他抓準對方錯亂的步調，施展出一記無法閃避的刺擊。

但總司令的反應出乎意料。

噗滋一聲，總司令不閃不避，同時朝著宰煥揮動長劍。

一般情況而言，攻擊的重點是截斷骨頭，而非外部皮肉，總司令卻以自身腹部中招作為代價，輕輕劃破宰煥的前臂。

安徒生震驚大喊。

『宰煥！』

被灰燼之劍所傷的存在，將悉數化為灰燼。

對勝利充滿信心的總司令微微一笑，然而，宰煥若無其事地刺出下一記攻擊。

總司令被出乎意料的一擊命中，蹙起眉頭，似乎覺得不太對勁。

兩劍相交，經過數個回合，雙方互有損傷。

待回過神來時，總司令已遍體鱗傷。

『你究竟做了什麼？』

「什麼？」

『我明明砍中你了。』

宰煥漫不經心地瞥了自身的傷口一眼。

「確實被砍到了一點。」

『你為何沒有化為灰燼？』

「這個嘛……」

宰煥思索片刻，然後回答。

「因為我很強壯。」

聽到這個答案，總司令顯然感到十分驚慌。

迄今為止，被他的劍所傷的神祇全都化成了灰燼。

觀察力敏銳的人會在設定啟動前，將被砍中的皮肉剜去或割掉部分的靈魂，以求倖存，但宰煥並沒有採取任何措施。

儘管如此，他依舊安然無恙。

『你在說——』

當然，其中必有原因。

不知為何，宰煥見到總司令設定的瞬間就明白了。

總司令的第二件神器對他起不了作用。

7.

為何灰燼之劍對自己不起作用，其實宰煥本人也不曉得確切的答案。

是因為我擁有空虛劍的使用權嗎？

雖然離開混沌後，他從來沒有用過這項技能，但宰煥可以通過與卡塔斯勒羅皮的連結借用空虛劍。
然而，僅僅擁有原型配件，並不代表能避免受到其仿冒品攻擊所造成的傷害。
不知不覺間，又過了十餘分鐘，總司令已然滿目瘡痍，他的表情就像在祈求宰煥盡快化為灰燼的樣子。
此時，沙漏的沙子已經剩不到一半了。
『怎麼會？』
總司令倏然後退，彷彿失去了進攻的欲望，只是垂下長劍凝視著宰煥。他也承認了第二件三神器對宰煥無效的事實。
宰煥問道：「要放棄了嗎？」
總司令一臉難以置信地搖了搖頭。
『你……是一名脫下「衣物」的存在嗎？所以這個設定才發揮不了作用？』
「衣物？」
宰煥低頭望著自身，回答。
「我確實不常穿衣服。」
總司令像是沒聽到宰煥的玩笑話，低聲輕喃。
『難道你見過古代神？』
「我見過唯一王。」

『唯一王？』

彷彿在思考著複雜的事情一般，總司令的目光微微一滯，隨後又恢復正常。

『是它協助你脫掉衣物嗎？』

宰煥思索片刻，然後回答。

「我們並不是那種關係。」

聽見宰煥的回答，總司令的神情變得更加困惑。

『但是卡塔斯勒羅皮並非掌管衣物的神，莫非……你對於衣物是什麼一無所知？』

仔細聽來，總司令所說的「衣物」和宰煥理解的「衣物」，概念似乎有些不同。

『真是不敢相信，一個連衣物是什麼都不曉得的人，究竟該如何脫去衣物？』

理清思緒後，他用著難以置信的眼神盯著宰煥。

『連衣物都不懂的人，竟然自己脫去衣物……太不可思議了，你的天賦著實令人畏懼。』

「我聽不懂你在說些什麼。」

宰煥輕輕甩著手腕放鬆肌肉。

「不過來到深淵後，許多人都稱讚我很有天賦，以前我幾乎沒聽過這些話。」

宰煥至今從未聽過他人稱讚自己才能卓越，無論是在地球，還是在噩夢之塔，都是如此。

相反地，他遇到過更多人埋怨他的愚昧和笨拙。那些人問他怎麼老是練刺擊，說鍛鍊那種簡單的招式，根本不會有進步。

當時說過這些話的人，不是回歸過去，就是死了。

宰煥同樣也從未認為自己天賦異稟，他只是在同一件事情上默默耕耘，思考著如何將一件事做得更好，然後付諸實踐。

而他帶著這樣的態度，走過了漫長的時間。

「差不多該決出勝負了。」

✝ ✝ ✝

「戰鬥比想像中持續更久呢。」

時間已經過去了半天，對決仍在繼續。

這段期間裡，同伴們不是在練習宰煥教導的刺擊，就是在思考第九層的任務是什麼，再不然或是在煩惱如何進入五邊形的內部。

「沙子好像都沒減少，是我的錯覺嗎？」

沙漏的沙子曾經一度迅速減少，但從某一刻起，流動的速度又逐漸趨緩。

更奇怪的是戰局的進展。

馬爾提斯嘟囔著。

「宰煥大人剛開始明明占了上風的啊……」

奇怪的是，隨著戰鬥進行，總司令或許是掌握了宰煥的戰鬥模式，應對明顯變得更加出色。

從外表來看，總司令的傷勢分明更加嚴重，但實際上他的狀況反而越來越好。

「總司令為什麼不把三神器全部用上？」

最令人擔憂的就是這一點。

眾所周知，總司令的三神器共有三件，而目前為止他僅使用了金屬灰套裝和灰燼之劍。

目前雙方的攻防已然不相上下，如果總司令動用第三件神器，局勢可能會發生巨大的轉變。

將臉埋在雙膝之間的勒內緩緩抬起頭。

「總司令已經使用全部的神器了。」

驚訝的馬爾提斯轉頭看向勒內。

「什麼？是什麼時候？」

回答問題的勒內神情十分複雜。

「我也不曉得。」

†
†
†

宰煥一次又一次地揮舞劍刃。
這是一場雙方都竭盡全力的戰鬥，同時也是一場較量付出多少鮮血與汗水的戰役。
在領略並吸收對方的拿手絕招時，兩名神祇亦在窺視自身的下一個境界。
正因這是場賭上性命的戰鬥，才能窺見下一個境界的自己。
突然，宰煥停止了攻勢，猛地向後退去。
『怎麼了？我正玩得開心呢。』
「從什麼時候開始的？」
『你在說什——』
宰煥抓準空檔，施展大地刺擊，同時引爆世界力，加快了移動速度。
這回，他運用總司令曾使用過的雙重加速。
世界刺擊。
總司令的腹部湧出一道銀光。

若是總司令毫髮無傷，或許還能格擋或閃避這一擊，但現在的他做不到。這是一記能令局勢徹底翻轉的致命傷。

然後，宰煥瞪大雙眼。隨著喀啦喀啦的聲響，他感覺到靈魂被收縮擠壓，眼壓也隨之升高。視野瞬間扭曲，總司令再度退到遠處。

腹部傷勢消失的他朝著宰煥問道。

『怎麼了？我玩得正開心呢。』

宰煥沒有回答，而是靜靜注視著總司令，再轉頭看向沙漏。

灰燼之劍上不時有火花噴濺。

宰煥全身湧起凜冽的殺氣。

「我再問你最後一次，是從什麼開始的？」

總司令意識到無法再隱瞞下去，苦笑道。

『從知道灰燼之劍對你無效時開始。』

「你倒轉了多少次？」

『差不多一千八百次吧。』

「你真是瘋了。」

事實上，宰煥早就察覺到戰鬥有些不對勁。

雙方打鬥的時間長得彷彿永遠也不會結束。

隨著時間推移，總司令的應對更為嫻熟，有時甚至以一種似曾相識的方式防守。

就好像正在探究宰煥即將攻擊的部位及方式一樣。

這確實是完美的配件組合。

專注於防禦和提升肉體能力的金屬灰套裝、輕輕一劃便能將敵人化為飛灰的灰燼之劍，以及封鎖敵人支援的灰燼五邊形。

再加上可以無止境倒轉時間、重置沙漏，藉此掌握敵人攻擊模式的時光回溯器。

任何神祇都無法在這種不公平的戰鬥中獲勝。

『真神奇，我明明是悄悄地倒轉了時間，你怎麼會發現？』

「沙漏的沙子。」

『單憑這一點根本無法得知。時光回溯器可是連同你的意識也一起倒轉了，你不可能察覺得到回溯。』

「那我也不清楚了。」

宰煥無法完整地描述為何自己能察覺對方使用了時光回溯器，更貼切地說，他的某部分靈魂能感知到時空扭曲的事實。

「也許是因為我非常討厭時間回溯這件事吧。」

總司令對宰煥的話產生了些許的興趣。

『真有趣，你討厭回歸嗎？』

「因為之前發生過一些事。那個設定也是以古代神為原型製作的？」

『這東西有點不一樣，嚴格來說，是受到古代神影響的七大神座創造的設定。』

他早已猜到這是誰的設定——是某個位於總司令之上的存在。

時光回溯器，顯然是七大神座克洛諾斯的設定。

「可以倒轉到多久之前？」

『告訴你就不好玩了。』

「看樣子幾分鐘就是極限了，而且對施展目標也有不少限制。」

總司令沒有回答，臉上帶著苦惱的表情，似乎在思考能否將這些內容告訴宰煥。

「回溯時間的能力不可能毫無限制，仔細觀察也能發現，你的能力其實並未觸及抽象的時間概念，而是利用強制逆轉某一部分空間粒子排列的方式來達成目的。」

『沒錯，事到如今也沒有隱瞞的必要了。』

宰煥輕輕深吸一口氣。

實際上，他故意用對話來拖延戰鬥是有原因的，他需要時間恢復世界力。

總司令顯然也曉得這一點，但他選擇睜一隻眼閉一隻眼。

「你想回到過去嗎？」

也許是問題有些出乎意料，總司令的表情微妙地一僵。

宰煥望向環外的太空艙，總司令的昔日同伴正在其中安眠。

「只有回到過去才能挽回嗎？」

『應該吧。』

宰煥不喜歡回歸，但是他十分能體會那些想要回到過去的人的心情。

「要拯救他們，需要倒轉幾年？」

『七百年。』

聽到那漫長的時間，宰煥頓時感到一陣無力。

根據他確認的結果，時光回溯器是將完整物體的粒子重新建構才得以倒轉時間。

然而在過去的七百年裡，那些靈魂可能早已化為粒子，隨著時間飄散在深淵的每一處角落。

這意味著總司令無法藉由常規的方式倒轉時間。

總司令彷彿領略了宰煥的想法，回答道。

『如果倒轉整個世界，就有可能救回他們。』

「你果然瘋了。」

『登上此處的傢伙，有誰是不瘋的嗎？』

總司令這麼說著，愉快地笑了。

「駕駛員可以引發那種規模的奇蹟嗎？」

『駕駛員也辦不到這種事。不過如果是這個世界的盡頭，或者初始噩夢，說不定就能辦到。』

初始噩夢。

至少駕駛員肯定知曉關於這個世界盡頭的線索。

宰煥緩緩調整獨不的握姿。

「你沒辦法得到你想要的東西。」

『我知道。』

世界嘎吱作響，部分時空再度不安地動盪。

『但有些事情，即使明知後果，你也無法不去做。』

總司令的世界力逐漸提升，似乎認為自己給了宰煥足夠的等待時間。

時光回溯器。

包含宰煥與總司令在內的部分時空正在倒轉，宰煥費盡心思用對話來拖延時間的戰術，終究成了徒勞。

看到宰煥擺好刺擊姿勢時，總司令搖了搖頭。

光靠刺擊是行不通的，宰煥也了解這一點。

如果是用超越光速，足以摧毀時間概念的速度進行刺擊，也許會成功，但是宰煥尚未達到那種境地。

不過他還有其他辦法。

就在時光回溯器試圖倒轉時間的那一刻，宰煥將劍刺向地面。

如果無法刺破時間，那就得掌握這片空間。

伴隨著喀啦啦的聲響，當獨不深深刺入地面的瞬間，宰煥的世界力如同潑灑在畫布上的染料般迅速蔓延至第九層全境。

他那由無數刺擊所成就的人生、歲月與歷史，在整個第九層鼓盪。

在壓倒性的世界力下，時光回溯器的設定搖搖欲墜，倒轉與前進的力量發生了衝突。

而衝突的中心，正是宰煥。

——完整聖域開顯！

目前為止，他雖曾開顯過聖域，卻從未展現過規模如此大的聖域。

宰煥忍受著心臟爆裂般的疼痛，將自己的聖域覆蓋在第九層全境之上。

在他身後，一座巨大的噩夢之塔冉冉升起。

塔下的景象是一片充滿黑色屍體的世界，天空中懸浮著一顆傲視諸世萬界的巨大眼珠，飛翔在眼珠周圍的鴉群發出令人毛骨悚然的哀鳴。

滅亡後的世界。

在這個沒有神也沒有君主的世界，唯有宰煥安然無恙。

而某處，傳來了故障的發條時鐘停止轉動的聲音。

總司令不敢置信地望向宰煥。

時光回溯器停止了運作。

無論如何轉動發條，也無法倒轉時間。

在那時間的中心，宰煥說道：「時光回溯器，最終只是回到『昨天』的設定。」

宰煥破壞時間的方法相當簡單。

「但是我的固有世界裡——不存在昨天。」

他將整個第九層，都變成了他的聖域。

8.

占據天空中心的巨大眼珠正俯視著總司令。

總司令壓抑著內心深處翻湧的恐懼，凝視著那顆眼珠良久。

他知道那顆眼珠意味著什麼。

他先前曾使用覺醒的能力確認過宰煥的固有世界，也早已知道他的天空中懸掛著那樣的眼珠。

然而，通過聖域完整開顯，宰煥的固有世界與他曾一瞥的景象全然不同。

他是否曾見過如此鮮明的聖域？

腳下流淌的腐臭和血腥味，讓人精神萎靡。

突然間，呼吸聲變得異常清晰，心臟跳動不已，皮膚上的汗毛悄然豎起，毛髮末梢傳來的世界觸感使人掀起一股顫慄。

名副其實，這是一座已然毀滅的世界。

這孤寂的真相傳遞出的孤獨感，讓總司令的腳步一陣踉蹌。

他既為自己能感知滅亡而欣喜若狂，同時卻也為絕大多數神祇無法體會這股感受而深感絕望。

唯有超越某個境界，獲得特殊感受力的人，才能體驗這種感覺。

這不僅僅是固有世界，更是真實存在於眼前的現實——那是沒有人願意去看見，只有少數人才知曉的真相。

『除了裂主以外，果然還有人也是如此。』

總司令宛如瘋了一般仰天大笑，他臉上的表情彷彿訴說著，自己終於在漫長人生的某個轉折點上，以不期而遇的方式解答了至關重要的疑問。

宰煥問道：「你見過類似的世界觀？」

『其實不算太像，只是天空中都掛有某種東西罷了，不過……』

宰煥感受到了總司令深深的動搖、憤怒、絕望與悲傷。

這是他第一次見到這麼多的情感混雜在一起。

『有點痛苦。』

總司令的劍動了起來，開始施展不容質疑，亦毋須回答的招式。

那是總司令所提出的疑問，亦是回答。

宰煥揮動獨不，接下了總司令的攻擊。

不曉得是什麼讓總司令如此動搖，自從看見天上的眼珠之後，他逐漸失去理智，激動的眼眸中湧動著情感的浪濤，彷彿透過眼睛就能感受到他的情感。

那位自始至終保持冷靜的總司令，他堅守的精神屏障正瀕臨崩潰。

「停手吧，裂主。」

透過一道相當微小的裂縫，宰煥捕捉到了從中流出的話語。

每當劍刃交錯之際，宰煥的「猜疑」與「理解」便會讀取總司令的世界。

讀取那曾經身為人類，和他同樣以覺醒者身分活著的總司令，讀取他的希望與絕望、夢想與現實。
「不是所有人都能看見與你相同的世界。」
總司令的記憶中，有人在說話。
「那麼就讓所有人都看到，我有這個力量。」
「那是暴力，不是每個人都要看見才會幸福。」
「但這就是世界的真相，我不能放任其他人迴避真相，過著牲畜般的生活。」
深灰色頭髮的男子說著。
「你也一樣，時雲。」
下一刻，世界被染成一片血紅。
在血紅的記憶中，宰煥驟然與灰髮男子對到了眼。
宰煥瞬間明白了一件事。
此刻總司令對抗的敵人並非宰煥，而是正透過宰煥面對著另一個存在。
那是和宰煥使用相似世界觀，也同樣在窺探著這個世界祕密的男人。
「你活下來不是為了救活同伴。」
為了殺死那個男人，總司令使勁射出金屬灰套裝的殘骸，揮動灰燼之劍。
為了殺死那個男人，他創造三神器，登上七星之位。
為了殺死那個男人，他成為克洛諾斯的手下，成為聯盟的總司令。

「你活著是為了向殺害你同伴的存在復仇。」

然而，人生總是如此，總司令的復仇失敗了。

究竟是失敗了，還是因為知道會失敗而沒有嘗試，這一切就無從得知了。

歲月就這樣一點一滴地流逝。

最終，總司令在生命中的某個時刻遇見了宰煥。

總司令發出近乎哀號的嘶吼，向前撲了過去，彷彿要將自身的憤怒全數傾瀉般，淒涼且慘烈。

即便沒有使用時光回溯器，他也十分強大。

然而，此處是宰煥的聖域，是一名支配著滅亡後的世界的神所統治的領域，這裡既沒有昨日，也沒有明日。

被宰煥刺擊擊倒的總司令再度搖搖晃晃地站了起來。

轟轟轟轟。

總司令的劍身上，暗灰氣息正在凝聚成形。

如今，他已經無法再使用時光回溯器了，這顯然是他的最後一擊。

灰燼之劍開始伸長變大。一公尺、兩公尺、三公尺、四公尺……巨大的長劍彷彿要斬碎萬物，飛快襲向宰煥。

宰煥沒有退縮。

波濤之路。

當蘊含聖域之力的刺擊砍斷灰燼之劍的剎那，世界力如雪花般憑空飄散飛舞。

宰煥和總司令站立在灰暗風景的中央。

『長久以來，我一直想否定那個真相，之所以會管理元宇宙，也是基於那個原因。』

低沉的嗓音，如同四分五裂的灰燼。

『我曾相信在沒有真相的世界中，也能找到真相。』

宰煥明白總司令在說些什麼，但他也曉得，就算自己理解他所說的話，也無法為總司令帶來任何安慰。

「你不打算開顯聖域嗎？」

獨不對準了總司令的脖子。

『我沒有聖域。』

總司令的一邊膝蓋已然落地，他笑了。

『很久以前就弄丟了。』

他的聲音中充滿了悔恨。

如果總司令能夠開顯聖域，這場勝負的走向或許會不一樣。即便如此，他也對此毫無怨言。

『至少我看見了你的世界，起碼算得上一種小小的安慰。』

「安慰？」

『既然世界的真相有兩個，那就代表其中一個是假的吧。總有一天，你會遇見另一個真相。希望你所見到的真相，是真正的真相。』

總司令如釋重負，臉上流露出不必、也不需要再倒轉時間的輕鬆神情。

宰煥看向沙漏。再過不久，沙漏的沙子就會耗盡，到時總司令將會因設定的效果而失去性命。

「我會解除聖域。」

『什麼？』

「倒轉時間吧，這樣就算沙漏的沙子流盡，你還是能存活下來。」

宰煥也不明白自己為何會說出這些話，但他就是想這麼做。

失去力氣的總司令發出聲音，如今他的聲音不再帶有任何世界力。

「為什麼……」

「我曾經殺過像你這樣的敵人，當時我後悔了。」

望著總司令，宰煥想起了薩明伽藍，想起那個使自己領悟假說、開啟創世的君將。

毫無疑問地，總司令和薩明伽藍不同，但宰煥同樣從這個男人身上學到了一些東西。多虧有他給的那三天時間，宰煥才有辦法將他擊敗，並開啟聖域的新境界。

當然，總司令沒必要體諒自己的感受。

宰煥現在打算拯救總司令，只是一時的心血來潮和衝動的判斷罷了。

總司令露出哭笑不得的神情。

「沒時間了。我會解除聖域，你自己想辦法活下去吧。」

總司令搖了搖頭。

「沒用的，我已經無力倒轉時間了，而且若要前往下一層，你……」

此時，空中出現了一抹不尋常的火花，遠處隱隱傳來雷聲，一股不祥的感覺湧上心頭。

總司令抽搐著雙眼翻白。

「殺了我！快，快點！」

「宰煥！」

隨著安徒生急迫的高喊，宰煥的獨不隨即動了起來。

鋒刃距離總司令的頸項只有一步之遙，想要立即結束他的性命也不成問題，可是為什麼呢？

那個距離，為何感覺如此遙遠？

時間無止境地減緩，一種奇異的感覺壓迫著宰煥全身，如同被巨大的黑暗吞噬，就連呼吸都感到窒息。

滅亡後的世界正在瓦解。

總司令的全身蒙上一層耀眼的光芒。沙漏的細沙再度向上流動，總司令的傷口正在迅速癒合。

宰煥無法理解究竟發生了什麼。

總司令明明說過，他已經沒有剩餘的世界力了。既然如此，這究竟是誰的力量？

緊握著獨不的手臂顫抖不已。

宰煥正在與回溯時間的力量對抗。

徐徐起身的總司令，用手指緩緩推開宰煥的劍。

宰煥開口——確切來說，是他認為自己開口了。

你是誰？

總司令笑了，但那不是總司令的表情。

而是一個強大到足以違逆元宇宙制約的存在。

那名存在正透過與總司令之間的連結，現身於眼前。

『天啊。』

當安徒生的最後一句話傳過來，宰煥的聽覺也隨之消散。

總司令的瞳孔閃爍著瑩白光芒，眼瞳彼端的存在，正注視著宰煥。宰煥本能地意識到，這人便是給予總司令時光回溯器的神祇。

剎那間，後頸傳來一陣寒意，這是他登上深淵以來第一次產生這種念頭。

——眼前的敵人是現在的他無法應對的存在。

滋滋滋滋。

伴隨著輕微的火花，總司令皺起了眉頭，大概是本人的意志正在反抗。

片刻後，總司令的口中傳出聲音。

『厄杜克西尼，你打算違背我們之間的承諾嗎？』

總司令周遭爆發出非同尋常的氣流。

『殺了他，守護元宇宙。』

他的身軀開始不受控制地動了起來。

對方是能任意操縱七星一員、癱瘓整片時空的壓倒性存在。

〔火焰之神『伊格尼斯』對於七大神座的介入感到憤怒！〕

〔龍神『德洛伊安』怒視著時間之神。〕

龐大的世界力排山倒海地襲來，欲將第九層事物悉數分解的浩瀚時間正壓擠著眾人，其巨大的規模讓宰煥也難以承受。

宰煥望向登上第九層的伙伴。卡頓緊抱著頭部，癱坐在地，柳納德和勒內吐出銀光。

宰煥竭力將自己逐漸縮小的聖域，往一行人的方向擴展。

他必須大喊，叫他們趕快逃跑。

但是他發不出聲音。

下一瞬間，似乎有某種東西與他的腦袋產生了連結。

一切都在轟鳴聲中靜止。

在沉寂的世界裡，宰煥腦海瘋狂響起許多訊息。

〔火焰之神『伊格尼斯』感到震驚！〕

〔龍神『德洛伊安』感到震驚！〕

〔終結必至之神『塔納托斯』感到震驚！〕

〔哀老之神『施俞』感到震驚！〕

……

〔頻道中的所有神祇無法掩飾他們的驚愕！〕

聽著不斷湧來的訊息，宰煥意識到自己並沒有死亡，壓迫周圍的時間壓力也消失無蹤。

不知從何開始，他的左手握著一柄陌生的劍，那並非他所熟悉的獨不。
宰煥覺得自己好像明白剛才發生了什麼事情。
他怎麼會忘了呢？那個「存在」，也是一位神祇
而且可能也一直在旁觀這場戰鬥。
幾步之外，總司令目眥欲裂地瞪著此處，手中緊握的灰燼之劍宛如風中殘燭搖搖欲墜。
宰煥低頭看著自己的左手。
空虛劍就在那裡。
映在地面上的劍影搖曳不定，整個世界也隨之駭然顫抖。
古代三神器——空虛劍的真正主人，也許是整個幻想樹中唯一能傲視七大神座的存在。
它借助宰煥的嘴巴說道。
『滾開，克洛諾斯。』

Episode 23. 駕駛員

1.

當時我以為深淵要滅亡了。

——摘自今日的聯盟領袖，草原之神馬爾提斯的訪談

† † †

瞬間，位於第九層的所有人都感到後頸一涼。

勒內、柳納德、馬爾提斯、萬里神通，還有藉由直播看見同一場景的元宇宙神祇，甚至是在元宇宙外頭觀看節目的眾神也一樣。

觀看勒內直播的諸神也都感受到了相同的情感。

那是一種古老且幽遠的恐懼。

在現今作為幻想樹最強者的十二君主與七大神座出現以前，幻想樹是由古代神祇來支配。

而那些古代神祇之中，有三位堪稱最強。
『怎麼會？』
古代三神。
昔日掌管深淵的三王之一。
世間稱它為災厄，唯一王卡塔斯勒羅皮。
『卡塔斯勒羅皮，你竟敢登上此處！』
克洛諾斯故作泰然，高聲喊道。
彷彿在強調古代神祇的時代已然結束，透過總司令的身體，克洛諾斯逐漸提高世界力。
果真不愧為七大神座。
當今深淵最強的七神之一正在發表著宣言。
『如今你們的時代已經……』
『克洛諾斯。』
宰煥口中流瀉而出的一句話，瞬間抹去整片區域的聲音。克洛諾斯驚慌地掀動著嘴唇。
世界猶如一盞故障的電燈不停閃爍，隨著閃爍的頻率越來越快，一名異形存在逐漸於於黑暗中現出身影。

亡者。

聽覺終於回復正常，亡者可怕的咆哮聲在整個第九層迴盪。

以卡塔斯勒羅皮為圓心，亡者浪潮淹沒了整個世界。神祇與代行者倒在地上吐著銀光，哀號哭叫，而總司令的鼻子不知何時也滲出銀光。

第九層的上空颳起一陣猛烈的風暴。

像是要抵抗那股風暴一般，克洛諾斯的斷聲高喊響徹四周。

『你！違背了我們之間的承諾！你——』

宰煥抬眼望向空中的無人機。

附近一帶的小兄弟頻道啪的一聲關閉，一道漆黑的雷電肆意劈落在第九層，令人毛骨悚然的哀號聲隨之響起。

片刻後，濃厚的煙霧散盡，只見總司令雙膝跪地，木然地仰頭看著宰煥，原本支配其身軀的克洛諾斯氣息早已消散得無影無蹤。

總司令一臉不敢置信，隨即昏了過去。

宰煥靜靜地盯著昏迷的總司令，眉頭緊蹙。

方才發生的事已不言而喻——顯現於他體內的卡塔斯勒羅皮，將克洛諾斯的氣息驅離了元宇宙。

「我可沒同意你接上連結，誰准你隨意降臨的。」

卡塔斯勒羅皮的氣息急遽減弱，周圍的景色瞬間恢復原來的樣貌。

『口氣還是一如往常地傲慢啊，人類覺醒者。』

宰煥想起在混沌與卡塔斯勒羅皮締下的契約，說道：「既然這次是你主動現身，我就不扣除使用空虛劍的次數了。」

卡塔斯勒羅皮僅同意宰煥借用力量三次，其中一次已經在混沌屠殺君主時使用，如今只剩下兩次。

而宰煥此刻明確地表示，他不同意這一次被列入扣除次數之中。

出乎意料的是，卡塔斯勒羅皮對此毫不在意。

『隨你。話雖如此，你竟然走到了這一步，本來我還以為你必定會在深淵入口失足。』

「你為何突然冒出來擾亂我？」

空中響起輕笑，似是在搔抓著虛空一般。

『下次我可不會再出手幫忙了，如果你真的把老大當成目標，就得自己搞定七大神座那種小鬼頭。』

面對卡塔斯勒羅皮淡漠的語氣，宰煥本來想反駁，但還是閉上了嘴。

事實上，現在的他，光是承受卡塔斯勒羅皮的降臨就已經很吃力了。

卡塔斯勒羅皮明明位於樹幹的混沌，而非樹梢的深淵，宰煥卻覺得它似乎站在比那更高更遠的位置上。

宰煥緊咬下唇。

『竭盡全力爬上來吧，年輕的覺醒者。』

隨著卡塔斯勒羅皮的氣息消失，無情的反作用力猛然襲來。

宰煥壓抑住呻吟，猛地吐出一道銀光。他握著空虛劍的左手燒得焦黑，這是卡塔斯勒羅皮的權能「亡者化」所導致的靈魂汙染。

宰煥催動世界力抑制汙染，並施展亡者砍擊，暫時阻止汙染進一步擴散。

儘管如此，與卡塔斯勒羅皮初次降臨相比，這回的情況明顯有所不同。他果然也變得比以前更強大了。

遠處，卡頓和柳納德一行人迎面跑來。

柳納德立刻檢查宰煥的身體，匆忙地掏出藥膏塗在傷口上。

「我沒事。」

「可是——」

柳納德手忙腳亂的模樣映入宰煥眼簾。

宰煥明白他的心情。這個孩子已經失去過他的神一次了，儘管在人前表現得堅強勇敢，但內心深處，他比任何人都更加在乎自己。

「這點小事殺不死我。」

聽見這句話，柳納德緊握著顫抖的雙手，猛然癱坐在地。

「我、我真的以為大事不妙了……」

確實是出了大事。克洛諾斯借用總司令的身軀降臨時，連宰煥也感覺事態棘手。

宰煥轉過頭，一行人正愣愣地望著倒地的總司令。

總司令，灰燼之神厄杜克西尼。

聯盟的第一人，元宇宙的支配者。

倒下了。

眾人滿臉不敢置信地，呆呆眨了好一會兒的眼睛。

「您真的成功了！」

馬爾提斯的臉上浮現出無法掩飾的感動。

任何看見馬爾提斯神情的人都能明白。

此刻他實實在在地站在這裡，在這個瞬間，在這個地方，比任何人都更真誠地祝賀著宰煥的勝利。

這位高階神正在哭泣。即便感到丟臉，不斷擦著眼淚；即便明白這樣的情感不適合出現在神祇身上，馬爾提斯仍然咬著嘴唇，悄然哭泣。

眾人露出了相似的神情。

他們懷抱著各自的目標登塔，一路齊心協力，最終抵達了這裡。

由於無法用言語解釋內心的澎湃，眾神只能借用人類的情感，透過傀儡的臉孔傳達情緒。

縱然如此，他們並不會感到羞恥，因為將他們帶到這裡的也是人類。

聯盟已經倒下，而他們獲得了勝利。

如今，元宇宙失去了主人。

「恭喜你，屠神者，你是元宇宙最強大的存在，老夫能跟你並肩而行，感到無比榮幸。」

隨著這番話語，周圍的同伴也紛紛送上祝賀。

「恭喜了，城主。」

「你真的成為最強新手了耶，連七星這個頭銜好像都有點不夠了。」

「宰煥先生是不是也該排入七天了？」

才剛登上七星的宰煥，戰勝了實力媲美七天的總司令。

如今，誰還敢稱他為七星的最後一顆星呢？

或許從今以後，深淵的「七天」該改稱為「八天」了。

「小子，你和唯一王有交情嗎？」

聽見萬里神通的問題，宰煥點了點頭。

「我聽過君主屠殺者的傳聞，當時我還想過是否真有此事，沒想到竟是真的……一想到你即將面臨的種種風浪，光是想像就令人生懼。」

眾人的臉上頓時蒙上一層更深的陰影。

唯一王卡塔斯勒羅皮的降臨，或許比元宇宙時隔六百年開啟最終層還更令人震驚。

既然那位被幽禁於混沌的災厄現身了，這起事件便已不再是元宇宙範圍內的問題，很快，七大神座和十二君主勢必全面展開行動。

宰煥似乎想駁斥他們的擔憂，只淡淡說道：「瑣碎小事以後再擔心。」

杞人憂天也解決不了問題，無論是七大神座或十二君主，遲早都是他們得面對的敵人。從這個角度來看，之後再思考或許是正確的想法。

勒內適時地插了一句。

「直播設備都壞了，我沒辦法打開頻道，要是現在能打開直播，肯定人氣爆棚！」

周圍的伙伴爆發出一陣歡笑聲。

宰煥撿起從總司令懷中滾出的方塊，那個方塊時不時傳出震動。

從感受到的世界力來看，柳雪荷似乎被困在裡面。才正想她跑去哪了，原來是被關進方塊裡。

正當宰煥出神地望著方塊時，陳恩燮走上前搭話。

「那個，如果你沒有意見，總司令可以由我接手嗎？這本來就是我的職責。」

宰煥看著陳恩燮半晌，才回答。

「沒問題，但在那之前，或許你們該先談一談。」

總司令是龜裂的背叛者，也許陳恩燮有必要知道總司令背叛龜裂的原因。

陳恩燮以複雜的眼神望向宰煥，點了點頭。

「你要去見駕駛員了嗎……等等，還沒下達任務啊。」

這麼說來，眾人太過專注於擊敗總司令，根本還沒弄清楚第九層的任務是什麼。

仔細一想，擊敗總司令只是他們其中一個目標，並非通往第十層的必要條件。

這時，一則訊息傳來。

〔下達第九層任務。〕

「啊，終於——」

紅光滿面的勒內搶先閱讀了任務內容，隨即發出不解的提問。

「這是什麼意思啊？」

十

〈元宇宙第九層〉

任務：進入第十層，僅限一名乘客通行。
獎勵：單獨覲見駕駛員。

＋

陸續確認任務內容的伙伴全都神情凝重。

都爬到這裡了，結果只有一個人能上去？

最先開口的是萬里神通，他毫不猶豫地朝宰煥說道：「當然是你上去。如果不是你，我們甚至無法一睹第九層入口的風采。」

卡頓和馬爾提斯也緊接著補充。

「我也留在這裡。如果不是城主，我根本不會踏進元宇宙。」

「我也是，有親眼見到第九層就夠了。」

陳恩燮與柳納德也輕輕點頭。

始終保持沉默的安徒生也說道。

『我也一樣。』

安徒生的聲音聽起來尚未平復情緒。大概是因為她在距離宰煥最近的地方目睹了總司令的潰敗、克洛諾斯的現身，甚至見證了卡塔斯勒羅皮的降臨，受到了不小的衝擊。

勒內雖然沒有回應，但似乎也接受了這個決定。

此時，倒下的總司令開口了。

「一群愚蠢的傢伙。」

一行人大驚失色，立刻警戒地拔出武器。

像是覺得眼下的情況十分可笑，總司令勾起了嘴角。

「我早就說過沒用的，你必須殺了我才行。」

馬爾提斯代替宰煥發問。

「什麼意思？」

總司令吃力地喘著氣回答。

「很久以前……元宇宙的入口上，寫有這樣的字句：神祇無法抵達世界盡頭的原因很簡單，因為太過沉重。正如字句所述，你們太重了。」

總司令的話音剛落，空中便傳來訊息。

〔欲登上第十層的乘客，必須殺死第九層剩餘的所有乘客。〕

〔請殺死剩餘乘客，減輕公車的重量。〕

「什麼？這是什——」

吃驚的馬爾提斯發出驚呼，其他人也瞪大了眼睛。

他們沒有聽錯。

〔唯有最後一名倖存者，才能獲得通往第十層的車票。〕

這才是第九層真正的任務。

總司令對著一行人說道：「你們真以為這裡是童話世界，只要大家齊心協力，人神彼此合作，就能戰勝所有敵人？」

這句話，出自一名早已歷經一切的人。

總司令看著被製成標本的昔日伙伴。

「那種世界不存在，這座塔並不是為此建造的。」

大伙這才回頭看向展示在第九層的太空艙。

這就是他們如此渴望的最後一項任務。

總司令看向宰煥，語氣猶如在談論即將到來的世界滅亡。

「欲看見世界盡頭之人，必須拋棄自己所得的一切。」

2.

想要登上塔頂，就必須殺死第九層的其餘玩家。

勒內忍不住尖叫高喊。

「哪有這樣的！」

驚惶的一行人面面相覷。

一直以來，他們都是患難與共的伙伴，唯有齊心合力，才能克服重重難關。而他們能夠抵達第九層，更是證明了彼此間的羈絆牢不可破。

然而，接下來的路又該怎麼走？

他們之中，是否有人會為了成全他人登上第十層而甘願犧牲？

就在這時，空中傳來了訊息。

〔小兄弟系統已修復完成。〕

〔即將恢復第九層的直播節目。〕

勒內的無人機還沒修好，這意味著除了勒內之外，還有其他人正在將畫面播送出去。

但是，隊伍中並沒有人這麼做。

也就是說，此刻開啟頻道的人，可能不是這層樓的乘客。

宰煥靜靜地仰望著第九層的天花板。

〔火焰之神『伊格尼斯』詢問剛才是怎麼一回事。〕

〔終結必至之神『塔納托斯』詢問發生了什麼。〕

〔多數神祇追問事情的經過。〕

四面八方傳來的訊息令眾人的耳朵嗡嗡作響，頻道彷彿快要爆炸一般。

〔龍神『德洛伊安』詢問克洛諾斯後來怎麼樣了。〕

〔衰老之神『施俞』詢問方才卡塔斯勒羅皮是否有現身。〕

沒有任何人回答這些神祇的問題，因為光是接受眼前的任務，就已經讓第九層的乘客自顧不暇了。

眾神這才意識到不對勁，紛紛將注意力轉向乘客的反應。

〔駕駛員神祇公開第九層的任務內容。〕

宰煥瞇起雙眼。

駕駛員。那傢伙恐怕就是替勒內開啟頻道，並邀請諸神前來觀看直播的罪魁禍首。

聽見任務的內容後，眾神的反應各異。

〔火焰之神『伊格尼斯』詢問為何要發布這種任務。〕

〔終結必至之神『塔納托斯』認為這是適合喚醒存在主義[1]的好任務。〕

有些神祇流露出負面反應，有的則喜出望外地表示喜歡，而大多數神祇似乎都在期待某個事件發生。

〔多數神祇對第九層即將發生的大屠殺感興趣。〕

〔多數神祇期待『屠神者』展開一場新的屠殺！〕

〔部分神祇好奇『屠神者』的選擇。〕

1 強調人是獨立個別的存在，注重主觀經驗，並以自我為中心探討生命的理念。

〔少數神祇表示是時候結束這場鬧劇了。〕

神祇也心知肚明。

畢竟第九層最強的人是宰煥。第九層乘客的生死，將根據他的選擇而有不同結果。

遠處，感受到宰煥目光的萬里神通和勒內打了個寒顫，向後退了一步。

總司令說道：「他們已經開始畏懼你了。」

儘管先前共同奮戰建立了情誼，但願意為宰煥獻出性命的人並不多。當然，卡頓的眼神中透露出要他死幾次都沒關係的決心。

宰煥凝視著眾人，隨即對總司令問道：「你殺了同伴進到下一層？」

總司令沒有回答。

宰煥望著被困在玻璃櫃中的人影。

「那些人之中有些死在第九層。」

「是他們同意這麼做的。他們認為等我見到駕駛員，再復活所有死者就行了。」

「但是你失敗了。」

「因為只上去一次不夠。」

「再登上第十層的話就可以嗎？」

「我原本打算再上去確認，但現在已經是隻喪家犬了。」

雖然總司令被稱為元宇宙的王，但實際並非如此。

相反的，他是比任何人都更加受到元宇宙束縛的存在，是註定無法離開這輛公車的乘客。

總司令從懷中翻出一根乾癟的香菸，點燃了它。

「小兄弟的神祇都喜歡聽你這種人的故事。因為你是打破規則的人，令他們自己想起許久以前懷抱著夢想的樣子。」

輕輕吐出的煙霧與灰燼在空中飄散。

「但前提是，這種傲慢的才藝展示不能越過他們的底線。無論你有多強，只要還不是七大神座之一，就難以扭轉深淵輿論，更遑論安然存活。召喚卡塔斯勒羅皮之後，你要是繼續像現在這樣魯莽行事，神祇會將你視為威脅，並試圖剷除。你必須抵達這座塔的盡頭，並在那裡得到你想要的獎勵，而為了那個獎勵——」

將香菸壓在地上捻熄的總司令，目光炯炯有神地凝視著宰煥。

「你得殺死他們。」

「如果我不想呢？」

「別被膚淺的情感綁住手腳，成為真正的神吧。在這裡遇見的人，不過是在元宇宙結識的虛擬緣分，他們只是透過代行者和傀儡進塔的懦夫，你不會真從他們身上體會到羈絆了吧？你當真以為他們對你真心相待？」
宰煥再度望向一行人。
他看見了神情堅決的馬爾提斯和柳納德。
僅僅因為有相同的表情，就能說馬爾提斯和柳納德有著相同的決心嗎？
「在這裡，神祇頂多會失去代行者或傀儡。這座塔本就是為了娛樂眾神而建造，因此不會威脅到存在本身。這世界的一切都是假的，接受這個事實吧。」
總司令從懷中掏出塔的迷你模型。
第一層、第二層、第三層、第四層……眾神在模型裡享受著冒險的樂趣。他們臨摹人類的情感——哭泣、歡笑、高興或悲傷，有時甚至互相殘害對方的傀儡。
「為了登上這個世界的頂端，眾神必須學習人類的心情，但只有再次拋棄情感，才能登上最終層。」
在理解人類情感後，他們也必須將情感棄如敝屣，從而默默追求「盡頭」。
這座塔，正是為了培養出這樣的「求道者」而建造。
一座透過堆疊各種精巧的虛假花樣，栽培磨練真正求道者的塔。
這就是元宇宙。
數千年來，只有極少數的強者領悟到這一點，看見塔的盡頭。
他們是妙拉克、裂主、總司令，如今輪到了宰煥。

總司令正在笑。

他凝視著眼前這名新生於深淵的超凡存在，神情猶如一匹再也無法馳騁於賽場的老馬。

「殺了我吧，這會成為一個開始。」

聽見總司令悲壯的聲音，宰煥只是沉默地擦拭著獨不的劍刃，就好像他已決定不再讓劍沾滿鮮血。

「這裡的天花板堅固嗎？」

「什麼？」

遙遠的天際盡頭，宰煥凝視著高度難以測量的天花板。

總司令讀懂了宰煥的想法，無語地瞪著他半晌。

「那是不可能的。」

「你怎麼知道？」

「我試過了。就算你僥倖用這種方式爬到第六層，這次最好還是收回那個想法。」

「你試了幾年？」

總司令擺出一種看見奇異生物的表情，脫口反問。

「時間沒有任何意義。就算對大海刺擊一百年，海洋也不會一分為二。」

「它會。」

「你瘋了嗎？」

「如果在拋出問題前就先預設答案，那到底為何要進行什麼大疑問還是小疑問的詭辯？」

總司令愣了一下，咬牙切齒道：「你就算刺了一千年，天花板也不會破。」

「一千年不行就兩千年，兩千年不行就一萬年。連這種程度都沒試過，就想說不可能嗎？」

宰煥此刻的話語，任誰聽了都會覺得是在強詞奪理。

沒有人會為了打破天花板白白浪費一萬年的時間，這個世界也不是為此而建造。

「別無理取鬧了！那些乘客大多是被你殺死也不會真正消亡的神祇，你要為了那幫傢伙花一萬年嗎？你的行動完全沒有意義。」

「你是為了尋求這個答案，才攻破噩夢之塔出來的嗎？」

總司令的瞳孔充滿憤怒。他的神情依舊說著，少固執了，那是不可能的事。

然而，總司令並不知道，宰煥正是靠著如此頑強的執著，最終來到了這個地方。

宰煥轉頭看向一行人。

「我不需要你們的命。」

他的獨不瞄準天花板。

「我會靠自己的力量上去。」

接著，刺擊開始了。

一次、兩次、三次，獨不射出的光芒瘋狂撞擊天花板。宛如不斷敲著一扇無法打開的門，宰煥一次又一次揮動劍刃。

與總司令的激戰已消耗了大半世界力，他的刺擊不再像先前那般凶猛。

正當總司令正打算張口之際，某個人站到了宰煥身旁。

「我花了很多時間練習，宰煥先生。」

準確瞄準天花板的柳納德朝著上方刺出劍刃。

站在孩子身邊的高眺金髮美男微微一笑。

「讓我想起了在混沌發生的事情。」

彷彿早已預料宰煥肯定會作出這樣的選擇，卡頓也開始朝著天花板進行反覆刺擊。

馬爾提斯也一樣。

「無論是一百年還是一千年，我都奉陪。一萬年我就不確定了。」

當然，潔白的天花板依舊不見一絲裂痕。

緊接著，萬里神通和勒內走了過來。

「好久沒做刺擊了。」

「我也來幫忙。」

最後悄悄靠近的陳恩燮，同樣在宰煥身旁默默地開始刺擊。

宰煥、柳納德、卡頓、萬里神通、馬爾提斯、陳恩燮……他們有些人是神祇，有些是代行者，有些是覺醒者。

他們的經歷各不相同，彼此之間幾乎沒有交集。

若要用「羈絆」一詞，他們共同經歷的時光還太短暫，即使突然反目成仇也不足為奇。

儘管如此，他們仍然一同朝著天空進行刺擊。

僅僅是在元宇宙相遇，彼此尚未形成共識，從這段淺薄的緣分看來，他們隨時有可能背叛對方。

但他們並未舉劍相向，而是齊心向上瞄準，決意刺破這個無法摧毀的世界。

因此，這一幕已然成為深淵不可能發生的奇蹟，也是一場永遠無法實現的祈禱。

也許最終會失敗，會有人放棄，會在絕望之際互相背叛。

就算這樣，他們仍舊舉劍刺向天空。

總司令出神地望著眼前這群人。

空中傳來輕微的振翅聲。

『一直朝著駕駛員的方向移動，你都不覺得膩嗎？』

安徒生這麼說著，卻還是飛向了天空，以烏鴉的鳥喙開始戳著天花板。

〔多數神祇對乘客的行為感到驚慌！〕

〔部分神祇因乘客的行為皺起眉頭！〕

十分鐘、二十分鐘、三十分鐘……時間一晃眼就過去了。

又過了一小時、兩小時。

疲憊不堪的一行人紛紛癱坐在地。

即便所有人都倒下了，宰煥依舊穩如泰山，他的神情絲毫不曾動搖，堅信一定能打碎那道「牆」。

因此，看見這副表情的人們也不得不相信——

天花板的另一端肯定存在某種未知，而宰煥已經看見了。他的世界，真的存在這個世界的「盡頭」。

所以，他們的祈禱一定不會落空。

「喝啊啊啊啊！」

竭盡全力站起身的柳納德再度揮起武器。

卡頓、陳恩燮和馬爾提斯也是。

眾人的身上接連綻放出耀眼的光芒，他們反覆刺擊，直至耗盡所有托拉斯。

就像將至今在塔中獲得的一切全數獻上，耳邊傳來巨量托拉斯急速消散的聲音。

總司令搖搖晃晃地站起身，喃喃自語著朝向他們伸出手。

沒用的。世界力總有一天會枯竭，你們會陷入絕望，沒有人會支持你們。

你們的祈禱也不會實現。

這場戰鬥的結局終究——

然後，下個瞬間。

〔匿名代行者向宰煥贊助了 500 托拉斯。〕

有人聽見了神祇的祈禱。

3.

一行人茫然地眨了眨眼。

他們以為自己聽錯了。

不是匿名神，而是匿名代行者贊助了五百托拉斯？

〔匿名代行者向宰煥贊助了 500 托拉斯。〕

但他們沒聽錯，那分明是匿名代行者提供的贊助，無庸置疑。

宰煥將獲得的托拉斯握在拳中，用力捏碎，轉化為世界力。這股由他人的信任凝聚而成的世界力，在宰煥的劍尖迸發出耀眼的火花。

〔賭神『百家樂』大吃一驚。〕

〔傲慢之神『墨諾提俄斯』怒視著匿名代行者。〕

〔多數神祇開始尋找提供贊助的代行者。〕

區區代行者竟然也敢模仿神祇進行贊助，憤怒的神祇對自身代行者展現出強硬的態度。

〔少數神祇對侵犯神祇領域的代行者表達憤怒！〕

直至那時，眾神仍未察覺。那不過是個前兆罷了。

〔匿名信徒向宰煥贊助了 500 托拉斯。〕

〔匿名信徒向宰煥贊助了 1,000 托拉斯。〕

〔匿名代行者向宰煥贊助了 1,500 托拉斯。〕

〔匿名代行者向宰煥贊助了 1,800 托拉斯。〕

眾神對於第九層乘客的祈禱置若罔聞，然而聽取這些祈禱的不是別人，而是這座塔的奴隸。那些終其一生作為神的下手替其戰鬥的信徒與代行者，正在將辛苦賺來的托拉斯送給宰煥。

真正令人震驚的是下一刻。

〔匿名傀儡向宰煥贊助了 100 托拉斯。〕

猶似一頭巨獸現身吞噬了世界，可怕的寂靜瞬間籠罩眾神。

接著——

〔衰老之神『施俞』大為震驚。〕

以施俞的訊息為開端，眾神的訊息紛紛傳來。

〔終結必至之神『塔納托斯』懷疑自己的眼睛。〕

〔疾光之神『雷伊雷伊』張大了嘴。〕

〔食欲之神『貪』吐出了正在吃的食物。〕

〔傲慢之神『墨諾提俄斯』瞪大了雙眼。〕

……

〔多數神祇對難以置信的情況感到驚愕！〕

傀儡竟然贊助托拉斯？這是不可能的事！

與擁有靈魂的代行者或有意志的神祇不同，傀儡什麼也沒有，毫無自我意識的他們，究竟是如何辦到這種事？

頻道內的神祇提高嗓門，質問這是否合理，追究傀儡主人的訊息此起彼落。

甚至還有些神祇擔心從總司令那裡買來的傀儡有問題，堅持要求退費。

〔相當數量的神祇質疑總司令這究竟是怎麼一回事！〕
然而，總司令也無法回答，他同樣目瞪口呆地抬頭注視著天空。
〔匿名信徒向宰煥贊助了 1,000 托拉斯。〕
〔匿名傀儡向宰煥贊助了 1,000 托拉斯。〕
〔匿名傀儡向宰煥贊助了 500 托拉斯。〕
……
此時此刻，贊助仍在持續湧入。
少至一百托拉斯，多至五千托拉斯。
柳納德激動地喃喃道：「宰煥先生……」
傀儡無法違抗神祇的命令，他們毫無情感和意志，終身只作為眾神的傀儡而活。
但現在，這些傀儡竟然向宰煥提供贊助……
這究竟是如何做到的？
「我想起了您之前告訴我的故事。」
宰煥明白柳納德在說什麼。
那是在元宇宙第六層，他們造訪艾丹的村莊時，宰煥和柳納德說過有關祈禱的故事。

「我通過的那座噩夢之塔，有一位來自外國的教徒。他的故鄉有一種替人朗讀經文的裝置。」

那是一種轉動發條就會發出聲音的祈禱裝置，是為了讓人在死後仍能繼續祈禱而打造，如音樂盒般承載著一個人的微小浪漫。

柳納德仰望著天空中如星光般傾瀉而下的托拉斯。

「也許這就是傀儡生前留下的祈禱吧？」

宰煥持續進行刺擊，默默抬頭凝視著那道風景。

沒有任何靈魂想要成為傀儡。

或許，這些傀儡都留下了相似的祈禱。

當他們變為傀儡的瞬間，就在自己的靈魂留下了烙印。

——對神的憤怒，與對塔的憎惡。

傀儡的祈禱甚至違逆了各自的神祇，如雪花般堆積在宰煥的靈魂上。

精力再度充滿全身，宰煥的世界力迴路發出粗糙的噪音，開始迅速流轉，獨不的劍尖上方，世界力的光芒越發耀眼。

這不是他自身的世界力，而是為了這一日，等待數百年的無數傀儡所留下的遺產。

在那深入骨髓的印痕中，宰煥被一股特殊的感覺緊緊包圍。

來自不同世界觀的欲望，在他體內交織成不可思議的諧調。

一瞬間，宰煥踏進了不同於以往的「忘我」之中。

轟轟轟轟。

似乎察覺到了宰煥身上發生的異常變化，正在刺擊的眾人彼此對視。

「憑我們的力量要打破天花板太難了，全部集中給宰煥吧。」

「就這麼辦。」

「雖然不知道有沒有幫助，但……就試試看吧。」

大伙一個接一個地向宰煥傳送世界力。

除了代行者、信徒和傀儡發送世界力，其他伙伴的世界力也加入其中。大量世界力產生的光輝，迅速與宰煥體內獨有的世界力產生對立，形成了光明與黑暗的兩極。

滋滋滋滋滋——為了不被那龐大的力量吞噬，宰煥強行運轉著兩道世界力。

起初兩者相互牴觸，但很快它們便咬住彼此的尾巴，開始猛烈旋轉。

宰煥心想，若是讓這種狀態再持續一會兒，他似乎就能觸及某種非常重要且有決定性的領悟。

但傀儡發送的世界力幾乎已達至極限，而宰煥正處於必須將這股力量立刻釋放出去的狀態。

他心懷著遺憾，將獨不對準天花板。

這項招式原本並非「刺擊」，此刻的宰煥卻能將其作為「刺擊」施放出來。

這項招式超越了他原有的能力，唯有此刻才可能實現。

宰煥流第一式，演繹——星辰刺擊！

宰煥的獨不射出世界力，伴隨著空間扭曲，一道奇異的直線衝向天花板。直線在一瞬間擊中了天花板，開始撕裂整個空間。

宰煥咬緊牙關，不斷加快刺擊的頻率。

再多一點。

他的鼻口溢出了銀光。

透過贊助獲得的托拉斯正逐漸減少，也許是傀儡的主人出手了。

手臂上的負擔越來越重，刺擊的力道也逐漸減弱，但是宰煥始終沒有放棄，直至最後一刻都毫不保留地釋放世界力。

當大伙精疲力盡地倒在地上，最後連神祇的訊息也斷開時，宰煥停止了刺擊，抬頭看著天花板。

上方光芒萬丈。

隨著時間流逝，光芒逐漸散去，天花板的樣貌顯露出來。

令人失望的是，天花板似乎沒有受到明顯的衝擊。

失敗了嗎？
正當他心生疑慮時，傳來了馬爾提斯的高喊。
「那、那裡！」
光芒的中心終於顯露其貌。
天花板出現一道道裂縫，如蜘蛛網般蔓延開來，越靠近中心，裂縫就越大。
最終，裂痕蔓延到天花板的正中央。
星辰刺擊轟炸的中心，出現了一個像被小型隕石砸破的大洞。
「宰煥先生，走吧！」
在柳納德的呼喊中，一行人擠出剩餘的世界力，紛紛躍向天空。
率先抵達洞口的安徒生引爆了附著在烏鴉玩偶上的世界力，維持住洞口的大小。
『趕快！』
塔的復原力量已啟動，天花板的裂縫開始迅速癒合。
一行人將剩餘的世界力盡數釋放，穿過了天花板。
眾神難以置信的訊息，與支持著一行人的信徒訊息交錯浮現。
接著，視野一陣晃動，空中亮起了紅色的警示燈。
〔塔的系統發生錯誤！〕

〔塔的系統發生錯誤！〕

〔塔的系統發生錯誤！〕

整座塔劇烈地晃動起來。

猶如這個世界在向宰煥散發敵意，四面八方開始浮現各種錯誤提示訊息。

意識到不對勁的一行人臉色蒼白，神色凝重的宰煥也握緊了獨不。

這層樓顯然不允許玩家用這種常規外的方式通關，但對宰煥而言，這是最好的選擇。

就這樣約莫過了一分鐘。

空中的警示燈一個個熄滅，意料之外的訊息響起。

〔塔的系統已恢復正常。〕

〔恭喜！您已抵達塔的最終層！〕

眾人之中傳出一聲嘆息，籠罩四周的錯誤訊息不知何時也不見蹤影。

總算鬆一口氣的宰煥回過頭，看著柳納德、卡頓、萬里神通、陳恩燮、勒內、馬爾提斯……只見一行人喘著粗氣，面容疲憊。

就在天花板的洞口即將閉合之際，最後一個越過狹縫而來的人，正是總司令。

他渾渾噩噩地緊隨眾人身後，失神地望向宰煥。

終於到了。

傳聞中，塔的最終層。

這裡是駕駛員的居所，同時也是實現願望的地方。

眾神夢寐以求的第十層，這裡的地板鋪著柔軟的白色羽毛，像是高級枕頭的填充物。

當宰煥收起獨不緩緩向前邁步時，傳來了某人的聲音。

「沒想到您真的能走到這裡，而且還創下最短紀錄。」

那嗓音令人覺得似曾相識。

安徒生開口了。

『貝洛圖斯。』

是第一層的乘務員貝洛圖斯。

現身的貝洛圖斯輕輕掃視宰煥和一行人，深深嘆了口氣。

「我似乎和您說過，不要再破壞這座塔了。」

「反正上來了不就行了嗎。」

「第九層的天花板是由不可摧毀的抽象金屬製成，你們竟然靠物理力量打穿它爬上來……」

貝洛圖斯似乎懶得再糾正宰煥的行為，他搖搖頭，隨後引導宰煥前行。

「駕駛員正在等你們。」

當貝洛圖斯邁出第一步，鋪在地上的羽毛便違背重力，飄了起來。

漫步在那片柔軟羽地中，眾人興奮地七嘴八舌，首先開口的是馬爾提斯。

「真沒想到能到達第十層。」

「我也是。」

「我不用許願也沒關係，光是來到這裡就已經很榮幸了。」

馬爾提斯滿臉感慨萬千，恭敬地雙手合十，猶如一名完成長途朝聖的苦行者般拱手作揖。

對於長期生活在元宇宙的他來說，第十層無異於世界盡頭。

宰煥說道：「不過就是一座塔的頂端而已。」

那淡漠的語氣令萬里神通露出一絲苦笑。

「能說出這種話的，也只有你了，對大多數神祇而言，第十層可謂遙不可及。」

「……」

「這座塔的最終層被封印了整整六百年，人們幾乎對於第十層一無所知。當然，我們之中，也有人已對這裡有所了解。」

聽見這句話，所有人同時轉頭看向總司令。

總司令皺了皺眉頭。

「我知道你們在期待什麼，但駕駛員可不是負責給予獎勵的仙子。」
「這話是什麼意思？」
「意思是，別期待那個駕駛這座塔上千年的傢伙還保有理智。」
一些人咽了口唾液。
總司令繼續接著說。
「你們最好慎重挑選問題，否則——」
就在那時，有人堵住了總司令的嘴。
「嗚……嗚？」
不知從何開始，總司令的嘴被塞上封口布。他試圖用力掙脫，封口布卻反而將他的下顎勒得更緊。
這裡可是元宇宙，連總司令都能強行封口，這力量也太過駭人。
看見這幅景象，大驚失色的馬爾提斯和萬里神通連忙緊閉上嘴，安靜得像是自己主動塞上封口布一般。
不一會兒，貝洛圖斯的身影消失，一扇古色古香的大門憑空出現。儘管沒有任何人告訴他們，但看到這扇門的瞬間，所有人都心知肚明。
元宇宙的駕駛員，就在這扇門的另一端。
然後，那名無人能將他封口的男人，開口說話了。

「開門。」

4.

聽到宰煥果斷的命令，安徒生說道。

『你這麼做，門最好會開。』

話才說完，大門便應聲而開。

「開了。」

大門乾脆地敞開，沒看到任何陷阱。或許是怕如果不開，說不定接下來又會被宰煥破壞。

宰煥與眾人交換眼神，隨即向前走去。

門後瀰漫著夢幻的煙霧，宰煥又往前走了幾步，發覺感知逐漸受到封鎖。他回頭一看，同伴的身影早已消失無蹤。

當他再次望向前方，一間黑暗的實驗室浮現眼前。

——原來是幻象。

那片矇矓虛幻的景色證明了這一點。

實驗室中心，站著一名上了年紀的夢魔。

「單層……突破時間……」

夢魔似乎沒有察覺宰煥的闖入，依舊喃喃自語地操作著空中的全像投影螢幕，螢幕上顯示著元宇宙的設計圖，以及三位外形宛如漫畫角色般的人物。

「……雖然有點勉強……但如果……」

宰煥心想，這個夢魔或許就是建造這座塔的大師——尼爾・克拉什。

「老大……」

老大？

當產生興趣的宰煥朝夢魔邁出步伐的瞬間，它彷彿大吃一驚，轉頭望向宰煥。

那一刻，投影畫面上出現了干擾。

再次回過神來，夢魔的身影已然不知去向，取而代之的是遼闊的原野，與占據原野中央的三道人影。

宰煥察覺到，這些身影與方才全像投影螢幕出現的人物有些相似。

他看向其中一人。

那是名垂著烏黑長髮，下顎線條銳利的英俊男子，它正以冷漠而陰暗的眼神傲視著世界。

宰煥似乎知道那是誰。

——卡塔斯勒羅皮？

儘管外觀與他熟悉的卡塔斯勒羅皮不同，但從對方散發出的氣息，以及令人聯想到亡者的危險世界力來看，顯然正是卡塔斯勒羅皮。那大概是它被封印前的樣子，它左手握著的空虛劍就是決定性的證據。

卡塔斯勒羅皮正在與人交談，對方是一具擁有高大身影的機器人。

——機器人？

這個機器人與宰煥在奇妙工廠遇見的那些工廠長有種微妙的相似感。

工廠長說過它們是古代神的喪失者，還懇求他協助找回消失的三神器。

宰煥想起了工廠長侍奉的神祇之名——德烏斯．艾克斯．瑪姬娜。

這時，他終於明白了這三人的身分。

古代三神。

七大神座出現前，統治著深淵的三位王者。

為何古代三神的幻象會突然出現在眼前？這究竟是建造者夢魔尼爾．克拉什的花招，還是駕駛員搞的鬼？

無論如何，能一睹古代三神面貌的機會並不多，對宰煥而言也不失為一件好事。

宰煥轉頭，將目光投向最後一位古代神。

那位古代神身材高大，奇怪的是，他竟赤裸著身體。

赤裸的神祇哀傷地唱著歌，那是一種似曾相識的旋律，以及蘊含無盡思念和孤獨的嗓音。

宰煥正出神地聽著歌，赤裸的神突然轉頭望了過來。

他彷彿看見了宰煥，瞪大眼睛，張口說道。

『■■■……德烏斯■■■？』

就在那瞬間，刻在宰煥左臂上的蛇形紋樣微微發光。

赤裸的神歪著頭。

『■■■■■■■卡塔斯勒羅皮■■■■■■？』

這回，他曾握過空虛劍的左手感到一陣刺痛。

赤裸的神祇看著宰煥，露出有些驚訝的神情。

「你到底在說什麼？」

像是聽見了宰煥的問題，赤裸的神緩緩起身走近。

宰煥下意識地後退幾步，但神祇巨大的手一把抓住了他的肩膀，同時耳邊響起了難以理解的話語。

『烏洛波羅斯。』

隨著最後一句話落下，古代三神的身影如雲霧般消散而去。

再次眨了眨眼，宰煥呆愣地站在一間寬敞的接待室內。接待室的天花板朝天空敞開，令人聯想到豪華大樓的頂樓。

「哦，終於來了。」

「宰煥先生，您為什麼這麼晚才到！」

看到宰煥現身，原先還在接待室內到處張望的一行人紛紛迎了上來，看樣子他們先一步抵達了這裡。

然而總司令的神情有些奇怪，他衝上前抓住宰煥的肩膀大喊。

「嗚呃嗚！」

宰煥蹙起眉頭瞪著總司令。

總司令急切地用眼神傳遞訊息，他的嘴仍然被堵住，無法用言語表達。

「嗚呃嗚！」

宰煥別無選擇，只能發動理解，這才聽見了總司令的話。

「你看見了什麼？」

「建造塔的夢魘。」

宰煥的答案似乎令總司令稍微安心了下來。

「這樣啊。你見到尼爾・克拉什了？」

「還有一些奇怪的傢伙。」

「奇怪的傢伙？」

總司令眼中掠過一絲疑惑，他的目光牢牢鎖定在宰煥左臂閃耀的蛇形紋身上。

「難道到你見到三神了？」

宰煥一點頭，總司令的嘴唇便不停顫抖。

「怎麼會，你這傢伙怎麼會……」

「你沒見過嗎？」

總司令似乎不願承認，避開了他的目光。

柳納德和卡頓正想問個究竟，接待室的內門打開了，一個人豁然現身。

『好吵啊，全都到了嗎？』

說話者的每一個音節，都帶著濃烈的倦怠感。

現身的是一名金髮男子，他穿著宛如希臘時代哲學家的服裝，盤起的丸子頭帶著亂翹的髮尾。他搔了搔腦袋，環視一圈後咧嘴一笑。

『還以為你們馬上就到了，結果花了那麼久時間，害我都睡著了。』

男人隨興的態度，令眾人一時沒有認出他的身分。

宰煥問道：「你就是駕駛員？」

『沒錯。』

所有人這才反應過來，驚呼出聲，馬上將姿勢重新擺正。

駕駛員。

這名面露倦意的青年，竟然是如今操縱著元宇宙的駕駛員。

他的出現令總司令憤慨地大聲喊叫。

「嗚呃！嗚嗚嗚！」

『哎呀，我忘記幫你解開禁言了，抱歉，總司令。不過你講話實在太吵了，那東西看起來挺適合你的，你就再繼續戴著吧。』

憤怒的總司令將剩餘的世界力全部化為握力，憑藉蠻力硬是拆下封口布。

他擦去嘴角的鮮血，語帶威脅道：「卡伊納克，我又上來了，你要履行你的承諾！」

突如其來的名字，瞬間掀起一陣波瀾。

卡伊納克，包括萬里神通在內的數名高階神祇，早就聽聞過這個名字。

萬里神通問道：「卡伊納克？你真的是懶惰的君主？」

懶惰的君主，這番話令柳納德和卡頓睜圓了雙眼。

駕駛員的真實身分是君主？

然而，從駕駛員的身上無法感受到任何系統的氣息，這意味著他不再是受系統庇護的存在。

宰煥說道：「薩明伽藍曾和我提過你。」

『薩明伽藍？』
「他叫我登上深淵就去找你，說你可以幫助我。」
那是暗香君主薩明伽藍對開啟創世的宰煥留下的遺言。薩明伽藍知道宰煥正朝幻想樹頂端前進，並表示卡伊納克能為他的旅程提供幫助。
雖然無法知曉死去的薩明伽藍判斷是否正確，但駕駛員在聽到薩明伽藍的名字後，確實有一瞬間露出了苦惱的表情。
『薩明伽藍，薩明伽藍啊……沒錯，我以前確實有這麼一個朋友。』
隨即他彷彿想起了什麼，莞爾一笑。
『好久沒聽到他的消息了，他最近怎麼樣？』
「死了。」
即便聽到這句話，懶惰的君主也沒流露出任何動搖的神色。
『這樣啊。』
他甚至不好奇薩明伽藍死在誰的手上，以及死去的原因。
宰煥又補了一句。
「是我殺的。」
『是喔。』
懶惰的君主態度依舊不冷不熱，像是不明白宰煥為何要刻意補充那句話。

他走到接待室的窗邊，拉開百葉窗，明亮的光線和卡司皮昂的景色隨即映入眼簾。

這個世界是元宇宙的內部，窗外見到的卻是深淵的風景。

『我早料到會有這一天。那傢伙對系統核心抱有太多的懷疑了，他應該像其他君主一樣，心安理得地停止思考，或者乾脆打破系統走向外界，但他最後哪邊都沒選。』

聽著他乾澀的嗓音，宰煥思索著薩明伽藍的事情。

根據薩明伽藍的描述，他最後一次見到懶惰的君主至少是八百年前的事了。

懶惰的君主一臉提不起勁的樣子，用力伸了個懶腰，然後領著眾人走向接待室的桌子。

『總之，你們很幸運。恭喜你們，成功走到了最後。』

他就像在數著彩券中獎人一樣計算著眼前的人數，露出了微笑。

『人數有點多呢。』

「這樣不行嗎？」

『沒有不行，不過要篩選掉非法乘客。首先方塊內的乘客不算。』

宰煥想起了還在方塊內部的柳雪荷。確實，要是她因為被關在方塊內跟著登上第十層而得到獎勵，的確有些荒謬，這種把戲肯定行不通。

『還有那邊的烏鴉也一樣。』

站在宰煥肩上的安徒生身軀一顫。

『妳好像沒付車票錢吧，所以妳不能許願。』

「那只要現在支付托拉斯——」

『不行，能不能將那隻烏鴉視為神都還有爭議，畢竟很難說任務是靠她自己完成的。雖然在第九層算是獲得了認可……不過嘛，就算我不說，她本人應該更清楚。』

實際上，與其說安徒生是一名獨立的參賽者，目前的她更像是一個屬於宰煥世界觀的配件。如果沒有宰煥，她甚至無法使用力量。

但宰煥受過安徒生的幫助，他不可能輕易置之不理。

在宰煥開口之前，安徒生就先搖了搖頭。

『你說的沒錯，我沒資格。』

接著，宰煥轉頭望向安徒生。

安徒生又搖了搖頭，彷彿要他不必再多說。

『我早就預料到會是這樣。能來到這裡就夠了，雖然對瑞秋有些抱歉……但無論如何，我都會找到其他辦法，別擔心。多虧你，我才能找回瑞秋的身體，我一定會想到方法拯救她的。』

「那妳呢？」

『我也是多虧有你才能報仇啊。要是我還不懂得收斂，瑞秋肯定會責備我的。』

經過五百年的歲月，安徒生實現了復仇。她的故事已安然落幕，而這個地方就是旅程的終點。

但僅僅這樣就足夠了嗎？

眾人陷入嚴肅的沉默，這時懶惰的君主輕輕鼓掌，似乎是想轉換氣氛。

『好，那烏鴉就這麼定案了。我會滿足其餘八人的願望，儘管說吧，如果是我能做到的，我都會幫你們實現。』

柳納德率先走了出來。

「請復活安徒生大人的前代行者，瑞秋．玲。」

『柳納德？』

安徒生驚訝不已。

這可是無比珍貴的元宇宙許願券，時隔整整六百年，重新開放的最終層獎勵。而現在，柳納德竟然將這樣珍貴的機會讓給了安徒生。

然而，柳納德依然一副毫不在意的神情。

安徒生多次掀動鳥喙，最終緊緊闔上嘴，低下頭。

宰煥將站在肩上的安徒生放進了柳納德的手中。

「我真的無所謂，安徒生大人。」

『可是……』

柳納德凝視著剛好填滿雙手的她，那是他昔日侍奉的神祇。掌中傳來的溫度如此微小而寶貴，正是這小小的溫暖，讓他得以在深淵存活下來。

如今，終於輪到他將自己獲得的溫暖回報給她了。

「打從一開始，我的願望就只有這個。」

5.

柳納德輕輕擦拭烏鴉的眼角，然後再度抬頭，望向懶惰的君主。

懶惰的君主則是一臉欣慰地點了點頭。

『真是令人熱淚盈眶的場景啊，我看看……瑞秋·玲。』

他憑空展開系統畫面，開始查看塔的數據庫。

『在元宇宙死亡，現在處於傀儡的狀態。一般情況下，成為傀儡是無法恢復人身的……好，如果是這樣。』

懶惰的君主輕彈手指，整座塔產生了微弱的震動，那是元宇宙世界力在移動的證明。

片刻後，宰煥的固有世界開啟一小部分，瑞秋．玲的傀儡被召喚出來。

懶惰的君主將手放在瑞秋．玲的額頭上，通過與塔的連結，曾經屬於瑞秋．玲的記憶又回到了她的身上。

這座塔保存的關於瑞秋．玲的資訊和情感，在傀儡體內流淌。

這樣真的能讓瑞秋．玲復活嗎？

沒有人知曉。因為包括瑞秋．玲本人在內，這個世界上沒有人能證明那個瑞秋．玲，是否真的是以前的她。

只有安徒生在哭泣，瑞秋蒼白的肉體正逐漸回溫，看見這一幕的神祇紛紛流露出動容的神情。

如果元宇宙是虛假的，那麼現在這一幕也是假的。若告訴這裡的神祉，這一切都是假的，他們又會露出什麼樣的表情呢？

駕駛員彷彿讀懂了宰煥的心思。

『不可能恢復到跟生前的狀態一模一樣，因為目前記憶中樞受損相當嚴重。』

安徒生點了點頭，然後望向宰煥。

『謝謝。』

宰煥既沒有點頭，也沒有回答，只是低頭凝視著安徒生。
也許這一切的真實與否，對他來說並不重要。宰煥只是記住此刻哭泣的安徒生，以及她說的話語。這就是他所能做的全部。
然而，將這幕景象記錄下來的並不只有他。
『貝洛圖斯，你有拍好吧？』
聽見駕駛員的話，位於接待室一角，保持半透明狀態的貝洛圖斯恭謹地回應。
「是的。」
『不要上傳所有內容，只要剪輯復活的畫面跟那隻烏鴉的反應。後製一下，別讓第十層內部的結構露出來，大概做到能排進元宇宙熱門片段的程度就好。』
「好的。」
陳恩燮與卡頓看見一旁泰然剪輯著影片的貝洛圖斯，不由得皺起眉頭。
懶惰的君主搔了搔臉頰。
『我總要留下替你們實現願望的證據吧？而且也有公平性的問題。比起繳納稅金，上傳影片更好，不是嗎？』
「什麼稅金？」
『總之，下一個許願的是誰？』
「我！」

勒內站上前時，懶惰的君主點了點頭。

『好，我們的命運之神想要許什麼願望？』

命運之神。

儘管有些人早已知道她是神，但其他人這才後知後覺地瞪圓了眼睛。

勒內朝他們露出一抹苦笑，直截了當地說出了她的要求。

「將第七層的匿名系統交給我。」

『你們不是已經摧毀第七層了嗎？』

「我知道那並不是第七層的全部，元宇宙不是還有其他分部嗎？」

元宇宙的其餘分部。

「除了這裡，還有其他的元宇宙？」

當吃驚的柳納德問起時，身旁的萬里神通代為回答。

「有，雖然沒有這裡大，不過最近元宇宙也在將版圖擴展到其他站點。但無論如何，『最終層』只存在於『這裡』，所以最終他們都會來到這座塔。」

懶惰的君主點了點頭，似乎對萬里神通的說明很滿意。

『所以妳是想要其他分部的第七層？我不能全部給妳。如果想要元宇宙的整個第七層，妳必須成為昨日之神，或者申請成為第七層導覽員。』

「只要給我第七層使用的匿名系統就好了，我不需要第七層本體。」

『哼嗯，堂堂命運之神居然需要匿名……妳是打算誹謗哪位神祇嗎？』

「我沒要誹謗誰，我還得向你解釋這種事嗎？」

『口氣真凶。好，我會實現妳的願望，只要給妳系統的建構方法就行了吧？』

勒內點了點頭，來自懶惰的君主的數據庫被傳入了勒內腦中。

『好，下一個是？』

走向前的是陳恩燮。

「可以讓我變得像宰煥大叔一樣強嗎？」

彷彿認為這個提問相當有趣，懶惰的君主笑了起來。

『他已經超出元宇宙的規範了，但我可以幫妳提升到差不多的強度。總司令的程度怎麼樣？』

大概是自尊心被觸動到了，總司令板著臉開口。

「嗚。」

準確來說，他剛想開口，嘴巴就又被塞住了。

在總司令拚命掙扎、試圖拆下封口布的期間，懶惰的君主說道。

『但條件是，只有在元宇宙才可能變得如此強大。如果妳不介意，我可以讓妳變強。』

「那就算了。」

陳恩燮馬上失去了興致。畢竟，她最初進入這座塔的目的，並不是為了在元宇宙長久生存下去。

『好，所以這位覺醒者女孩沒有想許的願望了吧？』

陳恩燮點了點頭。

接下來，一行人依序上前許願。有些願望成真了，有些則是作罷，畢竟這些願望終究受限於元宇宙可實現的範疇內。

於是，經過卡頓和馬爾提斯之後，終於輪到了萬里神通，不過他看起來並沒有特別高興。

萬里神通一臉為難地撫著山羊鬍。

「不曉得該許什麼願才好。」

這時，馬爾提斯回嘴。

「什麼？老爺爺，你活了這麼久，怎麼可能一個願望也沒有？」

「就是啊，這真的很奇怪，明明我剛踏進元宇宙時有那麼多想許的願望。」

懶惰的君主答道。

『每個來到這裡的人，說的話都跟你們差不多。他們實現了夢寐以求的願望，卻完全看不出有任何喜悅，事實上，你們自己也清楚其中的原因。』

懶惰的君主說罷，靜靜地俯視著豪華大樓頂樓的景色，其他人也默默共享著這幅風景。

為什麼呢？僅僅是登上第十層，就讓他們至今追求的無數目標都顯得虛無縹緲。

曾經如此渴望獲得的新造型、托拉斯、各種高級設定和配件，在此刻皆猶如曇花一現的夢境。

馬爾提斯說道：「既然老爺爺是黑店的店主，不如許個和黑店有關的願望？」

「壯大黑店的勢力如何？你不是說已經厭倦和其他店家競爭了嗎？」

勒內也跟著附和，但萬里神通似乎並沒有特別感興趣。

他不斷撫著山羊鬍，約莫來回摸了十五次左右，突然笑了起來，彷彿想到了什麼有趣的事情。

柳納德問道：「您想到願望了嗎？」

「是啊，不過感覺會被大家笑呢。」

「為什麼？是什麼願望？」

「聽起來可能有些古怪，但是……」猶豫片刻後，萬里神通說道：「我希望有人能繼承我的包子。」

眾人一臉不敢置信。千辛萬苦來到這裡，他竟然就只在乎那個包子？

馬爾提斯問：「那不是任何人都能繼承的嗎？」

「不是誰都能領會其中的真傳妙意。至今為止，我收了好幾名徒弟，但他們都做不到。我需要一名能真正理解這道食譜意義的繼承人。」

這麼說來，據說萬里神通的武林包子是以記憶作為食材，做法相當特殊。

看見宰煥表示理解，萬里神通的神情稍稍明亮了一些。

「屠神者，如果有你這樣的毅力，也許可以繼承我的包子，但你似乎對烹飪沒什麼興趣。」

「沒興趣。」

「總之，這是我唯一的擔憂。假如沒有弟子能得到我的真傳，恐怕這包子就要在我這一代失傳了。」

懶惰的君主聽著他們的談話，插了一句。

『我知道你的包子，有時候我也會叫導覽員買來給我，你的包子確實值得繼續流傳下去。』

就連駕駛員也認可包子的美味。

冷不防成為元宇宙最優秀的包子大師，萬里神通有些高興。

『別說是元宇宙，就算翻遍整個深淵也難以找到繼承人，那種料理方式實在太特殊了。』

「我早料到了，我應該是幻想樹第一個嘗試運用記憶來烹調料理的人。」

萬里神通以一種驕傲的口吻表示同意。

沒想到區區包子竟能勾起如此嚴肅的話題，馬爾提斯和柳納德對視了一眼。

「那個包子竟然這麼厲害？」

「我當時應該多吃一點的。」

懶惰的君主思索片刻。

『如果是擔心失傳，那麼這樣如何？將你的包子食譜傳送到另一個次元，這樣即便你死前沒能找到繼承真傳的弟子，你的食譜也會在另一個次元繼續流傳下去。』

「另一個次元是哪裡？」

『比如星星直播之類的。』

萬里神通疑惑地反問道：「那是真實存在的地方嗎？」

『你知道元宇宙能和任何地方進行連接嗎？那當然是一個真實存在的地方。準確來說，它隸屬於大宇宙的另一個次元，如果你願意，我可以將你的食譜傳送到那個世界。也許有一天，習得包子手藝的繼承者會前來拜訪你。』

「這是把食譜裝進玻璃瓶扔進海裡的意思嗎？」

『差不多，有意願的話就快點告訴我，現在正好是兩個次元交界最薄的時候，再晚就沒辦法替你實現這個願望了。』

萬里神通猶豫了片刻，回答道：「就這麼辦吧。眼下除了包子，我想不出其他的願望了。」

『那就立即動手吧。』

萬里神通交出的包子食譜被放進小小的瓶子裡，消失在駕駛員的懷中。

『我在次元交界處也有事情要處理，這個我稍後替你傳送過去。』

每個人似乎都在思考著萬里神通的包子，片刻的沉寂瀰漫在接待室裡。

裝載著萬里神通食譜的玻璃瓶將會穿越次元，傳送至另一個地方，幸運的話，或許會遇到一名合適的廚師繼承這個食譜。

宰煥不禁想像了一下，在不知名的地方吃到武林包子的人。

『現在輪到你了，屠神者，你想許什麼願望？』

接待室裡的所有人都關注著宰煥。

或許他們一直在等待著這一刻。

剎那間的緊張氣氛似乎令懶惰的君主感到愉悅，他悠然開口。

『你的成就實在令人驚豔，就連妙拉克、裂主、總司令都無法像你這麼快登上頂層。而且你看起來有很多疑問，要是想以提問作為願望，我可以特別優待，回答你兩個問題。』

宰煥毫不猶豫地開口。

「我的同伴——」

『你是指金允煥吧？我事先調查好了。』

懶惰的君主像是在念一段早已準備好的臺詞，彷彿早已知曉宰煥的問題。

『可惜的是，你的朋友不在元宇宙，同時，他也沒有成為傀儡。不過他所在的位置離卡斯皮昂不遠，有一個非常大的勢力在保護他，因此你不必擔心他的安危。整個深淵沒有比那裡更安全的地方了，也許你們很快就能再見面。』

「把允煥帶過來。」

『抱歉，不可能，那超出了元宇宙的權限。坦白說，我已經提供你很多資訊了，所以第一個願望就到此為止。』

「帶著允煥的人是誰？」

『這是第二個願望嗎？如果你同意，我可以回答，不過一旦我提及那個名字，對方肯定會有所察覺，我不確定這對你朋友是否有利。』

隱含警告的口吻，實際上就是在暗示宰煥別再問下去。

雖然不清楚駕駛員的可信度有多高，但就他進行如此詳細的事前調查來說，這番話應該不全然是謊言。

至少目前為止，允煥既沒有變成傀儡，也沒有受到傷害。

這樣就足夠了。

『很好，明智的選擇，那麼就許下你第二個願望吧。』

其實，這個問題有問跟沒問一樣。

除了允煥之外，宰煥攀登這座塔的原因只有一個。

「我想知道通往幻想樹盡頭——初始噩夢的方法。」

6.

「幻想樹的盡頭啊，你追尋的果然是這個。」

聽見宰煥的話，萬里神通像是早就料到了似地嘆了口氣。

這也不足為奇，畢竟能驅使宰煥這種等級的強者攀登元宇宙的原因並不多。

「幻想樹的盡頭究竟有什麼？」

這是個全深淵都無人知曉答案的謎題。

就連擁有漫長生命的神祇，也不敢輕易嘗試尋找這個問題的答案。因為那些試圖找尋答案的存在，不是喪命，便是陷入瘋狂。

馬爾提斯也補了一句。

「以前曾有這種說法——想了解世界盡頭，就登上元宇宙吧。雖然已經是千年前的事了。」

柳納德接著問道：「我有個疑問，為什麼會對世界盡頭這種東西感興趣呢？」

萬里神通露出一副興致盎然的神情。

「這是個有趣的問題，為何眾神會想了解世界的盡頭呢？」

「不正是因為無法得知嗎？」

面對馬爾提斯的回答，柳納德再度發出了疑問。

「可是除了世界盡頭之外，也有很多事情無法得知啊，像是宰煥先生在想什麼，或是宰煥先生的姓氏……」

勒內和卡頓也跟著附和。

「那確實令人好奇。」

「我也想知道。」

「我就是這個意思。感興趣的事明明有那麼多，為什麼偏偏好奇世界的盡頭呢？」

答案來自一名意料之外的人。

「因為那個是『大疑問』。」

說話的是陳恩燮。

柳納德問道：「大疑問？那是什麼意思？」

「如果得到了『大疑問』的答案，你就能知道其他所有問題的答案。」

或許是陳恩燮的話令人難以理解，柳納德陷入了久久的苦思。

「如果抵達世界盡頭，那裡就會寫著宰煥先生的姓氏嗎？」

宰煥沒有加入對話，而是等待著駕駛員的回答。

然而，駕駛員依舊沒有回答。

總司令似乎認為這股沉默是某種信號，於是他插嘴了。

「嗚、嗚嗚嗚。」

「喂，我不是說過了嗎？」

「嗚嗚嗚嗚嗚。」

「那種大疑問沒有任何意義。」

宰煥也記得總司令曾說的話。

他當時好像是說，大疑問的範疇過於龐大，單靠一個人根本無法回答。

這句話雖然有道理，但對現在的宰煥來說，並不是一個合適的建議。

事實上，宰煥根本不在乎問題的大小，他認為即使是難以回答的問題，只要多問幾次，就一定能找到答案。

駕駛員似乎看出了宰煥的想法，沉默了好一會兒，表情有些不太情願。

『我很意外，像你這樣的強者，通常不會直截了當地問這種問題。』

「……」

『那些對初始噩夢感到好奇的傢伙，通常都會過於鑽牛角尖而陷入死胡同，提出一些故弄玄虛的問題。』

駕駛員的話令總司令的嘴唇微微顫動。果不其然，駕駛員也察覺到了那一點。

『甚至就連駕駛員給了正確的答案，他們也會大發雷霆，甚至舉刀相向。』

駕駛員開心地咯咯笑著，彷彿憶起了過往挑戰第十層的乘客。

『有時我甚至懷疑，他們真的是來尋找答案，還是只是想聽到有人肯定自己預設的答案。總之，我喜歡你這個簡潔俐落的提問。雖然你具有極端的世界觀，卻不會過於鑽牛角尖，這樣的神非常罕見。』

聽見駕駛員的讚揚，宰煥依舊不見欣喜之色。

「你的開場白太長了，直接說答案。」

『好，既然問題簡單明瞭，答案也該如此。要抵達初始噩夢很簡單——只須按照曾經挑戰初始噩夢之人的做法即可。』

「什麼方式？」

『收集古代神的三神器，你自然就會知道該如何前往初始噩夢。』

駕駛員的回答在眾人間引起一陣騷動。

宰煥問道：「古代神曾經挑戰過初始噩夢？」

『能確定的是，他們的三神器就是鑰匙。你的問題就回答到這裡。』

「呵呵，原來需要的不是其他配件，而是三神器啊……若是如此，這下就算知道答案，也無法付諸實行了。」

聽聞萬里神通的話，其他神祇也紛紛點了頭。

另一方面，聽見駕駛員答案的總司令一副快氣瘋的表情。

「嗚嗚嗚嗚嗚！」

駕駛員咧嘴一笑，儘管對方嘴巴被塞住，但他似乎能聽懂。

『大疑問和小疑問。沒錯，這當然重要，因為只有提出適當的疑問，才能獲得正確的答案。不過你知道嗎？最終能解決問題的，終究是付諸行動的人，而非提問者——不是那些悶在元宇宙可悲地玩著虛擬遊戲的傢伙。』

「嗚呃嗚呃！」

『為什麼我不告訴你這個方法？反正你這傢伙也不會去收集三神器啊。』

「嗚呃！嗚嗚呃！」

『你不就是知道這一點，才向我打聽其他主意的嗎？』

總司令瞬間安靜。

宰煥問道：「其他主意？」

『哎呀，看來你沒從他那裡聽說吧？要抵達初始噩夢，還有一種只有元宇宙駕駛員才能做到的方法。你想要的話，也可以利用這個方法，雖然以你的性格不太可能選擇這條路。』
「那個方法是什麼？」
『這是第三個問題嗎？』
宰煥靜靜地盯著他，駕馭員搔了搔臉頰說。
『好吧，這個我就直接告訴你。只要駕馭員在塔中耗費千年時光，逐步累積世界力，便可以上升至幻想樹的頂端。很簡單吧？』
駕馭員的宣言令在場眾人陷入了巨大的混亂。
正在品嘗貝洛圖斯提供的甜點的萬里神通差點嗆到，馬爾提斯彷彿又回到昨日一樣滿臉茫然，勒內則露出了命運軌跡發生致命偏差的震驚神情。
唯獨宰煥依然面不改色。
「殺了你就可以成為駕馭員嗎？」
一行人難以置信地盯著宰煥。
駕馭員笑了。
『不行，你只會變成殺死駕馭員的凶手。想繼承這個身分，就必須由我傳承給你。而且你有認真聽我說話吧？不是成為駕馭員就夠了，你還要累積千年的世界力。』
「我有信心能承受時間的考驗。」

『我知道你在想什麼，但這並不容易，特別是像你這樣熬過一段說長不長歲月的神，更是困難。至今為止，你可能都是透過重複簡單的動作活到現在，但未來最好放棄這種想法。要是反覆進行那種機械式的行為，總有一天你的情感會變得麻木，成為一名概念神。』

「概念神？」

『指的是失去情感和人性，只剩下概念的神祇。世界力雖然還在，實際上卻跟消亡差不了多少。』

聽見安徒生的回答，宰煥頓時愣了一下，他最近的確有感覺到自己的情感正逐漸鈍化。

本以為這只是疏外的副作用而已。

駕駛員繼續說著。

『總之，作為駕駛員承受的千年歲月，和你獨自熬過的時間不同，你必須扎扎實實地熬過不停流逝的歲月，還得曝露在無數刺激的情況下工作。』

「什麼工作？」

『還能做什麼？當然是累積世界力——也就是托拉斯了。』

勒內突然想起了什麼。

「等一下，累積托拉斯難道是指……」

『沒錯。賣造型、賣禮包、賣增益和消耗品，總之就是把那些物品大量販售給一群蠢蛋來賺取托拉斯。』

他說得太過直白，簡直荒唐至極。

「你到底為什麼要這麼做？」

『不是說了嗎？因為我需要托拉斯。』

「所以你打算用那些托拉斯做什麼……」

宰煥倏然憶起初次進入第十層看見的場景——夢魔尼爾．克拉什正在繪製元宇宙內部設計圖的畫面。

當時他並沒有放在心上，但現在回想起來，元宇宙的結構有些特殊。

那幅結構圖，令人不禁聯想到太空船的發射臺。

「這座塔，是為了讓駕駛員抵達世界盡頭而建造的。」

眾人盯著宰煥，彷彿在詢問那是什麼意思，駕駛員則露出一抹微妙的神情。

「這座塔相當於一座發射臺，它是為了讓駕駛員貫穿深淵頂部，躍至幻想樹頂端而建造的地方。」

『哇嗚，你怎麼知道的？』

駕駛員不加掩飾地承認事實，場面再度荒唐得令人無言以對。

他吹了聲口哨，接續說道。

『之所以需要大量的托拉斯，是因為使用這座發射臺需要消耗大量能量，至少要累積一千年的托拉斯才有可能發射一次。』

衝擊性的發言讓眾人目瞪口呆，此刻他們終於理解元宇宙為何這麼積極推銷商品了。

勒內激動得咬牙切齒。

「你怎麼能這麼做？你到底算什麼東西，駕駛員就了不起嗎？」

『怎麼了，有什麼問題？即使不收集三神器，我也找到了抵達世界盡頭的方法，不覺得我很厲害嗎？』

「誰管你厲不厲害！因為你，那麼多人都在受苦！你究竟知不知道下層的傀儡和代行者都成了什麼樣子？」

『嗯？但深淵也是一樣的狀況啊，弱小的神祇遭到打壓，遇到惡劣神祇的倒楣信徒遭到剝削，這種悲劇無所不在。不同的是，在這座塔裡，所有的悲劇都將化作有意義的燃料。』

「你在說什——」

『妳不也是覺得這裡比深淵更好，才會進來的嗎？』

駕駛員打了個哈欠，周圍的牆上開始浮現出無數個螢幕，畫面中映出了元宇宙的眾神。

『我想你們已經充分體會到了這座塔的樂趣，所有人都瞻仰著你們，不是嗎？』

螢幕中的神祇正透過小兄弟觀看著宰煥一行人，還能看見未能踏足此處的疾光之神雷伊雷伊和黑店白午的身影。

『這座塔提供了神祇想要的東西，讓那些被深淵淘汰的諸神，也能作著美夢。』

那些憧憬宰煥的神祇正努力攀塔而上，夢想著有朝一日能和他一樣越過第九層的壁壘，登上第十層；他們為安徒生的眼淚而惆悵萬分，幻想著自己有一天會成為那淚水的主人。

『它賜予那些夢想著自由與平等的神祇，彼此交流溝通的幻象。』

螢幕中映照出安徒生與同伴交談的場景。

記憶中，五百年前的英雄神祇。

安徒生、艾丹、阿爾戴那、賈斯蒂斯。

他們曾夢想建立神祇與信徒平等相處的世界，那段歷史猶如一首古老的歌謠，在眾神眼底流淌而過。

『它為渴望安穩的神祇提供了安寧。』

有些神祇沉溺在元宇宙的昨日之中，作著香甜的美夢。就像被夢魔之石欺騙而困在過去的人類一樣，他們背棄現實，選擇了貪婪的孤獨。

『為渴求世界盡頭的人們指引道路。』

最後，螢幕中映照出登上第十層的眾人身影。

主宰聯盟的總司令、與其對戰的宰煥，還有疑似是妙拉克和裂主的人影一閃而過。

『我給了你們想要的一切，拿走一點托拉斯又有什麼錯？』

「那不是真實的，你賣的是假貨，你只是靠賣假貨來成全自己。」

『這也不是假的，就像那隻烏鴉流下的眼淚一樣，並不是虛假的。』

駕駛員望著安徒生，靜靜地笑了。

『這座塔販售的是經歷。神祇與信徒的故事、登塔者的冒險故事、尋找同伴的故事、嚮往世界盡頭的故事。這些妳都不能說它是假的。』

「那是——」

『選擇進入塔的是你們，而這座塔確確實實給了你們想要的故事。』

沒有任何人能反駁這句話，也許是因為駕駛員說得沒錯。

只有宰煥一人始終保持著平靜。

這時，使出吃奶力氣的總司令撕開了封口布。

「廢話少說，現在輪到我獲得獎勵了。」

眾人對總司令如此厚顏無恥地想要得到獎勵感到震驚，同時也好奇他會許下什麼願望。

駕駛員點了點頭。

『好吧，厄杜克西尼，你想要什麼？』

「我的願望你早就知道了。」

漫長的等待只為這一刻，總司令許下了自己的願望。

「把幻想樹的時間倒轉到七百年前。」

7.

把幻想樹的時間倒轉到七百年前，這簡直是痴人說夢。

如果這種事真的發生，幻想樹將會陷入可怕的災難，何況這種願望根本不可能實現，因為元宇宙的力量有其侷限性。

既然「變得像宰煥一樣強」的願望都無法實現，更不用說將整個世界的時間倒轉七百年。

萬里神通忍不住對別人的願望指手畫腳，開口說道：「總司令，這種願望怎麼可能實現呢？這可是千載難逢的機會，你好好考慮一下。」

總司令的神情卻很認真。

「駕駛員，和你承諾的事情我都做到了，我有資格收回那段時間。」

他似乎聽不進任何勸阻，繼續說了下去。

「我創建聯盟，進貢大筆托拉斯，甚至連你這個駕駛員該做的混帳工作我都替你完成了，六百年來我就是這樣度過的。」

總司令從懷中掏出塔的迷你模型，胡亂扔在地上。模型沒有輕易碎裂，而是骨碌碌滾到宰煥腳邊，與他的鞋尖輕輕一碰。

「你還要說我的願望無法實現嗎？你這傢伙明明答應過我的。」

眾人用著忐忑不安的目光望向駕駛員。

駕駛員似乎很享受這一刻，笑瞇瞇地開口。

『要求倒轉時間……沒錯，我確實答應過要滿足你這個願望，我沒忘記。』

駕駛員的視線投向空中的螢幕，隨著他的目光掃過，螢幕如同燭火般一一熄滅。

『我當時說過，僅憑駕駛員的力量無法實現這個願望。』

眾人的臉上掠過一抹安心的神情。

然而此時，駕駛員的語氣變了。

『不過如果我辭去駕駛員的職務，事情就另當別論了。』

駕駛員緩緩抬頭。

上方敞開的天花板之外，是深淵的天空。

『正好我也集齊了足夠的世界力。』

那些蓄積的世界力彷彿隨時會衝破塔頂底，沖天而起。

那是歷經千年才得以集齊的力量。

總司令似乎早就預料到了。

「你要離開這座塔？」

『是啊，時候到了。』

隨著駕駛員的回答，天空中央出現一艘小型太空船。這艘外觀令人聯想到星糖的白色太空船，正在從塔中吸收世界力。

那大概就是將駕駛員送往初始噩夢的方舟吧。

『如果我安全抵達初始噩夢，就會滿足你的願望。』

眾人逐漸意識到，從此刻起，他們也許會看見遠遠超乎想像的景象。

駕駛員懶洋洋地掃了宰煥和他的同伴一眼。

『誰想成為下一個駕駛員？舉手吧。』

沒有任何人舉手。

駕駛員又說道。

『那麼就按照約定，由你成為駕駛員吧，總司令。』

「……」

『我離開的那一刻起，你就是這座塔的駕駛員了，若你拒絕……貝洛圖斯，你會成為下一個駕駛員。』

在接待室角落等候囑咐的導覽員貝洛圖斯，肩膀微微顫抖。他抬頭看著駕駛員，似乎在問對方是否真的要離開。

駕駛員對著貝洛圖斯微微一笑。

『這段期間辛苦你了。』

一道半透明的螺旋樓梯從船體降了下來。

駕駛員緩緩走上樓梯。

『多虧你們，直到最後我都玩得很開心。』

在場沒有人挽留駕駛員，準確來說是沒能挽留。

有些旅程，光是起步，就足以成為一場令人肅然起敬的冒險。

那是一條通往世界盡頭的道路。

駕駛員踏上征途，他一手製造的大量悲劇，如戰利品般懸掛在他的身後。

然而，此刻沒有人去指責他。

宰煥望著駕駛員登上天空的背影，他已經踏過一半以上的階梯。

似乎意識到即將發生什麼，不知何時走近的柳納德抓住宰煥的手臂。

「宰煥先生。」

他唯一的信徒正在詢問，是否可以放任對方不管。

宰煥沒有回答，而是注視著駕駛員。

對方也俯視著宰煥，他的眼神彷彿在訴說：你會明白的吧。

或許是吧。在這裡，唯有宰煥一人理解駕駛員千年來的心情。

一心只為抵達世界盡頭而活的存在，終於湊滿了千年歲月，得以站在通往答案的階梯之上。

駕駛員漠然的目光望向階梯下的風景。

宰煥想像著駕駛員眼中的景象，那道風景應該和他在第九層攀枝大賽所見的相同。

諸神為了使自身的世界觀獲得認可而踐踏其他世界觀，信徒被當作是世界觀配件運行而痛苦哀號。

縱然身處為了逃避現實而建造的烏托邦中，世界的本質仍舊未曾改變。

這世界是由無數轉瞬即逝的生命，偶然拼湊而成的巨大馬賽克。

想要登上世界盡頭，就必須肯定這個世界。

他們得在冷漠地欣賞完這幅畫之後，作出自己的解讀。

因此，站在這座塔頂端的人，最終總會抱持著與駕駛員相同的念頭。

——這個世界沒有任何意義。

他是一名沒有絲毫愧疚，只負責驅動著世界的「駕駛員」。

離開這輛公車的駕駛員，臉上不見半點情感的殘留。

倏然回過頭，宰煥看見了總司令的側臉。

喜悅、歡喜、絕望、悲傷。

總司令過往的歲月交融在他的表情之中。

交戰時並沒有意識到，如今戰鬥結束後，宰煥才清楚看見他臉上蘊含的各種情緒。

駕駛員說總司令陷入了死胡同。

「總司令。」

灰燼之神，厄杜克西尼，他長期以來只專注於一個目標。

若說宰煥是為了拯救同伴而來到這裡，那麼他便是為了復活死去的同伴而來。他是為了倒轉時間，讓所有發生過的的悲劇都化為烏有。

但是，在座除了總司令以外的人都曉得——

他的願望不可能實現。

即便元宇宙蓄積了浩瀚龐大的世界力，也無法實現那樣的奇蹟。

更何況，就連邊境的栽培者都明白，倒轉時間不過是痴人說夢。

然而，總司令無法意識到這一點，因為他已經獨自思考了太久，想得太多。

因為他沒能思考，最該去思考的事情。

「你要成為駕駛員嗎？」

總司令沉默不語。

「既然你思考了那麼久，現在應該明白了吧。」

總司令緩緩轉過頭，看著宰煥。

「你想說什麼？」

「我之所以救你，是因為你是個陷入死胡同的神。」

駕駛員說，陷入死胡同的神由於獨自思考太久，即使知道自己的答案是錯的，也始終不肯承認。

「你想說我錯了嗎？」

〔少數神祇追問為何看不見直播畫面！〕

勒內似乎開啟了直播，神祇的訊息自某處傳來。

勒內故障的無人機濺出火花，由於鏡頭損壞，無人機似乎無法傳輸畫面。

〔部分神祇威脅不要只上傳剪輯片段，趕快打開直播！〕

〔多數神祇大為震怒，要求快點顯示第十層的畫面！〕

聽著諸神的訊息，宰煥徐徐眨了眨眼。

在這個世界，想要避免犯錯其實很簡單。

與其長時間沉溺於自己的想法，不如將自己交給巨大的洪流。只要成為「多數神祇」的一員，即便犯錯了，也不會受到指責，反而還會成為能夠指出別人錯誤的存在。

大多數人早已選擇用這樣的方式生活下去。

「我……」

但總司令沒有。

他獨自思考了很長一段時間，最終得出了「倒轉七百年時間」的荒謬想法。

宰煥也認識不少這樣經過長時間思考卻得出錯誤答案的人。

在噩夢之塔，有允煥和傑伊。

在混沌，有清虛和薩明伽藍。

在深淵，有安徒生。

「駕駛員不會遵守與你的承諾，因為他將成為與現在全然不同的存在。」

或許總司令也隱約意識到了這一點。

駕駛員究竟是何等存在，脫離深淵的他，又將重生為怎樣的超凡存在？然而，總司令之所以無法接受這個事實，是因為那宛如針線般渺小的希望，以及認為駕駛員可能真的會信守諾言的迷惘。

「你的同伴都死了，總司令。」

總司令的肩膀如觸電般地顫抖起來。他死死咬著嘴唇，嘴角滲出的銀血滴落地面。

「你依然想成為駕駛員嗎？」

「……」

「你已經執著於這樣的想法生活了六百年，今後的一千年，也打算繼續這樣生活嗎？」

其實，總司令心知肚明，他的願望永遠都不會實現。

他正在拚命接受、接納這個事實。

「我也知道。」

總司令望著宰煥，眼神似乎在尋求他的答案。

但這個問題打從一開始就沒有意義，因為他早已見過宰煥的固有世界。

總司令只能無奈地苦笑。

「屠神者，去阻止駕駛員吧。」

「……」

「如果不阻止他，一千年份的世界力就會消失。」

一千年份的世界力，那是足以顛覆無數存在命運的鉅額托拉斯。

「那是能拯救元宇宙所有死去傀儡和代行者的世界力。」

不知何時，總司令的手中握著一柄暗灰色的長槍。他深吸一口氣，用力拉伸手臂，收縮肌肉，將長槍朝著遠去的駕駛員司機擲去。

只有站在旁邊的宰煥才能看見長槍的軌跡。

長槍像流星一樣，拖著長長的尾巴飛去。

或許，那柄長槍之上，乘載的不僅僅是總司令的灰白色世界力。

啪喀喀喀。

總司令的長槍在空中碎裂。

漫天消散的灰燼中，駕駛員不耐煩地回頭望了一眼。

『厄杜克西尼，你在幹什麼？』

幾乎走完階梯的駕駛員全身被白色的光芒籠罩。

那一刻，第十層的所有人都意識到了——在第十層，沒有任何存在能阻止駕駛員。

儘管如此，他們還是握緊了各自的武器，挺身上前。

無庸置疑，人群的中心是宰煥。

宰煥右手緊握的獨不吐出暗黑的世界力，滅亡的力量彷彿要吞噬一切般翻騰湧動，開始蠶食整個第十層。

駕駛員的腳步終於停下了。

『你應該曉得，你現在阻止的是什麼吧。』

宰煥點頭。

此刻他們試圖阻止的是深淵的歷史。

駕駛員望著宰煥，眼中帶著失望。

『我還以為你會理解我。』

8.

宰煥望著駕駛員，點了點頭。

「我懂。」

『那你為何這麼做，為什麼要阻止我？』

駕駛員的語氣有些奇妙。也許是因為已升至半途，他身上散發的氣息也隨之改變，彷彿整個存在的本質發生了全然的變化。

先前只覺得不同凡響，此刻的他，卻已完全昇華為另一個層次的存在，甚至可以說是超越神的存在。

千年的世界力，徹底改變了駕駛員存在的本質。

如今的他，早已不再是「懶惰的君主」。

「我的天……」

勒內和萬里神通等高階神的肩膀顫抖不已。

有時，力與美會讓人混淆。

一行人眼神充滿困惑，他們從未見過這樣的存在。這個深淵……竟有如此完美、高貴的存在。

宰煥同樣仰望著駕駛員。

駕駛員走過的半透明階梯上，留下血跡斑斑的腳印，他踩著不知從何而來的鮮血，一步步登上頂端。

他的終點是世界盡頭。

這個事實太過崇高耀眼，以至於其他神看不見他腳下沾染的血跡。

駕駛員俯視著宰煥。

『我們不是一樣的存在嗎？』

宰煥抬頭看著神色漠然的駕駛員，心想著或許懶惰的君主起初並非這樣殘忍的人，否則，薩明伽藍也不會建議自己去見他。

「以前可能是吧。」

『所以到頭來，你也不過是一名破碎的神嗎？』

宰煥沒有回答，轉而握緊了劍。

駕駛員歪著頭，似乎真的不明白對方為何會做出這樣的舉動。那是對自身犯下的罪業、對這座塔造成的悲劇，毫無愧疚之意的眼神。

宰煥迎上他的目光。

或許，那副樣貌就是走完這條路的必然結局。

也許有一天自己也會走上那血色階梯，露出與之相同的神情。

不過，那是以後的事。

至少現在，他還在這裡。

駕駛員稍作沉思，重新邁步前行。

『原來如此。這麼說來，你的登塔方式相當特殊。在不殺害同伴的情況下，成功打開第十層大門之人……』

駕駛員繼續說道。

『屠神者宰煥，你確實有資格阻止我。』

伴隨著強烈的風壓，駕駛員全身迸發出凶猛的世界力，猶如一頭猛獸彰顯自己的存在。

不知不覺間，眾人皆已雙膝落地，層級較低的柳納德和馬爾提斯甚至連頭都抬不起來。就連身為七星的總司令也不得不將劍刃插進地面，勉強支撐著身體。

唯有宰煥一人能抵擋住那股磅礴的威壓。

然而，他也不過是勉強撐住而已。

駕駛員俯視著宰煥片刻，隨後再度朝天空走去。

這時的他已經完全無視了地上的存在，他的瞳孔中，映著的唯有天際的盡頭，那裡是悠遠的永恆與絕對的終結所等待的世界。

宰煥全力握緊獨不，集中世界力。

總司令問道：「你還剩多少世界力？」

「幾乎沒了。」

於是，總司令將手搭在宰煥肩上。

「就這一次。」

總司令悠遠而深厚的世界力從宰煥肩膀流入，他居然儲備了這麼多的力量，著實令人驚訝。想想也是，過去的六百年間他肯定也沒閒著。

聖域開顯——滅亡後的世界。

獨不噴出漆黑的火焰，兵刃上纏繞著滅亡之力，聖域的力量也隨之綻放。

隨著劇烈的震動，周圍景觀發生了變化，宰煥的塔穿透頂層的天花板，破土而出。

那是他曾在其中生存的噩夢之塔，後悔的城堡。
一樓、十樓、五十樓……
高塔瞬間拔地而起，直入雲霄，宰煥經歷的執拗歷史，正追趕著駕駛員走過的千年血腥。
大吃一驚的駕駛員回過頭來。
就在這時，專心將世界力注入獨不之中的宰煥驟然瞪大了眼睛。
他的固有世界中，一直都有顆占據天空的巨大眼珠。那顆始終遙遠的眼珠，今日似乎離他更近了一些，他一直以來所追求的理想，或許就在眼前。
宰煥心中思索，如果就這樣殺死駕駛員，奪取他的太空船呢？那麼自己是否也能以他人的千年為肥料，抵達那顆眼珠的所在之處？
即使那個選擇，將否定自己過往的人生。
駕駛員笑了。那眼神似乎在對宰煥說，你果然還是不懂我。
「我懂。」
宰煥朝駕駛員露出瘋狂的笑容。
「所以我才無法作出和你一樣的選擇。」
宰煥回頭望向身後。
正如駕駛員登上了血色的階梯，他也走過一座沾滿鮮血的塔。他的塔裡，有著如幽靈般徘徊的記憶。

那是因他而死，或者他未能拯救的人們。

宰煥一個不漏地記在心裡，他們此刻正注視著他。因此，縱使給他一百次、一千次的機會，他的選擇也依然相同。

宰煥絕不會為了抵達世界盡頭，而選擇與駕駛員相同的道路。

他無法那麼做。

因為他一直以來就是過著這樣的生活。

所以，他必須刺擊。

『這是超過數十萬神祇千年來積累的世界力，你一個人承受得了嗎？』

轟隆隆隆隆隆！

宰煥飽含滅亡之力的刺擊，逐一粉碎駕駛員走過的階梯，碎裂的階梯在駕駛員身上炸裂開來。

這是宰煥傾注所有世界力的一擊，卻不是他最強的一擊。

儘管如此，這已是他所能做出的最佳攻擊。

然而……

『挺精彩的歷史。』

駕駛員的手只是輕輕往右一拂，刺擊瞬間煙消雲散。

他的手再度由右至左移動，這回宰煥整個人失去了平衡。
最後，當駕駛員的手由上往下揮動時，宰煥意識到地面正在傾斜。
僅僅三個手勢。
三招之間，宰煥的塔便已斷折。
聖域崩潰瓦解，他和斷裂的高塔殘骸一起墜落至地面。
『我們還會再見的，屠神者。』
宰煥墜落至地面的同時，駕駛員終於抵達了太空船。
沐浴在燦爛光芒之中的太空船催動世界力，朝深淵的盡頭出發。包裹著世界力的船體貫穿深淵的大氣層，隨即被猛烈的火焰吞噬。
看著遠去的風景，宰煥聽見眾人呼喚他的聲音。
他想再度拔劍，身體卻無法動彈。明知運氣不可能一直眷顧自己，但他還是想要抓住最後一絲機會。
塔射出的世界力在太空船的尾端劃出流星般的長尾。
——該死！
正當宰煥閉緊雙眼準備迎接衝擊時。
他的懷中有什麼東西碎了。
緊接著，一股溫和的世界力從懷中迸發而出，減緩了他的墜落速度。

「你這模樣也太慘了吧？」

受困於方塊中的柳雪荷恰巧跳了出來，她迅速展開世界力接住宰煥，兩人在空中旋轉了幾圈後著陸。

在方塊中，柳雪荷或多或少猜到了外面的情況，她攙扶著宰煥，抬頭仰望天空。

「駕駛員那傢伙，最終還是成功了。竟然堅持了一千年……」

隨後，諸神的訊息傳入耳裡。

〔火焰之神『伊格尼斯』察覺到空中的變故。〕

〔龍神『德洛伊安』注視著天空。〕

〔衰老之神『施俞』瞪大了眼睛，望著天空。〕

〔終結必至之神『塔納托斯』吃驚地仰望天空。〕

〔部分神祇抬頭仰望深淵的天空！〕

〔多數神祇對於浩瀚的能量激流感到大為震驚！〕

遙遠的天空彼端，可以見到一張漆黑的嘴緩緩張開。在眾神的注目下，世界的盡頭即將現出入口。

若是再這樣放任下去，駕駛員將帶著千年的世界力消失在遠方。

宰煥對柳雪荷說：「把剩下的世界力給我。」

柳雪荷搖搖頭。

「你是這麼對救命恩人講話的嗎？而且來不及了，那個傢伙已經──」

「還沒有結束。」

宰煥搾乾最後一絲力氣，再次將世界力集中在獨不上。

看著全身布滿傷痕的宰煥，柳雪荷的眼睛瞇了起來。

「你……」

她突然抬頭向上看，太空船留下的世界力痕跡在天空中清晰可見。定睛一瞧，那條痕跡竟分成數百股，與塔緊緊連接在一起。

即便太空船已出航，元宇宙仍然透過連結，向太空船持續發送推動其升空的世界力。

柳雪荷開口。

「那東西連滅殺也切不斷，而且那麼多連結，不可能一次全部斬斷。」

「我知道。」

那為什麼還要求她提供世界力？

就在柳雪荷準備開口時，勒內慌忙地跑了過來。

「你沒事吧？傷得很重嗎？」

「……」

「這樣就夠了，你已經做得夠多了——」

「妳想守護這座塔吧。」

聽見宰煥的話，勒內的臉色煞白。

宰煥接著看向萬里神通和馬爾提斯。

勒內意識到那股目光代表著什麼，問道：「等等，你真的要那麼做嗎？」

宰煥沒有回答。

他接下來的行動，或許會將顛覆他們過往的一切歷史。

勒內反射性地大叫。

「不會吧！那樣做根本解決不了問題，就算可以阻止世界力傳遞，但下層的神怎麼辦？」

「神祇也該走出來了。」

回答的人是總司令。

驚訝的勒內回頭看向總司令。

「總司令，這座塔六百年來的主人都是你啊，你怎麼可以——」

一股全新的力量在總司令體內流轉。

懶惰的君主已升至天際，總司令即將成為這座塔的新任駕駛員，卻絲毫沒有喜悅之色。

總司令看著地板上散落的迷你模型，喃喃自語。

「太漫長了。」

僅僅一句話，就讓勒內再也無法多說什麼，只能靜靜閉上嘴。萬里神通和馬爾提斯也都低下了頭。

經過短暫卻又漫長的沉默，萬里神通抬起頭，向宰煥伸出了手。

「看來現在不是擔心包子食譜的時候了。」

萬里神通將手中的世界力傳遞給宰煥，其中蘊含了他率領的黑店之精華。

馬爾提斯也向宰煥傳遞世界力。

「我會幫忙的。無論結果如何，我都會一起奮戰到最後。」

柳雪荷嘆了口氣。

「看來不管怎麼勸也勸不聽了。」

「……」

「好吧，我也沒辦法。」

柳雪荷與陳恩燮將世界力傳給宰煥，龜裂危險而黑暗的世界力沿著他的手臂流入獨不。

隨後，柳納德和卡頓也添了一份力量。

當眾人的世界力緊緊纏繞住宰煥的獨不時，獨不的劍鳴變得更加深沉。

這股力量雖不足以鑿穿第十層的天花板，但此刻也無須動用那麼大量的世界力。

總司令開口道：「一舉解決吧，現在下層沒有任何存在能承受得了你的世界力。」

宰煥輕輕點頭，用盡全力將獨不朝地面刺去。

世界刺擊。

既然無法攔下懶惰的君主的太空船，那麼就必須切斷太空船的動力供給。

宰煥能選擇的方法只有一個——

摧毀整個元宇宙。

9.

轟隆隆隆隆隆。

刺擊的氣勢彷彿能貫穿這座塔，甚至擊穿地函。

起初，第十層的地面只是出現細微的裂縫，但不知從哪個瞬間起，地板開始漸漸下沉。

滅亡的世界力噴出黑焰，焚燒著周圍的一切。

下一刻，伴隨著巨大轟鳴，元宇宙的地板崩裂坍塌。
眾人高聲尖叫，互相抓住彼此。
「抓緊了！不要鬆手！」
「現在會變成怎樣？」
「我也不知道！」
勒內和柳納德的呼喊，如回聲般融入世界力的風暴之中，消散無蹤。
宰煥猛烈迴旋的刺擊擊碎了第十層的地板，朝第九層和第八層進攻。
「呃啊啊啊啊啊！」
就連萬里神通也顧不上面子，放聲尖叫起來。
這群糊里糊塗來到第十層的伙伴，在那瞬間，已與命運共同體無異。
「……法第五條第五項！……如果……和！」
「你能不能別再念那個了！」
眾人緊緊抓住彼此的手腕，他們深知只要一人鬆手，所有人就會被暴風捲走，撕成碎片。
在狂風中瞥見身旁風景的柳納德說道：「那邊沒問題嗎？」
柳雪荷、陳恩燮和總司令各自守衛在宰煥周圍，替他維持平衡。
「現在不是擔心別人的時候！」

隨著卡頓的回答，第八層的地板也跟著崩塌。

第七層、第六層……整個元宇宙緩慢而明確地逐步坍塌。

四處響起眾神的尖叫聲。

〔賭神『百家樂』大喊這到底是怎麼回事！〕

〔終結必至之神『塔納托斯』高喊著終結必至！〕

〔衰老之神『施俞』驚慌失措地怒吼！〕

……

〔多數神祇慌忙尋找下車鈴！〕

〔部分神祇對於塔的崩塌感到驚恐！〕

這是他們迄今為止從未經歷過的天災地變。

受到驚嚇的諸神各自退出元宇宙，或者開始逃向尚未倒塌的下層。

此時，深淵的天空如落雷般，降下一道道世界力。

或許是察覺到了宰煥的企圖，遙遠的太空船射出了砲火。

當然，宰煥並未停止他的行動。

砲擊的轟炸反而加速了塔的崩解。

『夠了。』

懶惰的君主的聲音迴盪在空間中。

眼看宰煥毫無停手之意，他改變了策略，展現了新的權能。

喀啦啦。

隨著海洋凍結般的聲響，整座空間呈現靜止狀態。

把時間之神克洛諾斯的權能交給總司令的人，正是懶惰的君主，因此他能瞬間凍結塔的時間當然也不足為奇。

滋滋滋滋滋。

整座塔靜止不動，如同被按下了暫停鍵。

宰煥試圖反抗懶惰的君主的權能，火花隨即噴濺而出。再耽擱下去，懶惰的君主將會和塔的世界力一同消失在深淵彼端。

就在這時，宰煥身旁有人動了一下。

一個似乎完全不受懶惰的君主能力影響的男子，靜靜地移動手臂。

那是總司令，厄杜克西尼。

總司令注視著逐漸崩塌的迷你模型。

他伸出的指尖，碰觸到被世界力風暴捲走而四分五裂的靈魂殘骸。

他昔日的伙伴，如今只剩下空洞的記憶，在耀眼的光芒中一一化為灰燼，隨風而逝。

灰燼之神，厄杜克西尼，他漫長的輓歌終究迎來了結束的時刻。

時間加速。

他反向應用克洛諾斯的固有設定「時間回溯」。

由於構建倉促的關係，完善度還沒有很高，儘管如此，總司令仍然強制執行了這項設定。

因為這座塔中，唯有他才能操控「時間」。

喀喀喀喀喀喀。

如同強行轉動卡著異物的發條，整座塔劇烈震動不止。

總司令的口鼻流淌出銀光。

不久後，隨著喀嚓一聲，塔的時間又開始同步轉動起來。

宰煥的獨不再次釋放出世界力。

第六層、第五層、第四層……當刺擊刺穿地板向下而去，總司令的迷你模型也一一碎裂。

總司令迷茫地注視著這一幕。

這時，柳雪荷終於開口了。

「我跟你說話的時候，你明明連聽都不聽，現在是怎麼了？」

總司令無力地瞥了柳雪荷一眼。

「我不是說了嗎？太漫長了。」

「所以現在都不需要他們了？」

「即使回到過去，我的同伴也不會回來。」

他的語氣，彷彿為了說出這番話而傾注了一生。但正因為如此，總司令才終於能裝載新的話語。

「現在我能做的，就是阻止另一次大失蹤發生。」

「大失蹤不會再發生了。」

「誰知道呢？只要你們龜裂還存在的話。」

總司令與柳雪荷眼神交會。

「我會親手消滅龜裂。」

「聽起來還真有趣。」

兩人之間頓時冒出火花，臉色煞白的陳恩燮高喊道：「集中注意力，團長！現在才是真正的開始！」

不知不覺間，宰煥的刺擊停了下來，觸及地心的刺擊，終於成功將塔一分為二。

頃刻間，空氣彷彿被極度壓縮，一陣震耳欲聾的巨響轟然炸開。

然後，所有聲音都消失了。

陳恩燮的呼喊，以及卡頓和柳納德的叫喚，都被爆炸的轟鳴淹沒。

宰煥耗盡了所有的世界力，從空中墜落而下。
遠處，深淵的天空正在閉合。
懶惰的君主的世界壓逐漸減弱，從看不見太空船的情況來看，那傢伙終究順利穿越了深淵邊界。
至於是否能夠靠著剩餘的世界力抵達初始噩夢，就是未知數了。
因為超過半數的世界力已經回到塔內。
宰煥從墜落的碎片中讀取了塔的記憶。
「這座塔是為了世界盡頭而建造的。」
那是建造塔的夢魘——尼爾．克拉什的聲音。
也許最初建造塔的它，已經預料到這一天的到來。
塔還原了古老的紀錄，這些記憶完整地湧入宰煥的腦海。
數千年前，有隻夢魘站在塔的頂端凝望著天空。那是一個早在宰煥之前，早在妙拉克之前，便追尋著世界盡頭的人的記憶。
諸神曾說，尼爾．克拉什已經抵達了世界盡頭。
宰煥也曾想過，它應該會像懶惰的君主一樣，乘坐太空船前往世界盡頭。
然而，宰煥耳畔傳來的談話卻完全出乎意料。
「您真的不打算離開嗎？」

「是啊。」

「但您的壽命已經所剩無幾了。」

「我知道，所以塔就拜託你了，你將是下一任的駕駛員。」

尼爾．克拉什與它一手建造的塔一起留在這個世界。耗費了漫長歲月創造出元宇宙的它，某日靜靜地陷入沉睡，成為了這個世界的一部分。

「這裡就是我的『世界盡頭』。」

原因不詳。因為對於宰煥而言，他的身上缺乏能夠理解尼爾．克拉什晚年想法的情感特質。

唯一確定的是，它因為某種原因放棄了深淵的遠征，留在這個世界。也許它認為這是一個更有價值的選擇。

元宇宙的歷史不斷湧入宰煥的體內。

駕駛員代代相傳的故事。

這些駕駛員所建構世界的一切紀錄，神祇與信徒齊聚一堂，共同創造的歡樂和悲傷、絕望和怨恨，完完整整地積累在宰煥的固有世界裡。即使面對腦袋幾欲爆炸的苦痛，宰煥仍舊牢記著這些故事。

這就是實踐毀滅之人的使命。

最後，尼爾．克拉什的聲音響起。

「不過，離開這座塔的某個人，說不定真能抵達世界盡頭。」

隨著某物碎裂的聲響，宰煥的意識也陷入沉寂。

✝ ✝ ✝

空中，瑩白的灰燼如雪花般飄落。

倉皇逃離的神祇開始一個個重新聚集起來。

「天啊……這是真的嗎？」

元宇宙崩潰了。

卡斯皮昂長達數千年之久的標誌性建築倒塌了。

在這歷史性的事件面前，就連諸神似乎也感受到了某種情緒。

一些低階神譏諷道。

「活該，這就是個專門敲詐低階神的地方啊。」

「以為叫作元宇宙就會不一樣嗎？不過就是個賭場嘛，賭場。」

「裡面的神怎樣了？難道都死了？」

「不會吧。」

神祇議論紛紛的同時，世界力抑制局派遣的部員也開始管控周圍環境。

「請退後！這裡很危險！」

甚至連局長阿黛爾．列治文也親自到場控管局勢。

「這到底發生了……」

他們近日聽聞元宇宙發生了非同尋常的事件，卻沒想到元宇宙竟會在一夕之間全面崩塌，簡直是前所未有的災難。

這時，落下的灰燼中，似乎有某種東西在扭動。

「嗯？那邊好像有東西在動耶？」

殘骸中，人們一個接著一個站了起來。

包括柳納德和卡頓在內的宰煥一行人，以及元宇宙倖存下來的生還者，那些最後被扔出塔外的人們，都抬頭仰望著天空。

大多數人好像仍然不了解自己的處境，一副失魂落魄的樣子。

灰燼如雪花般飄落在那些神祇的臉上。

「啊……」

神祇凝視著眼前落下的灰燼。

接著，當灰燼落下之處升起一道道光柱時，他們的表情開始有所變化。

在第一道光柱消失之處出現的人，是一名半裸的壯漢。

『漢斯？』

一陣拍打的翅膀聲傳來，安徒生從遠處飛了過來。

「咦？」

留著濃密鬍子的壯漢眨了眨眼，不敢置信地低頭盯著自己的肉體。

愣了半晌後，淚水從他的眼中流了出來。

「我怎麼……」

接著，一切便開始了，在接連浮現的光柱中，出現了安徒生熟悉的人物。

安徒生大聲喊道。

『瑪麗安娜？克里斯蒂安！』

他們都是五百年前，在第六層迎來最終命運的安徒生信徒。

不僅是他們，光柱中，無數信徒紛紛站起身，那分明是成為傀儡或被告知已經死亡的人們。

「這究竟是怎麼——」

觀看元宇宙倒塌的神祇，語氣中透著驚慌。

已然死去的人們竟能重新復活，他們從未聽說過這種事情。

不對，確實有一個類似的奇蹟。

「復活果實……」

那是抵達幻想樹盡頭才能取得的果實，只有它才能將死者復活。

然而，此刻在他們面前，發生了堪比復活果實的奇蹟。

世界力抑制局的成員掌握到異常事態後，匆忙向局長彙報。

「全部都是在元宇宙中死去的靈魂，那些靈魂正在復活。」

塔內的人們死而復生的奇蹟，也許與瞬間開啟了世界盡頭的事情有關，但確切原因無法得知。

「宰煥先生！」

「城主，您在哪裡！」

一行人清醒過來後，四處呼喚著宰煥的名字。其中，聽見呼喚聲而回過神來的人也包括烏鴉之王艾丹．卡爾特。

他的代行者智漢率先開口。

「艾丹，這是……」

『對，你的想法似乎沒錯。』

艾丹分明在第六層與智漢一同消亡了。但是，他現在竟與智漢好端端地站在一起。

某處似乎傳來了烏鴉的聲音，艾丹漫不經心地抬起頭，仰望著深淵的天空。

『是真正的天空呢。』

始終矗立於卡斯皮昂的眾神囚牢，元宇宙。

在數千年後，元宇宙的囚犯終於迎來了解脫。

✝　✝　✝

三日後，七大神座終於有所行動。

Episode 24. 古代神

1.

第八站點卡斯皮昂存在一個直徑兩百四十八公里的隕石坑。據信，這個隕石坑大約形成於二十一萬年前，恰與古代三神在深淵消失的時間完全一致。

夢魔主張，這個位置原本是深淵的第九站點，而隕石坑則是昔日三神德烏斯與格式塔進行大戰的痕跡。

部分激進的夢魔更提出了一個極端的假設，德烏斯和格式塔的信徒至今仍在深淵各處延續二十一萬年前的戰火，但此說法目前尚未得到證實。

現今，這個隕石坑被命名為大樹林，並被列為深淵的八大禁區之一。

——摘自《深淵戰爭史》

† † †

再度睜開眼時，映入宰煥眼簾的是陌生的天花板，那是以古樸的武林風格建成的堅固木製構造。

他呻吟著撐起身，世界力開始在沉重不適的關節中流動。身體各個部位都受到了相當大的損傷，世界力隨著血液流動時，疼痛也隨之襲來。

這也不奇怪，畢竟那是他第一次從那麼高的地方墜落。他心想，就算自身靈魂因此四分五裂也不足為奇，只受到這種程度的損傷，已經是奇蹟了，或許是因為有守護他的伙伴替他減輕衝擊。

「哦，你醒了。」

推門而入的是萬里神通。

宰煥輕輕活動肩膀，問道：「這是哪裡？」

「黑店的安全屋之一。」

「難道我們還在元宇宙？」

「元宇宙不是被你毀了嗎？這裡是黑店位於卡斯皮昂的分部。」

萬里神通捲起安全屋的窗簾，窗外的景象是剩下零星幾根梁柱的元宇宙。

「感受到了嗎？」

宰煥沒有任何回應。

元宇宙終於崩塌了。長久的虛擬世界分崩離析，匿名之神獲得了自由。

但這對眾神來說真的是好事嗎？這是一個無從得知解答的問題。

似乎是看穿了宰煥的想法，萬里神通率先開口。

「我不是要指責你，相反，我還很感激。或許元宇宙的存在，直到這一次才有機會接觸真正的生活，我想其他神祇也是這麼認為的。」

「我睡了多久？」

「大概兩天。這段時間裡發生了很多事情，滿街都有人在評論你立下的豐功偉業，甚至有人為你取了新的稱號。等你出去，也許會造成一陣轟動。」

萬里神通從外面端來一盤大包子和一碗清湯。

「大伙在外面等著你，不過還是先吃飯吧。」

「這湯是新菜單嗎？」

「我想了想，現在收門徒還為時過早。」

萬里神通的神情莫名地有些難為情。

「這是我新開發的雞湯。既然已經從元宇宙出來了，也該重新找找生路了。」

宰煥出神地低頭望著眼前的雞湯，拿起湯匙舀了一勺淺嘗。

「這間店短時間內不會倒的。」

他久違地嘗到了真實的食物味道。

† † †

走出安全屋，映入眼簾的是一座小莊園。莊園門口掛著由萬里神通親筆書寫的「武林客棧」匾額，看來他今後預計把這座莊園當作黑店總部。

店鋪似乎已經開始營業，客人正坐在房舍對面的攤位上吃飯。門衛負責接待點餐，結帳的是那個叫白午的小子。

客人紛紛拉住白午，問著同一個問題。

「屠神者真的住在這裡嗎？」

白午咧嘴笑道：「您先用餐吧，運氣好的話，說不定就能看見。」

「哦，也不是說一定要見到他啦。」

客棧內熱鬧地議論起有關元宇宙崩塌的話題。

「屠神者真的摧毀了元宇宙？」

「我不是說了嗎？我親眼看見的，他就這樣咻咻咻刺擊，元宇宙就轟地裂成兩半……」

「哇，我的天啊。」

看這態勢，黑店在元宇宙外頭照樣能混得風生水起。

心情輕鬆不少的宰煥轉過身，徑直走向莊園的後院。那裡，柳納德和卡頓赤裸著上身，並肩站立，向著空中進行刺擊。

「是這樣刺嗎？」

面對柳納德的提問，卡頓像個固執的老師一樣回答。

「不對。應該這樣，然後這樣。」

宰煥說道：「你們兩個都錯了。」

紅光滿面的兩人同時轉向宰煥，高聲呼喊。

「城主？」

「宰煥先生！」

宰煥迅速退後，和跑過來的兩人拉開距離。

「別靠太近。」

宰煥看了看笑呵呵的柳納德和露出微笑的卡頓，一屁股坐在後院的長椅上。柳納德正想跑過去坐在宰煥身邊，卻被卡頓一把抓住肩膀並搖了搖頭，似乎是因為見到了宰煥的表情。

他們靜靜凝視著後院圍牆外，元宇宙倒塌的景象。

正如萬里神通所言，從駕駛員身上奪回的世界力復活了塔內的部分靈魂。

宰煥不曉得奇蹟為何降臨，他只清楚一件事。

因為他的選擇，有些人永遠無法再從那座塔中出來了。

原本無聲翻騰的眼眸，平靜地沉澱下來。

過了一會兒，宰煥開口。

「你變強了，卡頓。」

「城主，您也稍微變得不太一樣了。」

宰煥抬起頭，卡頓淡淡地笑著補充。

「是朝好的方向改變。」

莊園外的風拂過兩人之間。

耳邊傳來信徒喧鬧的聲音，以及裝醉者大聲哼唱的旋律。

「真像戈爾貢北部的那條攤販街。」

「是啊。」

有人死去，而有人活下來了。那些活下來的人以倖存為藉口，肆意喧嚷著死亡。

此刻，氣氛平靜而祥和。

感受著那股安寧，宰煥內心想，如果他是活了一千年、一萬年的神，結果會不會有所不同？他們會找到更好的方法來打造這個安寧的世界嗎？

但是未來的事誰也不曉得。

畢竟，就連安徒生也因為無法忘記死去的同伴，而孤身流浪了數百年。

「其他人呢？」

在他說完這句話的同時，烏鴉形態的安徒生正巧從莊園外飛來。她帶領著從塔中救回的信徒，他們全都是居住在第六層村莊的安徒生信徒。

村莊的居民似乎沒能全員重獲新生。

根據萬里神通所言，死亡超過五百年的靈魂幾乎不可能復活。

發現宰煥的安徒生拍打著翅膀飛過來，嘰嘰喳喳地說個不停。她反覆詢問宰煥的身體是否安好，有沒有哪裡疼痛，接著拍拍自己毛茸茸的胸膛，一副得意洋洋的模樣。

『嘿嘿，怎麼樣？現在這具身體也多了很多信徒喔。』

她悄悄觀察宰煥的表情，又補充了一句。

『雖然目前還是依附在你的世界觀之下就是了。』

宰煥看著安徒生，脫口而出。

「妳想要的話……」

事實上，吞噬安徒生的存在並非宰煥的本意。當時宰煥處於昏迷狀態，是安徒生試圖對他進行神祇吞噬，結果才反被吞噬。

因此，如果宰煥把安徒生趕出自己的固有世界，或許她就能再度以一名神祇的身分活動了。

宰煥搖了搖頭。

『幹嘛？什麼啦！』

這個小不點神祇，還得再多受點教訓才行。

至少，還需要再一點點。

「妳的代行者呢？」

『還在你的固有世界裡，她的記憶尚未完全恢復。』

宰煥想起了安徒生的代行者瑞秋・玲。

根據艾丹的說法，她的靈魂沒有完全損壞，還有復活的可能性。

難道是運氣不好嗎？

不過，安徒生的聲音沒有那麼低落，這表明她的狀況好轉了許多。

在宰煥短暫陷入沉思時，柳納德和安徒生輪番講述著這段期間發生的事情。

他最先聽到的話題，是關於第十層同行者中消失的人物。

「第一個離開的是總司令。」

從附近沒有感知到總司令的世界力來看，這也實屬意料之中。既然他已不再是聯盟的總司令，為了保命，想必得盡快逃離這裡。深淵各處，虎視眈眈盯著他的勢力不在少數，其中就包括龜裂和七大神座。

「好像也沒看到柳雪荷跟陳恩燮。」

「對，他們去追捕總司令了，恩燮還給您留了話……」

柳納德欲言又止，像是不想幫陳恩燮傳話。

「她說她欠您一份人情，只要您有需要，她會隨時趕來。不過，我也不曉得有什麼事情會需要她幫忙就是了。」

看來他對陳恩燮產生了一種強烈的競爭意識。

「還有勒內姐姐和馬爾提斯大叔……他們剛好來了。」

勒內和馬爾提斯推開門走進後院。

† † †

勒內喝了一杯萬里神通帶來的百花酒，聲音略帶醉意。

「你已經知道我的身分了吧？」

她明明沒醉，卻故意裝作喝醉的樣子，實在有點可笑，不過宰煥還是點了點頭。正如勒內知道宰煥並非初學者一樣，他也早就察覺勒內絕非普通的存在。

「我的真名是密涅瓦，命運之神密涅瓦，不曉得你有沒有聽過？」

或許是因為公開了自己的真實身分，她的語氣和語調都變得有些不同。

「勒內姐姐竟然是那個密涅瓦女神？經營月刊幸運商店的那個密涅瓦？」

待在一旁偷聽的柳納德大驚小怪地嚷嚷。

而安徒生似乎早就察覺了她的身分，表情相當不悅。

『妳突然公開身分幹嘛？我好不容易裝作不知道，幫妳隱瞞到現在。』

密涅瓦沒有說話，只是微微一笑。她用指尖輕輕彈了幾下桌上的酒杯，再度開口。

「我從第一層就知道你不是初學者。」

「我知道。」

「因為我需要利用你。」

「我知道。」

「我本來打算成為駕駛員。」

這一次，宰煥沒有像之前那樣回答「我知道」。

密涅瓦繼續說下去。

「你說我們應該要活在今日而不是昨日，但這個深淵已經沒有任何希望了。神祇早已墮落，他們的世界觀只會投射出赤裸裸的欲望；信徒濫用自己的權利，欺騙為數不多的善良神祇；而栽培者則忙於在神祇間挑撥離間，以便兜售自家的商品。」

宰煥再度聽見關於深淵的殘酷現實。

「不覺得真的很奇怪嗎？老大已經許久沒有插手深淵的事務，但這個世界反而變得比老大統治的時期更加刻薄了。神祇斷了念，信徒也陷入了絕望。在這個世界上，再也沒有人相信真正的救贖，因為在這座深淵，連救贖也不過是一場秀罷了。沒有人能改變這個世界，即使有人想改變也無濟於事，更不曉得神祇究竟還有沒有意願改變。」

說完這句話，密涅瓦輕輕敲了敲在她肩膀上嗡嗡作響的無人機。無人機的鏡頭仍處於損壞狀態，再也無法用於直播了。

宰煥問道：「所以妳才打算占領元宇宙嗎？」

「是啊，不過現在一切都化為泡影了。」

聞及此，安徒生忍不住插嘴。

『妳幹嘛這麼悲觀？元宇宙倒了，難道就世界末日了嗎？』

這只是一座塔的滅亡罷了。當然，他們之中沒有人會將那座塔稱作「僅僅一座塔」。

儘管如此，那個世界顯然不過是一座塔的世界而已。這意味著，就談論世界命運的基準來說，那座塔的世界還過於微小。

密涅瓦的反應卻有些奇特。

「我讀了命運。」

『什麼命運？』

命運女神，理所當然能讀取所謂的「命運」。

有些命運微不足道，有些命運牽動蒼生；有些命運預示個體的死亡，有些命運預示整個群體的衰落。

而有些命運——

「深淵即將滅亡。」

宣告了一個世界的終結。

2.

密涅瓦的宣言令在座眾人一時陷入沉默。

「那是什麼意思？深淵為什麼會滅亡？」

「當元宇宙崩塌，深淵也將隨之滅亡——這就是我所讀取到的大命運觸發條件。」

安徒生不可置信地問道。

『妳明知這一切還不阻止？』

「我試圖阻止過。」

『不是啊，妳直接告訴我們命運的事不就好了嗎！』

「告訴你們就能阻止嗎？」

密涅瓦看向宰煥，其他人也將視線投了過去。

他們這才意識到，眼前的男人才是企圖毀滅這個世界的元凶。

密涅瓦注視著宰煥片刻，然後轉頭看向三五成群地坐在客棧內的信徒。

「所有的滅亡都不盡相同，同樣都是結束，也存在著不同的方式和類型。雖然這聽起來有點奇怪……但或許在這個世界上，真的存在著一種可以接受的『滅亡』。」

人潮湧入後再度退去，留在客棧的信徒大多穿著古風服飾，佩戴著簡易裝備。人們一邊呼氣吹著沾滿汙垢的手，一邊咀嚼包子。

「這裡再來一碗！」

他們大多數是從元宇宙復活的靈魂。

那可是時隔數百年的飽餐一頓。

他們吃著包子、吸著麵條，有些人抽咽不已，有些人咧嘴直笑。

「才沒有什麼滅亡是可以接受的。」

「無論是好的滅亡還是壞的滅亡，最終『滅亡』都將圍繞著你為中心發生。因為你，是所有事件的起點。」

「你想說什麼？」

「我已經替你添上了『命運的庇祐』。」

命運的庇祐。

宰煥將雙手握緊又張開，運用猜疑對全身進行了一番檢查，但他並未感受到任何新的氣息。

「這項設定沒那麼容易察覺，我早在元宇宙第一層就替你加上了。你難道都不覺得奇怪嗎？明明受了致命傷，卻能安然無恙地活下來。」

仔細一想，即使從塔上摔下來，他也沒有受到太大的傷害。說不定那就是命運的庇祐發揮了作用。

「為什麼要幫我？」

即使宰煥再怎麼不了解這項設定，但光是猜疑難以讀取的狀況，就足以判斷作為使用者的那方必定投入大量的世界力，才能不被他發現。

以密涅瓦作為神的層級來說，她在塔內無法發揮更多力量，或許正是因為將世界力用於隱藏那項設定。

「就當作是命運女神壓上一把的命運賭局吧。」嘿咻一聲，從位置上起身的密涅瓦補充道：「只要有命運的庇祐，你就不會輕易死去。不過還是要小心，它抵擋不了七大神座和十二君主。」

「謝了。」

「不用謝我，你就當我買了個保險，我還是反對滅亡的。」

密涅瓦轉頭望向在莊園外頭等候的信徒。

「多虧你，我在塔內交到了一些朋友，我打算和他們一起探索其他區域的元宇宙。即便最後註定毀滅，我們也要拚到最後。那麼，再見了。」

命運女神自顧自地說完自己想說的話，輕輕揮手，逐漸遠去。

這是一場如同初次見面那般爽快的離別，是個非常適合勒內的道別方式。

始終在旁聽著談話的馬爾提斯向宰煥深深鞠躬。

「我也決定暫時追隨密涅瓦大人。時隔許久再次回到深淵，我打算去見見那些志同道合的老同伴。」

馬爾提斯是宰煥在第六層遇見的今日之神，他至今仍然無法理解為何對方要跟隨自己。

當初他教導馬爾提斯的同時，也在教其他神祇，正因如此，他對馬爾提斯的記憶就像前天吃的午餐一樣，有些模糊不清。

不知馬爾提斯是否清楚這個事實，他的眼神中透著一股清澈的堅定。

「我之所以能夠再次活在今日，都是多虧了您。無論您在深淵何處，只要您需要我，我必定立刻趕來。」

看著遠去的馬爾提斯，宰煥心想，真正領悟「今日」意義的不是他自己，而是馬爾提斯。

也許，比起一直活在當下的人，真正從昨天走到今天的人，更能理解今日的意義。

『真無情啊，走得還真快。』

「就是說啊。」

安徒生和柳納德嘀咕道。

他環視著神祇離去後有些荒涼的莊園，才發現不知何時，卡頓也在慢慢收拾行李。

「不會吧，卡頓大哥也要走嗎？」

卡頓對柳納德露出他那招牌的迷人微笑，又轉頭看向宰煥。

「我想清虛老先生和賽蓮女士也差不多要抵達這裡了，我打算去迎接他們，若是放任他們兩個不管一定會出事。或許他們已經惹麻煩了也說不定。」

宰煥點頭。

如果放任那兩個傢伙不管，的確有點不安。

「您要一起去嗎？」

「不了，我還有事情要辦。」

「我明白了。沒說完的話，就等大家聚齊時再說吧。」

卡頓背起明顯裝滿了包子的大包袱，轉身準備離開。

「對了，城主，現在開始慢慢建立自己的勢力如何？」

他在莊園入口處停下腳步，突然留下這句話。

「我只是建議您可以考慮一下，告辭了。」

「卡頓大哥！路上小心！」

「嗯，很快就會再見的。」

卡頓說完便轉身離去。即使身影漸漸走遠，他揚起下巴與挺直的背脊仍然透露出他有所堅持的性格。

卡頓離開後，其他從未與他一同作戰的神祇也逐漸映入宰煥眼簾。

那些靠在後院對面的牆上，不時偷瞄這裡的信徒，裡頭有他初次見到的人，也有一些熟悉的面孔。大多數都是在元宇宙學習刺擊的今日之神，以及在元宇宙崩塌事件中死而復生的靈魂。

「他們一生都被困在塔內。」

萬里神通背著手從室內走了出來。

「若你有任何事情要他們做，他們都會願意。大家在元宇宙待太久了，早已忘記沒有任務的生活該怎麼過。」

「我不是保母。」

「我不是要你當保母。既然你把他們救出來了，至少給他們一個開始。」

這時，徘徊在莊園入口的其中一人怯生生地走了過來。那是一個長相凶惡的男人，本以為他是來挑釁的，誰知從他嘴裡發出的聲音卻小如蚊蚋。

「那、那個……」

男人緊咬著嘴唇，猛地趴倒在地。

「請讓我成為您的部下！」

「不要。」

「那、那麼……」

哭喪著臉的男人抬頭看向宰煥。與他粗獷的外表不同，他的世界力數值相當低。

正當宰煥打算開口時，聽見了安徒生在旁耳語。

『看起來是概念神的代行者或低階神的信徒。如果你不接納他，他可能就無處可去了。』

宰煥思索了片刻，說道：「不然就掃掃院子吧。」

「是！」

男人喜形於色，不知從哪裡拿了一柄掃帚，開始清掃莊園。

於是，一切就這樣開始了。

「我……」

「那個，我也……」

「任何事情我都擅長！」

信徒如雨後春筍般不斷湧現，在宰煥前方排起隊來。

宰煥盯著他們看了許久，然後說道：「去那裡隨便練個刺擊。」

「是！」

信徒不約而同打起赤膊，以相同節奏朝天空進行刺擊。就連一開始沒有勇氣向宰煥搭話的信徒也悄悄加入其中，瞬間就組成一支雜牌軍。

不知不覺間，整個後院擠滿了朝天空施展刺擊的信徒。

回頭一看，萬里神通雙臂抱胸，臉上帶著滿意的笑容。

「不覺得他們會成為一支不錯的軍隊嗎？」

「我喜歡自己一個人。」

「一個人當然比較輕鬆，但是一個人要過得幸福，並不容易。」

宰煥沒有回答。

不知何時，站在信徒面前的柳納德正在模仿卡頓，進行示範。

「動作不對，應該是這樣！」

「這、這樣嗎？」

「不對，這樣！」

他錯了。不過這次，宰煥沒有特別指正。

三五成群的信徒一起朝天空施展錯誤的刺擊。

也許萬里神通說的沒錯，與其一個人正確地刺擊，大家一起進行錯誤的刺擊說不定更加有趣。

宰煥突然低頭看向腰間的獨不。

長久以來，他都靠著這柄劍獨自進行刺擊。

但未來他還能以同樣的方式取得勝利嗎？

幻想樹的盡頭，真的僅憑一己之力就能抵達嗎？

猶如在回應宰煥內心的動搖一般，獨不的劍柄和劍鞘出現了大小不一的裂痕。

正常來說，它應該會自行修復，顯然是功能方面出現了問題。

也許是因為摧毀元宇宙超過了它能負荷的極限吧。

「我想修劍，你有認識的鐵匠嗎？」

「當然，你要修那把劍嗎？」

宰煥點了點頭，萬里神通彎下腰仔細檢查獨不的狀態。

「光看它的樣子，就知道絕非凡品，這不是普通鐵匠能修理的東西。」

這是理所當然的事情，因為宰煥的劍鞘是混沌赫赫有名的鐵匠——暮色矇矓的副工坊長枚卡的作品。

宰煥久違地憶起了枚卡的面孔。

「如果不是夢魔，恐怕很難動手修復你的劍鞘，畢竟這可是一位偉大鐵匠的作品。」

如果枚卡聽見萬里神通此時的話語，他會感到高興嗎？

枚卡．卡勒納德，這名生活在夢魔陰影下的鐵匠，不曉得現在過得如何？

此時，萬里神通說出了意料之外的話。

「時機正好，恰巧有一位著名的夢魔來到卡斯皮昂。」

「夢魔？」

「雖然它稱不上大師，不過單論實力，也絕對不輸大師。聽說它在這次的慶典開了間臨時店鋪，應該在這附近。」

聞及此，宰煥也產生了一些好奇心。目前為止，他親眼見過的夢魔只有賽蓮一人。

話說回來，慶典又是什麼……

「是慶祝元宇宙倒塌的慶典嗎？」

「哦，看來你還不太清楚，這段時期本來就是卡斯皮昂舉辦慶典的季節。你聽過『卡斯皮昂大型拍賣會』嗎？」

他倒是聽說過拍賣會。當初被趕出拍賣會，就是他進入元宇宙的契機。

「有空的話，順便去參觀拍賣會也不錯。」
「我在那地方有不太好的回憶。」
「是嗎？不過這次拍賣會應該有能引起你興趣的物品。」
宰煥不感興趣的眼中瞬間閃過一絲光芒。
「允煥在拍賣會？」
「你還真是時刻都把那小子掛在嘴邊。不是他，但肯定是你感興趣的商品。」
萬里神通的眼中映出了深淵的天空。
此刻，宰煥和萬里神通都清楚地知道，在那片天空的彼端，一定潛藏著某種存在。
而且，很久以前，曾經有人挑戰過那裡。
彷彿想起了什麼，萬里神通再次開口。
「聽說這次大型拍賣會，會出現古代神的三神器。」

3.

離開莊園後，宰煥徑直走進街上的繁華地段。
「先去打鐵鋪吧。」

至於留在莊園聽候差遣的信徒，則交給萬里神通安排。

雖然宰煥沒有將卡頓勸他建立勢力的話當成耳旁風，但無論怎麼想，他都沒有興趣率領那些人做任何事。

「是久違的三人行耶。」

柳納德心情很好，一邊哼著歌追了過來。

宰煥端詳著柳納德的世界力，從元宇宙出來後，他的世界力變得更加堅實了。整個深淵中，像這樣在短時間內大幅提升靈魂成熟度的情況，想必相當罕見。

按照這樣的成長幅度，柳納德或許很快就能輕鬆對付一般中高階神祇的代行者了。

「我們三個人會一直這樣走下去吧？」

『別說不吉利的話。』

「啊？為什麼不吉利？」

『我說你……算了。』

安徒生深深嘆了口氣，雖然沒有說話，但表情也不算太壞。

通往慶典街道的路口，到處可見此次拍賣會的拍賣品目錄廣告。

名匠「貝爾傑」的新品將在本屆大型拍賣會與您相見！

塞倫蓋蒂，替您找回失去的本能。

那些都是一眼望去就知道是用高級材料製成的兵器。

柳納德漫不經心地看著廣告，問道：「夢魔製作的配件，真的有那麼好嗎？」

『說實話，雖然有點炒作效果，但品質確實不錯，畢竟名牌貨可不是白叫的。』

「安徒生大人也用過名牌嗎？」

『當然，我以前也是個富翁呢。』

安徒生似乎真的對此很感興趣，開始一一列舉自己知道的夢魔品牌。

『所有名匠級以上的夢魔都有自己的品牌。貝爾傑、利百代、萊因霍爾茲、塞倫蓋蒂……即使不算上炒作起來的價格，夢魔製作的配件性能也非同一般。』

這些品牌，好像在那裡聽過。

「可是一定要用夢魔製造的嗎？人類也能製作出一樣的東西啊，例如……宰煥先生也會『加工』吧？」

根據柳納德對宰煥能力的推測來看，他似乎已經對覺醒有了相當的理解。

一直聽著談話的宰煥首次開口了。

「可以用，但沒辦法和夢魔一樣。」

縱使覺醒者是違背系統的存在，夢魔與人類之間仍然存在著先天性的差距。

如果努力就能解決一切，那枚卡當年也不會受那麼多苦了。

安徒生進行了補充。

『夢魔是天生就富有想像力的種族。雖然誰都能製作配件，但夢魔的產品細節總是格外精緻。』

「精緻？」

『夢魔對稀奇古怪的事物情有獨鍾。從自由、永恆等概念，到情感、欲望，偶爾還會執著於人類或半獸人等種族。夢魔的產品細節會根據它們迷上的事物而有所不同。這不是單純模仿就能複製的，世界上有些東西，只有真正的瘋子才做得出來。』

在他們七嘴八舌談話的同時，不知不覺間抵達了鬧區的廣場。以廣場左側延伸的大道為中心，懸掛著各式各樣彩條的商家坐落於此。

柳納德喜出望外地說道：「應該就是那裡！」

看著街道深處那座延展開來的圓頂大型拍賣會場，萬里神通所說的「慶典街」似乎就是這裡。

「是之前那個檢查站。」

問題是，通往拍賣會的路口被檢查站擋住了，看來這回也必須先通過檢查才能進入。

「我們還沒有公民身分認證書，這樣可以嗎？」

想取得公民認證書，至少需要五名信徒。

當然，在那場漫長的元宇宙旅程中，宰煥的信徒一個也沒有增加。

『把莊園裡那群聽候差遣的傢伙納為信徒怎麼樣？』

如果是以前，宰煥可能會這麼做。

但經歷了元宇宙的事情之後，他的想法也產生了很大的變化。

他註定要毀滅這個世界，卻還要求這個世界的人幫助他，這種事本身就不合理。

即便知道他的目的仍選擇追隨，宰煥覺得，只要有現在這樣一對精神不正常的神祇和信徒陪著他就夠了。

宰煥徑直走到檢查站管理員面前，出示自己的公民身分證書。

「咦，怎麼回事？你在哪裡拿到的？」

「萬里神通幫我做的。」

管理員仔細端詳著宰煥出示的公民身分證書。

「這不是假的嗎？」

「不是。」

「這是假的。」

宰煥刻意撫弄獨不的劍柄，語氣堅定地重申：「不可能。」

管理員不耐煩看著宰煥。

「你到底……」

正當宰煥思考著要不要直接把他打飛時，一個看起來像是管理所所長的男子面如土色地走了過來。

「請問您是屠神者宰煥嗎？」

話音一落，周圍的目光紛紛射向此處。

「屠神者？」

「難道是那個元宇宙毀滅者？」

「這次新晉升的八天──」

關於宰煥的傳聞已經傳遍了整個卡斯皮昂，從敬畏到敵意，各式各樣的視線集中在他身上。

管理所所長臉色煞白地開口說道：「很抱歉，就算您是『滅天』，還是得遵守規則……」

「滅天？」

「啊，您討厭這個稱號嗎？」

不知道這些謠言究竟是怎麼傳開的，管理所所長低著頭，連宰煥的眼睛都不敢看。

這時，宰煥的猜疑捕捉到了群眾的密語。

「傳聞說他脾氣很暴躁，果然是真的，還說他根本不在乎規則。」

宰煥默默將手從獨不的劍柄上移開。

「我聽說那座塔就是這樣被摧毀的——因為任務內容不合他的意，他就直接打破天花板上樓。」

這倒是不假。

「他瘋了吧，那種事怎麼可能做得到？」

「還有人說他戰鬥時都會脫得精光。」

這也差不多是真的。

「真是個不折不扣的瘋子耶，他幹嘛脫衣服？」

由於那些傳聞大多屬實，所以宰煥只是撫著獨不的劍柄，默默聽著周圍的竊語。

「等等，他今天有穿衣服？」

「這才是問題所在啊。」

「為什麼？」

「這不就代表他比平常更瘋了嗎？」

宰煥觸摸獨不劍柄的次數越來越頻繁，管理所所長像是受驚的小動物般，發出「嘰」的一聲，向後退了五六步，彷彿隨時準備拉響拍賣會的入侵警報。

拯救管理所所長的是一道意料之外的嗓音。

「那是我的同伴，請讓他們通過吧。」

不知何時，一名身材高䠷的男子帶著一行人站在檢查站前。

暗灰色的髮絲在潔白的斗篷上飄揚，他那張討人喜歡的笑臉，讓周圍彷彿都明亮了起來。

管理所所長愣了一下，直到看見男人胸前佩戴的小型星辰圖案，才回過神來。

「您是追星者？」

周圍的群眾再度騷動起來。

「天啊。」

「追星者！」

……

「第三世界聯盟之王。」

「……亞德……德克蘭。」

宰煥的雙眼瞇得狹長。在此起彼落的密語中，他感受到了一股未知的異樣感。

宰煥環視著男人的手下，他們披著同樣的白色斗篷，渾身散發著一種毫無生氣的敵意。

更奇怪的是這個男人散發出的獨特氣息。他不像七星的拉塞爾那般展現強大氣勢，也不像衰老之神施俞將力量極度精煉；他不像總司令高深莫測，更不像駕駛員散發出不可捉摸的氣息。

正因如此，他們更顯得怪異。

所有強者都有突顯自身存在的方式。

有些人通過炫耀武力來彰顯自身，有些人則以隱藏世界力的方式凸顯存在感。

但眼前這個男人，給人的感覺並非單純展現力量或隱藏力量，甚至可以說，這個男人更像一個不屬於此處的存在。

直到這時，宰煥才感覺到一股陰寒。

當對方徑直走到他身邊，旁若無人地來回踱步時，宰煥竟然絲毫沒有察覺到他的氣息。

換句話說，如果對方下定決心動手，那簡直就是輕而易舉的事。

不對，或許不是。

他並非什麼都感覺不到。

宰煥擴大感知範圍，對包括男人在內的整片區域發動了猜疑，於是一股極其微弱但令人厭惡的感覺，觸動了他的感知。

他的存在如蝴蝶搧動翅膀，又如老鼠的呼吸聲一般微弱安靜，卻也格外清晰。

男人察覺到宰煥的目光，眼中閃過一絲異彩。

他沒有表現出任何不快或敵意，反而再次露出一抹爽朗的笑容。

男人向手足無措的管理所所長問道：「我的名字不在出席名單上嗎？」

「不、不是的！我們已經收到您要前來的通知，但是……」

管理所所長難以置信地輪番看向男人和宰煥。

「你們是一起的嗎？」

「是的，我會擔保他的身分，雖然我也不清楚為何要擔保身分。」

面對男人爽朗的笑容，管理所所長為難地搔了搔後腦勺。

另一方面，男人的話引起了人群的騷動。

「追星者和屠神者一起行動？」

「天啊，這組合太厲害了。」

「看來這次的拍賣會將會非常精彩。」

最終，管理員放棄阻攔，無奈地讓開道路。

「我明白了，請進。」

一個連萬里神通偽造的身分證都無法通過的檢查站，男人卻輕而易舉地突破了。

宰煥瞇起眼睛，再次仔細端詳男人的臉龐。

追星者……這個外號好像有些熟悉。

奇怪的是，他的腦中沒有任何有關這個男人的資訊，就連以往出現未知事物時，能提供有效情報的深淵紀錄這次也保持沉默。

最奇怪的是安徒生。

按理說，現在安徒生應該在宰煥的腦海裡喋喋不休地說個不停，但她只是緊閉著嘴巴站在他的肩膀上。

於是，宰煥先開口了。

「安徒生。」

『嗯？』

「那傢伙是誰？」

『誰？』

安徒生似乎完全沒察覺到男人的存在。宰煥用下巴指了指男人，安徒生這才大吃一驚。

『哇！這傢伙什麼時候冒出來的？』

難道是因為她一直沉浸在自己的思緒裡，所以才沒注意到嗎？

宰煥帶著些許疑惑，簡單地說明了情況。

安徒生聽完後，回答道。

『追星者？我聽說過，他是第三世界聯盟的領導人，在深淵很有名。但你說這傢伙就是追星者？』

安徒生努力搜尋著古老的記憶，思考了許久，最終卻無法提供什麼有意義的情報。

這是件相當稀奇的事。

活了幾千年的安徒生，竟然對這名強者所知甚少，但周圍的人卻對他的到來感到驚訝。

怎麼可能有這樣的存在？

總而言之，他暫且接受了這名男子的幫助。

宰煥簡單地表示感謝。

「謝謝。」

「不，能幫到你是我的榮幸。」

「你認識我？」

「近來深淵還有不認識你的人嗎？屠神者，不對，現在應該要叫你滅天了。」

「滅天？」

男人歪著頭笑了。

「難道你連不知道自己的新稱號？」

這時，宰煥才想起萬里神通說過，好事之徒幫他取了新的稱號。

「你在兩天前成為了八天的一員。滅天，是深淵對成為第八片天空的你賦予的稱號。」

滅天。真是個霸氣的綽號。

「你的名字是？」

「我的名字默默無聞，不知你是否聽聞過。」

男人看著天空，像是在數著天空彼岸不可見的星辰。再次看向宰煥時，男人的瞳孔中映出了他之前凝視的天空。

「我叫麥亞德・范・德克蘭。」

聽到這個名字的瞬間，宰煥反射性地握住了獨不的劍柄。

麥亞德・范・德克蘭。

他知道這個名字，甚至經常在腦海裡浮現。

宰煥感到一陣寒意，懷疑這種事情怎麼可能發生。

但是他怎麼想也想不起來。

他對此感到困惑不已。圍繞著這個名字的所有資訊連結，在宰煥的記憶中全都被切斷了。

「你為什麼要這麼做？」

記憶的彼岸，男人正對著宰煥微笑。

4.

率先開口的是柳納德。

「宰煥先生，他有點可疑。我在深淵打滾這麼久，也算見多識廣了，會那樣笑的人都是騙子。」

麥亞德斂起笑容。

「我是好人。」

「你看看，他說話的樣子就像騙子。」

麥亞德冤枉地回頭看了看自己的手下。

看見他請求辯護的眼神，幾個手下面面相覷，低聲議論。

「其實隊長確實有這樣的一面。」

「但也不至於到騙子的程度吧？」

「你忘記米埃爾上次聽隊長的話，進行了奇怪的修行，後來怎麼樣了嗎？」

「可是米埃爾確實變強了啊。」

「那倒是真的……」

看來麥亞德對手下來說並不是一名很有威望的領導者。經過一番激烈討論，幾名手下達成了共識，認為可以將他歸類為「善良的騙子」。

麥亞德在他們作出結論之前先為自己發出聲明。

「總之，我真的是個好人。」

「我知道了。」

「你相信我了嗎？」

「沒有。」

「這樣啊。我們的目的地似乎一致，不介意的話，讓我為你帶路吧。請問你要去哪裡？」

宰煥幾乎不相信任何人。

不過，他相信麥亞德的舉動。

如果麥亞德有敵意，他們早就陷入危險之中了。雖然這可能是個陷阱，但現在最好的辦法是接受他的好意，再伺機觀察。

「我有件事打算委託夢魔。」

「啊哈，我知道你要找誰了。」

「……？」

「在這個慶典，只有一個夢魔會親自接受委託。」

麥亞德似乎對這場慶典瞭若指掌，光是聽宰煥的話，就知道他要找的夢魔是誰。

這件事說來有些搞笑，因為宰煥壓根沒從萬里神通那裡聽說過夢魔的身分。

「正好，我也有些東西要交給那個夢魔，一起走吧。」

麥亞德泰然自若地加入宰煥一行人，走在最前方領路。

街上的商人認出了他，紛紛熱情地打招呼。

「麥亞德，你今年也來了啊。」

「是的，您生意好嗎？」

「馬馬虎虎啦。」

商人發出爽朗的笑聲。

麥亞德在路邊攤買了簡單的烤魚，還試戴了一些新推出的飾品型配件。

宰煥也不趕時間，他一邊瀏覽商品，一邊悠閒地前進。

「這是送你的禮物。」

麥亞德送了一條鑰匙形狀的小項鍊給宰煥作為紀念品。

柳納德緊貼著宰煥，低聲說道：「宰煥先生，上面肯定有毒。那間店的老闆絕對跟他是一伙的。」

宰煥思索了片刻，將項鍊戴在安徒生的脖子上。

安徒生嘎啊地小小叫了一聲。

『這項鍊不錯耶？』

這是一條帶有「背包」設定的實用項鍊。正好他們也需要行囊，戴在安徒生身上就能當作倉庫使用。

麥亞德替每個手下都買了一些沒用的手鍊或戒指作為紀念品。

手下裝作心不甘情不願地收下紀念品。

「您又亂花錢了。」

「您知道我們的預算不多吧？」

「這樣下去我們全部都會破產。」

雖然口中抱怨，但他們並非真的不高興。

看著麥亞德被下屬簇擁著開懷大笑，宰煥再次意識到，這個男人和自己是截然不同的存在。

無論和誰在一起，他總是光芒四射，也讓所有人都感到舒服自在。

曾和宰煥一同攻克噩夢之塔的允煥也是這種人。

「哎呀，抱歉讓你久等了。」

「看來你身邊都是一些好人。」

「只是大家都知道我是個好人而已。俗話說『物以類聚，人以群分』，本來好人身邊就會聚集好人。」

「好人應該不會自己說自己是好人吧。」

「宰煥先生有所屬的勢力派系嗎？以你的名氣，最近應該也收到不少邀請。」

宰煥頓了一下，回答道：「我喜歡獨來獨往。」

「其實我也是。」

嘴上雖這麼說，但無論怎麼看，都不覺得麥亞德是個適合獨來獨往的人。因為正如他所說，他看起來是個容易讓人聚在他身邊的好人。

「我也是九百年前才開始和其他人一起行動，以前我一直認為自己一個人也能過得很好。」

麥亞德背著手行走，目光投向前方的天空。這個男人特別喜歡邊走路邊仰望天空。

「那時候，我有一個關係很好的夢魔朋友，它曾這麼說過：『即使是想像力最豐富的人，也無法獨自填滿這個世界。』」

「……」

「當時我只是笑了笑，最近卻經常想起這句話。」

「我們現在要去見的夢魔就是它嗎？」

「不是，早在很久以前，它就離開這個世界了。」

「抱歉。」

「沒事，它現在應該在天空的彼端嘲笑我吧。」

麥亞德微微一笑，搖了搖頭，伸手指向了前方。

「我們到了。」

這是個一看就知道是隨便搭建的攤位。與其他品牌不同，這家店鋪沒有懸掛任何廣告彩條，只有一塊簡單的招牌黏貼在上方。

——伊格內爾

伊格內爾？這名字好像在哪裡聽過。

安徒生說道。

『我的天，原來這裡就是伊格內爾開的打鐵鋪？』

「是你認識的夢魔？」

『呃……嗯……奇怪，為什麼從剛才開始就什麼都記不起來？』

可能是剛才收到的項鍊真的有毒，安徒生從那時起就有些不對勁。

宰煥率先走進了店鋪。

店鋪入口旁的走道排著長長的隊伍，大家都在等待入場。

「搞什麼，不是說入場前十分鐘開始營業嗎？到底什麼時候開門？」

「不好意思，但伊格內爾先生目前還……排隊的那位，請來這裡拿號碼牌！」

一名工匠正忙著在店門口發放號碼牌。

麥亞德上前打招呼，工匠低頭鞠躬。

「麥亞德大人，好久不見。」

「好久不見了，黑輪。伊格內爾呢？」

「它正在裡頭準備。」

麥亞德正打算一頭鑽進店內，後面的顧客立刻發火。

「等一下，我昨天就在這裡等了！那傢伙算什麼啊！」

「這是預約客人。」

「就算是這樣——」

顧客迸發出猛烈的世界力，氣勢洶洶地走了過來。

那瞬間，麥亞德的手下同時看向朝那名顧客，猶如紅色的顏料突然潑灑在無色的背景上，整個街道瀰漫著濃重的血腥味。

短短一瞬，宰煥便精準捕捉到麥亞德手下釋放的世界壓。

他對此感到很驚訝。

始終隱藏世界壓的麥亞德手下，各個都有直逼元宇宙六神水準的實力。

尤其是麥亞德正後方的大塊頭，是一個連宰煥都不敢保證能戰勝的超級強者，那傢伙的實力至少比肩總司令，甚至在其之上。

「停手吧。」

麥亞德的話音剛落，街道上的血腥味宛如瞬間被洗滌般消失無蹤。

他露出親切的笑容對顧客說：「很抱歉，不過我有先預約。」

「既、既然預約了，那也沒辦法。」

客人渾身顫抖地退後，雖然努力掩飾，仍能看出他受到了極大的衝擊。

奇妙的是，除了他之外，其他人似乎都沒察覺到方才那股殺氣。

宰煥皺著眉頭剛要開口，工匠便向麥亞德問道：「不好意思，麥亞德先生，請問您身邊的人是？」

「是我的同伴。」

「我們僅允許麥亞德先生帶一名同伴進入。」

麥亞德撫著下巴，看著宰煥和柳納德。

「嗯，不能通融一下這個小鬼嗎？」

「您說的小鬼是……」

柳納德抬頭看著工匠，神情宛如一隻被雨淋濕的可憐小貓。工匠以像是在鑑定贗品的眼神上下打量柳納德，然後點了點頭。

「好吧，就讓這小傢伙也進去。」

正當宰煥和柳納德跟隨麥亞德走進店內，工匠看到宰煥肩膀上的烏鴉。

「抱歉，寵物禁止進入。」

宰煥從安徒生佩戴的項鍊行囊中拿出一個大包子。

「這是倉庫。」

† † †

柳納德哄著氣呼呼的安徒生的同時，宰煥正在參觀店鋪內部。

自從參觀賽蓮的工坊後，這是他第一次進入夢魔的私人空間。店鋪比外面看起來寬敞許多，牆上掛滿了像是夢魔作品的兵器。

宰煥注視著掛在牆上的大劍。

「我以為夢魔主要的作品是塔。」

在宰煥身旁仔細打量兵器的麥亞德意味深長地點了點頭。

「它們主要是製造塔沒錯。」

「看來這也是一座塔。」

「你的眼光很敏銳。」

也許這是他的偏見，總以為塔應該是建築物的模樣。若塔可以是任何形狀，那麼劍當然也可以是塔。

但如果每座塔都是以栽培為目的而建造，那這座塔又是為了栽培什麼呢？

宰煥陷入沉思時，柳納德的聲音插了進來。

「宰煥先生，你看這個。」

他正盯著擺放在店鋪角落的兵器。玻璃櫃裡的兵器，一看就知道是和其他兵器不同等級的逸品。

首先吸引宰煥目光的，是陳列在前方玻璃櫃的白色長劍。

— GOD'S COLLECTION 03 共存

腰間的獨不發出震動，嗡嗡作響。

那一刻，玻璃櫃裡的白色長劍也散發出微弱的光芒，像是在回應獨不。

「真有趣，我還是第一次見到神器藏品產生反應。」

「神器藏品？」

「這是伊格內爾的簽名系列，是足以威脅古代三神器地位的傑作。」

「你似乎對兵器很了解。」

「大多數神都略知一二。活得久了，多多少少會對這些感興趣。」

麥亞德用指尖輕輕敲了幾下玻璃，安撫玻璃櫃裡的劍。劍就像被施了魔法一般，瞬間停止嗡嗡聲。

「如今，已經很少夢魔像伊格內爾這樣，專注製作能挑戰三神器的配件了，它們都把興趣轉向了其他領域。」

「為什麼？」

「當然是因為……」

麥亞德從容不迫地繼續說著，看見宰煥的表情，他疑惑地歪了歪頭。

「你該不會不太了解三神器吧？」

「我知道那是了不起的武器。」

「如果你不介意，我可以為你介紹三神器嗎？我本來就很喜歡解說。」

宰煥還沒來得及回答，麥亞德就成了講解員，自顧自地開始對古代神的三神器進行解說。

「要解釋三神器，首先要先說說古代三神。」

根據麥亞德的解說，在老大出現以前，深淵存在著三位被稱為最強的神。他們是獨自登上深淵巔峰的傳奇神祇，深淵將他們並稱為古代三神。

屠神者，卡塔斯勒羅皮。

概然性破壞者，德烏斯。

幻象終結者，格式塔。

「三神器指的是古代三神消失之前，他們留下的主力兵器。卡塔斯勒羅皮的空虛劍、格式塔的格式塔之眼、德烏斯的德烏斯·艾克斯·瑪姬娜……這些你應該有聽說過。」
宰煥低頭看向被稱為伊格內爾傑作的瑩白長劍，低聲說道：「這東西好像不到那種水準吧。」
身為親自使用過三神器「空虛劍」的人，宰煥能肯定地這麼說。
「當然，這還不到三神器的級別，因為三神器是由古今中外最優秀的大師打造而成。」
麥亞德的聲音帶著奇妙的敬畏，繼續說了下去。
「那是個偉大的時代，所有夢魔都為了建造『獨一無二的塔』而努力奮鬥。至今仍然沒有配件能夠超越三神器，從這一點來看……」
這時，一個聲音打斷了麥亞德。
「三神器之所以成為三神器，難道僅僅是因為武器很厲害嗎？是因為使用武器的人是古代三神，因此才成為了三神器。」
麥亞德開懷大笑。
「沒錯，決定武器水準的，當然是武器的主人。」
「你那傻呼呼的笑容還是一如既往啊，麥亞德。」
一名從工作室走出來的矮小鐵匠正站在不遠處。
它身形矮小，雙眼卻炯炯有神。

然而，那名夢魔似乎有點眼熟。

幾乎同時，夢魔也認出了宰煥。

「你是……」

準確來說，是認出了宰煥的劍鞘。

「你的劍鞘，是誰替你打造的？」

宰煥雖然沒有親眼見過眼前的夢魔，但曾見過對方的畫像。

他緩緩開口，陷入了短暫的懷念。

「枚卡·勒納德。」

曾經，宰煥為了尋找這名夢魔，造訪混沌第一的打鐵鋪「暮色矇矓」。

當時，打鐵鋪的工坊長雖然不在，但他仍舊隱約記得那個名字。

「原來如此，我的徒弟過得還好嗎？」

當代最偉大的名匠——夜幕的伊格內爾。

5.

宰煥和麥亞德、柳納德一起坐著喝茶等待伊格內爾。

自從來到深淵，他就經常在喝茶，這次的茶水嘗起來有股鐵鏽味。但也沒辦法，畢竟深淵裡可沒有什麼茶道專家。
「真神奇，徒弟打造的劍鞘，竟然由師父來修理。」連茶都沒碰的麥亞德說道。
工作室裡不時響起咚咚敲擊聲，伊格內爾似乎正在對獨不的劍鞘進行某種實驗。
過了片刻，伊格內爾拉開工作室的門簾走了出來。
「劍鞘還不至於到完全不能使用，不過耐久度快耗盡了。」
那是用五角獸加爾納的角做成的劍鞘，雖然是足以承受宰煥普通刺擊的堅硬材料，但也只限於在混沌之中。
而近期宰煥面對的敵人，每一個都有能力單獨獵殺加爾納。
「既然你帶來了我徒弟的消息，我就幫你做一個新的劍鞘當紀念吧。」
有機會收到名匠伊格內爾的手工製品，這可是千載難得的機會。
宰煥注視著充滿裂痕的劍鞘，說道：「不能直接加固這個劍鞘嗎？」
「你是要我動手修理這件粗劣的作品？」
「它對我來說意義重大。」
伊格內爾皺起眉頭準備開口時，麥亞德適時地插話了。
「我覺得這件作品不至於遭到那麼嚴厲的批評。以人類來說，這種程度已經令人難以置信了。」

「哼，你這小子懂什麼？」

「打造這柄劍鞘的工匠，肯定在『加工』上下了不少苦工。」

麥亞德的指尖輕撫過劍鞘的表面，他細膩的觸碰，就像在閱讀劍鞘蘊含的歷史。

「只有明知會失敗，卻依然想要更進一步的工匠，才能製作出這樣的作品。」

「就算如此，也不過是人類的作品罷了。」

「正因為是人類製作的，才更有價值。我認為伊格內爾先生應該能展現出這件作品的潛在價值。」

面對不卑不亢的語氣，伊格內爾彆扭地搔了搔臉頰。

「這東西從基本材料就不行。這只是用角獸的角做成的劍鞘，就算再怎麼下工夫在上面，也很難改進。」

「嗯，就連伊格內爾先生也覺得棘手嗎？」

「不是棘不棘手的問題，而是修理這東西根本毫無意義。而且它雖然粗糙簡陋，卻有自己的一套規則和秩序，等級不高，卻內建了威嚴技能。最重要的是，製作者的意圖非常明確，這柄劍鞘從一開始就被設計為隱藏劍的真正價值，大概是受了委託人的要求吧。」

名匠就是名匠，伊格內爾只是看了一遍，就準確地抓到劍鞘的設計意圖。

麥亞德感嘆地說道：「太驚人了，這是連伊格內爾先生也無能為力的『明確設計』。」

「不是做不到，而是我不做。」

「沒想到還有大師伊格內爾無法修復的武器……」

「你是來找碴的嗎？」

「宰煥先生，雖然你可能不太清楚，但伊格內爾先生真的是一位非常了不起的巨匠。」

看見突然轉向宰煥的麥亞德，伊格內爾頓時愣住了。

「雖然世人稱它為『名匠中的名匠』或『最後的名匠』，但其實伊格內爾先生的實力早已達到大師水準，早該被認可為大師，只是它偏偏得罪了夢魔協會。」

「哼，我才不需要協會的認可，只會因循守舊的傢伙懂什麼塔？」

伊格內爾的心情似乎好了些，它放下劍鞘，伸出手。

「把劍拿來我看看。」

宰煥遞上獨不。

或許是因為聽到巨匠這個詞，伊格內爾的眼神變得更加認真專注。它的目光幽深，從破損的劍柄到劍刃，都逐一仔細打量。

從伊格內爾的目光中，宰煥察覺到世界力細微流動的波形。

宰煥一向不相信天賦，然而發生在眼前的世界力流動，若不是天賦，根本不可能做到。

世界壓本身並不高，但伊格內爾能將少量的世界力調整到粒子單位，掃描刀刃，這能力確實已經超越了人類的想像力。

「是靈武啊。」

即便得知這個事實，伊格內爾也沒有表現出驚訝的神情。

麥亞德問道：「是天然的嗎？」

「不是。」

「那就是某人的作品了。」

伊格內爾沉默了一會兒，搖了搖頭。

「好像也不是。」

「既不是天然的，也不是某人的作品？這怎麼可能？」

「麥亞德，世界上不只有兩種可能性，就像適應和覺醒並非世界的全部。」

「但這兩個選項，不就涵蓋了所有情況嗎？」

面對麥亞德富有邏輯的話語，伊格內爾只是不斷地搖頭。

「這種情況我還是第一次見，很有研究價值。如果你把劍交給我，我會按照你的要求加固劍鞘，修理費也不用收。」
這意料之外的提議令宰煥有些驚訝。
「不收修理費？」
「反正你也不像付得起錢的樣子。你以為我的委託費有多便宜？」
宰煥思考了一下自己還剩多少托拉斯。仔細一想，好像全部都拿去兌換世界力了。
「你們這種傢伙我太清楚了，你一定會說出用其他東西代替報酬的荒唐提議，比如去取白龍阿爾卡拉亞斯的鱗片，或者偷來冰龍貝奇索斯的爪子等等。總之，就像攀登量產塔的量產商品一樣，光明正大地胡說八道。」
麥亞德尷尬地笑了笑。
一旁偷聽的柳納德也感嘆地嘀咕。
「其實因為托拉斯快沒了，我甚至還考慮要不要拿安徒生大人作抵押。」
宰煥點點頭，問道：「要多久？」
「一個月。」
「太久了。」
「至少要一個月，不喜歡就去別的地方，只是我不知道附近有沒有能處理這種劍的工匠就是了。」

它的語氣彷彿在說去別的地方也沒用。

「一個月後我會再來。」

「早該這麼做了。」

伊格內爾嘟囔著，拿起獨不站起身。

獨不發出嘎嘎嘎的聲音，正欲張口時，伊格內爾靈巧地將它放回了劍鞘。這熟練的手法，顯然不是第一次處理靈武。

宰煥看著那幅景象，說道：「在等待的期間，我需要一把可以用的劍。」

「嗯……你就從那裡隨便挑一把吧。」

伊格內爾指著掛在牆上的武器。宰煥看了看，那些都是品質優良的武器，他卻沒有特別中意的。

宰煥對柳納德說：「你也挑一把吧。」

「真的嗎？」

宰煥點了點頭。

武器的價格相當昂貴，但應該還負擔得起。柳納德也該擁有像樣的裝備了。

『我呢？』

「我不是給妳項鍊了？」

『這算什麼裝備啊。』

宰煥一行人挑選武器的同時，伊格內爾將獨不安放在工作室的作業檯上，然後走了回來。它戴上手套，打開玻璃櫃。

麥亞德問道：「這就是我要用的劍嗎？」

「眼睛可真尖啊。」

伊格內爾從玻璃櫃中取出一把瑩白色的劍。

GOD'S COLLECTION 03 共存。

這正是宰煥和麥亞德剛才看過的那把劍。

長劍一離開玻璃櫃，便散發出更加高貴的光芒，看來是玻璃櫃抑制了它的光輝。

「我明明是請求你打造一把三神器等級的劍。」

「只要你努力一點，它也可能成為三神器。這是我簽名系列的第三款。」

伊格內爾將發著白光的劍刃插入劍鞘，劍鞘上華麗的紋路隨即亮起一道道美麗的光芒，宛如沿著太陽光源而生的裂紋。

宰煥也到一旁觀賞那柄劍。撇除性能不談，這是他見過最美麗的劍。

「還有同系列的劍嗎？」

「還有兩把更厲害的。第一把被伊格尼斯拿走了，第二把被克洛諾斯偷走了。」

正在觀賞武器的柳納德大吃一驚。

「您說的該不會是火焰之神伊格尼斯和時間之神克洛諾斯吧？」

「難道還有人會冒充他們名字嗎？」

這可是七大神座使用的兵器系列。

而剛剛打造完成的第三把劍，將由眼前這名叫麥亞德的男人帶走。

「我可不比那些傢伙差。你要多少報酬？」

「聽說你們剿滅白龍阿爾卡拉亞斯了？」

「如果收穫都拿去付帳，日子還怎麼過啊？」

麥亞德雖然嘟嘟囔囔，但沒有說不給錢，大概是因為伊格內爾的作品確實值這個價。

劍鞘表面上刻著一串看似是劍名的文字，筆跡工整。

——共存

柳納德問道：「這是這把劍的名字嗎？」

「沒錯。」

「誰取的？」

「當然是我。」

伊格內爾挺起胸膛。

柳納德湊到宰煥耳邊，小聲說道：「這名字好神二病喔。」

「我沒有耳聾。」

「我的意思是這名字很酷。」

宰煥一邊觀察劍，一邊問道：「這個系列還有其他型號嗎？」

「這把劍可是我接了訂單才勉為其難打造的，你以為還有其他款式嗎？當然是……」

此時工作室裡傳來一陣咆哮，彷彿巨大的猛獸和小貓在比賽誰的聲音更大一樣。猛獸顯然是獨不，那麼貓咪會是什麼？

宰煥問道：「看來還有一把劍。」

伊格內爾不滿地瞪了宰煥一眼，起身走向工作室。

工作室內隨即傳出一陣威嚇怒斥，片刻後，夢魔拿著一把灰濛濛的劍走出來。

「這把不能賣，它是未完成品，而且根本沒有完成的可能。」

展示未完成作品對夢魔而言是一種恥辱，伊格內爾總是想把劍藏起來。

「這也是含有靈氣的嗎？」

「這是天然的。那傢伙拿來委託我，可惜治煉失敗了。」

面對宰煥的目光，麥亞德笑了笑。

「仔細看就知道，它簡直是一團糟。這傢伙脾氣也特別暴躁。」

它看起來確實無法斬斷任何東西，不過劍尖被磨得極為鋒利，適合刺擊，而且看起來非常堅硬。

「就這個吧。」

「我就說不賣了。」

「借我一個月就好。」

見宰煥堅持要借，伊格內爾再度瞪了他一眼，隨後想了想，說道：「只要你能握住這把劍，我就考慮考慮。」

它的語氣透露著「你這種傢伙怎麼可能握得住這把劍」。

宰煥毫不猶豫地接過伊格內爾遞來的劍。剎那間，黑色的火花四濺，劍刃像隻叛逆的貓咪般長鳴，非比尋常的世界力化為足以灼燒手掌的強大電擊。

宰煥無視被燒得焦黑的皮肉，硬生生地承受住電流。

劍身蘊含的歷史湧入腦海，他緩緩閉上雙眼，只見眼前浮現一塊小小的石頭。

那是歷盡風雨、忍受霜寒，長期承受猛烈風暴和烈日曝曬的黑色小石頭。

「是黑色的亞德曼合金，還沒有完全成熟。」

有人很早便發現這塊石頭，但沒有挖掘它，只是隨意路過。

「也許它很快就會有靈魂了。」

也有人發現這塊石頭的潛力。

在此期間，這塊石頭變得越來越堅硬，它的存在彷彿只為唯一的目標而生，日趨堅硬。

不知就這樣過了多久。

有一天，這塊石頭開始「覺得」自己可能是全世界最堅硬的物質。

「隊長，這顆礦石看來滿有用的。」

「這是顆靈石。」

一名暗灰色頭髮的男人挖出了這塊石頭。

那便是它最後的記憶。

事實證明，礦石也有靈魂。

它帶給宰煥的感覺與獨不不同。相較於獨不，它是更接近本能、更原始的幼小靈魂。

當宰煥緩緩睜開眼睛時，這把劍已經緊緊纏在宰煥的手上。它不再哀鳴，也不再釋放電流。

伊格內爾難以置信地看著宰煥。

宰煥問道：「劍的名字是？」

伊格內爾默默拿來一把劍鞘，那是一把讓人聯想到小貓藏身於牆下縫隙的劍鞘。

宰煥念出刻在劍鞘上的名字。

「GOD'S COLLECTION 04 獨存。」

6.

不久後，宰煥站在伊格內爾的店門口，腰間佩戴的獨存如小貓般低聲嗚咽。

雖然與獨不相比有些差異，但劍柄握在手中十分契合，他還是挺滿意的。

柳納德也購入一把黑色長劍。劍刃原本並沒有名字，但柳納德硬是把名字刻在劍鞘上。

—獨兒

望著笑得合不攏嘴的柳納德，安徒生當面譏諷。

『這名字好神二喔。』

「您是指很酷吧？」

宰煥向一旁默默觀看的麥亞德表示感謝。

「承蒙照顧了。」

「不客氣。」

獨存和獨兒的費用是麥亞德代為支付的。

款。

確切地說，是麥亞德用交出的材料抵扣了費用。

「用一把劍就能和滅天結下善緣，倒也不虧。」

這可不是區區一把劍。雖說是未完成品，但畢竟是伊格內爾簽名系列的第四

麥亞德卻一副毫不在意的樣子，彷彿從一開始就打算把劍交給宰煥。

他跟上宰煥的步伐，問道：「你還有別的地方要去嗎？」

「我打算去拍賣會一趟。」

「哦，我也正好要去拍賣會，一起去吧。」

看著麥亞德狡詐地提問，安徒生小聲嘀咕。

『也太黏人了吧。』

「您都已經收下項鍊了，怎麼可以這麼說？」

『你剛才不也說他是騙子嗎？』

麥亞德的手下在後方聽著柳納德和安徒生的對話，不禁笑了出來。

甩著手臂走在宰煥身旁的麥亞德，也一副心情很好的樣子。

「你在拍賣會有特別想找的東西嗎？」

「大概和你想找的一樣吧。」

「哦，果然。」

事實上，深淵強者造訪大型拍賣會，其中的意圖昭然若揭。

「雖然伊格內爾先生的作品也非常出色，但坦白說，和三神器相比還是差了一點。」

「你剛才不是說，重要的是武器的使用者嗎？」

「因為當時是在伊格內爾先生面前嘛。有些武器，能讓人贏得原本贏不了的戰鬥，也能跨越原本難以跨越的障礙。」

提及障礙的同時，麥亞德再度望向天空。

「如果當今七大神座取得了三神器，他們將能與昔日的古代三神抗衡。」

「若真是如此強大的武器，使用者可能會被吞噬。」

「恐怕確實如此，所以我才更想挑戰——挑戰看看現在的我，是否配得上三神器。」

麥亞德的話裡充滿了好勝心，但他是一個配得上這種好勝心的男人。

相處的時間雖短，不過宰煥能看出來。

走過混沌與深淵，他遇見過許多強者，比如偉大之土的君將薩明勳、元宇宙六神、總司令厄杜克西尼、七星的拉塞爾、七天的施俞，還有駕駛員卡伊納克。

然而他們之中，都沒有像麥亞德這樣的人。

這個男人器量非凡，也許能完成他們做不到的事情。

「早知道和你這麼聊得來，我就早點來找你了，真是遺憾。我們應該可以成為更好的朋友。」

雖然好像也沒有聊什麼特別的話題，但麥亞德還是這麼嘟囔著。

宰煥沉思了片刻。

「也許吧，要是我們很久以前就認識的話。」

遠處，大型拍賣會的入口映入眼簾。

也是時候打聽對方的意圖了。

「你為什麼對我釋出善意？」

「因為我有求於你。」

果然，天下沒有白吃的午餐。

宰煥看了他一眼，像是在無聲詢問他的意圖時，麥亞德彷彿等候已久，伸出了手。

「可以也給我一個嗎？」

準確來說，他說話的對象是柳納德，不是宰煥。

此時，柳納德正好從安徒生的項鍊行囊中掏出包子大快朵頤，被嗆到的他咳了幾聲。

「這是我和宰煥先生的午餐。」

「一口也行，我真的是好人。」

柳納德看了看宰煥的臉色，拿不定主意。

宰煥點了點頭。

「把我的份給他吧。」

柳納德一臉不情願地掏出一顆包子。

「我要肉包和高麗菜包，不要小的，要旁邊那個大的。」

「您還真挑剔。」

「我要開動了。」

終於接過包子的麥亞德大大地咬了一口，包子散發的香氣，讓他臉上瞬間綻放出一抹滿足的微笑。

「好吃，不愧是武林包子。」

「您知道這個包子？您什麼時候吃過的？」

「以前吃過，真是讓人懷念的味道。」

像在品味著包子蘊含的回憶一樣，麥亞德細嚼慢嚥地品嘗著。

「你想要的不可能只有包子。」

「當然還有另外一項。」

「我想也是。」

麥亞德一邊咀嚼，一邊望向拍賣會的入口。

拍賣會的入口分為兩個部分，一側是競標普通配件的「黃金之門」，另一側則是專為頂級配件設立的「隱藏之門」。

「卡斯皮昂的主要拍賣都是在地下的隱藏之門進行，不過只有受邀者才能進入那扇門。」

或許三神器也是在隱藏之門交易的商品吧。

入口處散發出的微弱世界力，揭示了其中密密麻麻地擠滿了比宰煥至今所面對過的敵人更加恐怖的怪物。

「隱藏之門的受邀人可以帶上一名同行者。這次拍賣會，我想我的朋友應該也來了不少，想必大家都會帶一名優秀的同行者。」

「所以呢？」

「每次舉行大型拍賣會，我們都會暗中較量彼此帶來的同行者。」

原來麥亞德一直在他周圍徘徊，就是為了這個目的。

「我希望您能作為我的同行者。如果您不喜歡同行者這個詞，也可以當成我們只是暫時合作而已。」

如此直率坦誠的人，如今已經很少見了，如果再早一點相遇，也許他們真的會成為同伴。

宰煥抬頭仰望天空。

一種奇異的違和感緩緩湧上心頭。他為什麼直到現在才察覺這件事，實在令人難以置信。

「你打算讓我成為你的伙伴？」

正當麥亞德歪頭，彷彿在問那句話的意思時，宰煥拔出了獨存。

幾乎就在同一時間，麥亞德的雙眼微微睜大，他的手下大聲吆喝，而宰煥朝著天空刺去。

手下們拔出武器，運起世界力，周圍隨即響起無數哀號。

遠處的天空中，有一顆像是小星星的東西閃了閃。

轟隆隆隆隆隆——

天空被宰煥的世界刺擊擊中，發生可怕的扭曲。

宰煥仰望著那片天空。

真是可笑。

也許是摧毀了元宇宙，擊敗了總司令，讓他們一時大意；又或者，是因為這個名叫麥亞德的男人展現的親和力讓他們放下警惕。

他為何現在才意識到這一點呢？

與麥亞德相處的期間，宰煥天空中的巨大眼珠消失了。

天空被世界刺擊劃破後，巨大的眼皮從後方顯現，眼珠的目光所及之處，世界無不顫動。

那道目光正在告訴他，在宰煥尚未意識到之前，他就已經進入了麥亞德的固有世界。

站在柳納德頭上的安徒生動了。

『宰煥。』

迄今為止，他聽過安徒生的聲音數百次，不過這一回，她的聲音中蘊含的情感與以往截然不同。

『快逃。』

她宛如擠出心中所有的情感。

安徒生的神經緊繃到烏鴉玩偶幾乎褪成白色的地步。

毫無疑問，此刻，安徒生認出了麥亞德的身分。

不僅僅是安徒生。

「呃、呃啊啊啊！」

周圍正在做生意的商店老闆，以及在慶典街道上散步的顧客紛紛驚聲尖叫，癱坐在原地，其中還包含方才與麥亞德親切打招呼的人們。

「快、快逃……大家快逃啊！」

像是頓時想起被遺忘的記憶，看見麥亞德的人們驚恐地飛奔竄逃。

直到這時，宰煥才終於明白麥亞德的能力，他具備的設定大概是能使人忘卻與他有關的「記憶」。

麥亞德悲傷地注視著逃離的人群，一股濃烈的血腥氣息從某處緩緩彌漫開來。

宰煥明白，這股血腥味來自於麥亞德手上沾染過的鮮血。

麥亞德緩緩抬起雙手，像是要捉蚊子一樣聚攏雙手。

啪。

輕輕一拍掌，血腥味猶如被洗滌一般，瞬間消失無蹤，嚇得目瞪口呆的人們停在原地。

臉色蒼白的安徒生歪了歪頭，緊抓著宰煥衣袖的柳納德一臉茫然。

不覺間，天空的眼珠再度消失了。

麥亞德看著空曠的天空莞爾一笑。

「別隨便在別人家的天花板打洞啊。」

後方傳來了手下們的低聲嘀咕，他們似乎還對宰煥的反應下了注。

宰煥瞥了互相傳遞托拉斯的手下一眼，再度對著麥亞德開口。

「我知道你是誰。」

在遇見麥亞德的很久之前，宰煥就已經聽過這個名字。

「小心麥亞德，他如果知道你開啟了創世，肯定不會坐視不管。」

暗香君主薩明伽藍曾經這麼告訴他。

「七百年前，完成元宇宙最終層任務的人也跟你一樣，在天空中掛了某個東西。雖然他掛的不是眼睛，而是其他不同形狀的東西。」

烏鴉之王艾丹．卡爾特提及的男人，正是麥亞德。

那似曾相識的暗灰色頭髮。

這個男人的名字曾被刻在元宇宙第一層的排行榜頂端，如果不是被設定斷開了記憶的連結，宰煥不可能不曉得他的身分。

「其實，我本想隱瞞到最後的，人們一旦知道我的身分，通常就會有先入為主的觀念。」

「你這樣反而讓人加深刻板印象。」

「正式自我介紹一下，初次見面，屠神者。不對，是『滅天』宰煥。」

男人彬彬有禮地打著招呼，他的天空上方懸掛著一顆星星。

那是宰煥的天空中沒有的星星。

潔白耀眼，一顆公平照亮眾生的星星。

那道光芒令懸掛在宰煥天空上的眼珠感到不快，微微皺了皺眉。

「我是麥亞德．范．德克蘭，深淵的朋友們都稱我為——龜裂主。」

7.

卡斯皮昂的陰影處，潛藏著一片深淵底層神祇經常出沒的非法站點熱區。

那個地方，通常被稱為「月影」。

它是販賣信徒或非法交易配件的商人的藏身之處。雖然官方嚴令懲治這種行為，但這裡的高階神祇從未對這個「貧民區」實際採取過任何行動。

因為貧民區的便利性和流入的利潤相當可觀。

而此刻貧民區中心，站著一名身穿黑色夜行衣的女人，與一位身穿青色長袍的老者。

首先開口的是老者。

「真難找啊，龜裂的分部都是這副模樣嗎？」

身穿夜行衣的女子正是柳雪荷，她不悅地回嘴。

「師父，我再次重申，我可沒正式和你合作，明白嗎？」

「哼，我才不想和妳這種傢伙合作呢。」

「我只是需要夢魔製造的世界力探測器才幫你，只要找到師兄，我們之間的交易就結束了，知道吧？」

「別忘了讓我和賽蓮入境才是第一要務。」

顯然，老者正是清虛。

特地從第五站點飛來幫助宰煥的清虛，為了偷渡到卡斯皮昂境內，決定借助柳雪荷的援手。

他與不在懸賞名單上、可以自由使用傳送門的卡頓不同，在深淵聲名狼藉的清虛和賽蓮，並未擁有正式進入卡斯皮昂的通行許可。

「妳到底在追誰？」

「總司令。」

「總司令？妳說時雲？」

「我明明看到他逃到了國境附近，結果轉眼間就不見了。」

總司令在元宇宙戰敗逃亡的消息，如今在小兄弟也人盡皆知了。

清虛咯咯笑道：「時雲那傢伙從以前藏身的本事就是一絕，他修行的時候經常突然消失，想找他都得耗上一整天的時間。」

「上次不也是在修練場屋頂上找到的嗎？俗話說『眾里尋他千百度，驀然回首，那人卻在屋脊不遠處』。不對，還是叫燈火闌珊處啊？」

「話說回來，宰煥真的打敗時雲了？」

「我都說了是真的。」
「看來時雲那小子疏於修行了。」
「恰恰相反，師兄還是很強。」
猶豫片刻後，柳雪荷又補充了一句。
「是那傢伙變得太強了。」
「嗯哼，竟然有人能受到妳的認可。」
「什麼認可啊。」
「難道妳喜歡他？」
「說什麼鬼話？我會喜歡那個到處裸奔的傢伙？」
「他也只有必要時才會脫衣服。」
「他明明一直都沒穿衣服。總之，他真是個怪人。」
沒錯，他確實是個怪人。
但如果不是因為那個「怪人」，清虛就不會再次與昔日的弟子柳雪荷相遇，也不會產生再度踏上深淵征途的念頭，更不會遇見潛伏在卡斯皮昂上空，搭乘著滅亡號的賽蓮。
『老頭，還有多遠？你為什麼一直在原地徘徊？飛空艇的隱身功能故障了，我沒辦法躲太久。』

「哎呀，再撐一下。而且徘徊的不是我，是我旁邊這傢伙。」
看清虛單方面把責任推給自己，柳雪荷輕輕嘆了口氣。
「以前我聽到這種話，可能就會毫不客氣地揍你一頓。」
「我不會那麼容易中招的，傲慢的弟子。」
過去的兩年間，清虛就像是獲得了千餘年歲月的回報，取得爆發性的提升。他不僅達到了宰煥曾經突破的「假說」境界，實力甚至還能與早已達到第四階段覺醒的柳雪荷不分上下。
柳雪荷失望地嘀咕。
「那小子確實厲害，竟然能讓毫無天賦的師父有所成長。」
「妳說什麼！我本來就很厲害了，宰煥那傢伙也是我教出來的！」
「說得真好聽。」
清虛嘻皮笑臉地問道：「趁現在問妳個問題，雪荷妳幹嘛一直追著宰煥跑？」
「我什麼時候追著他跑了？」
「那妳幹嘛救他？」
「我哪有？」
「不僅是在元宇宙的時候，兩年前那時候也是。」
兩年前，柳雪荷在通往深淵的道路上曾攔過宰煥一次。

「我很清楚妳不會在武力上輸給宰煥，難道宰煥那小子比我想的還強？」

「誰知道呢？」

宰煥確實很強。不，他變得更強了，已經無法與龜裂初次發現他時相提並論。

如今，就算找遍整個龜裂，除非是團長級的人物，否則想對付他都不容易。

換句話說，如果是團長級的人物，完全可以與他抗衡。

而柳雪荷是龜裂的第二團長。她是揮舞著獨鬥兵器「雷鬼」，掠奪無數君主黎明的凶手。

每當她的鎖鍊在黑暗中揮舞而過，雷電便會轟然落下，因此偉大之士的人們尊稱她為「預先到來的晨曦」，對她充滿敬畏之情。

她既是君主的恐懼，亦是龜裂排名第五的強者。

縱然是如此強大的她，也在兩年前放走了宰煥。

「那小子用滅殺威脅我。」

「……」

「真的。就算是我，也會覺得失去連結很可惜。」

「妳，看見了什麼吧？」

「……」

「妳肯定看見了什麼。妳在他身上看到了在裂主或其他團長身上找不到的某種可能性，對吧？」

柳雪荷沉默不語，靜靜地咬著嘴唇。

「栽培不過是結果罷了，必須消除它的根源。」

面對闡述龜裂宗旨並勸誘他加入的柳雪荷，宰煥這麼說道。

必須消除根源。

這是天經地義的事情，也是無可辯駁的定論。

然而，正因為它是一條定論，所以才是「天方夜譚」。

那時，他為自己口中的天方夜譚，定下了這樣的結局。

——我要毀滅這個世界。

他究竟是如何用那麼認真的神情說出這種幼稚的話語，表現得像獨自存活在這世上的主角一樣呢？

也許當時柳雪荷應該嘲笑宰煥才對，告訴他這是不可能的，讓他別說那種孩子氣的話。

但柳雪荷沒有那麼做。

「師父，所謂的『世界』到底是什麼？」

「妳莫名其妙地在說什麼？」

「沒有，就是突然想問問。」

清虛思索片刻後，說道：「沒有人知道那是什麼，因為我們能了解的世界，準確來說只有我們所相信的一切。」

超越第四階段覺醒，而實現「假說」的覺醒者都知道一個事實——

迄今為止，他們所經歷的「世界」，只是真相的一部分罷了。

脫離人類準則，好不容易成為神的存在，卻陷入了認知革命。與僅僅意識到「系統」真相的第三階段覺醒不同，通過第四階段覺醒成為神的人類，將在無窮無盡的資訊中感到無力。

包括視覺、觸覺、嗅覺和味覺，各種有形和無形認知的資訊混雜在一起。初次經歷認知革命的神祇，在資訊的洪流之下，往往會沉醉於無所不知的幻覺中。

但是不用多久，他們就會感到絕望，因為他們意識到自己終究無法支配那些資訊。

難以承受的氾濫資訊淹沒了神祇的意識，使他們陷入混亂。為了不在資訊中迷失自我，神祇關上了耳朵，闔上雙眼，他們將目光從海量的資訊中移開，放棄感知浩瀚的世界。

諸神稱這種現象為「疏外」。

然而，不能說疏外是一件壞事，這只是他們為了保護自我而無可避免的選擇。

他們被困在自己創造的小小世界內，透過培育世界度日。

諸神將該「世界」命名為「固有世界」。
「對，那就是我們看到的世界。」
「但你也知道，那並不是全部啊。」
柳雪荷想起了宰煥的固有世界裡，有模仿人類的屍體在走來走去。
每每想起那幅場景都令人感到不適，沒有任何一個固有世界，存在那樣醜陋可怕的東西。
此外，還有鑲在空上的巨大眼珠。
她知道那顆眼珠代表什麼。
「那小子，看得見『老大』。」
根據柳雪荷的了解，整個深淵可以透過世界觀感知老大存在的僅有一人，那就是裂主。
裂主曾這麼對她說過。
「雪荷，克服疏外吧，如此一來妳就能看見真相。」
然而宰煥也能看見老大，這意味著他也克服了疏外。
柳雪荷十分好奇，克服疏外的世界究竟是什麼樣子？傲視可怕的老大，勇敢與其抗衡之人的世界，仍舊不過是眾多固有世界的其中之一嗎？
真的是那樣嗎？

「是那裡嗎？」

清虛的聲音打斷了柳雪荷的思緒。潮濕貧民街的巷口，一家骨董店散發著特殊的氣息。

「哦，對。找到了。」

他們徑直走向骨董店，打開門，出現眼前的是一名留著八字鬍的老人。

「你們有什麼事？」

「是我，我是來請人幫忙的。」

「你們有什麼事？」

「是我！」

「你們有什麼事？」

柳雪荷低聲嘟囔了一會兒，略帶結巴地說出以下的話。

「因此，我們才能成為自由的奴隸、權力的利刃，以及平等的天秤。」

話音甫落，店裡的燈瞬間熄滅了，百葉窗也被拉了下來。

自由的奴隸、權力的利刃、平等的天秤……這些是象徵柳雪荷所屬組織的隱喻。當然，除此之外還有許多稱呼這個組織的詞語，例如「反栽培組織」，或者「史上最邪惡的恐怖組織」之類。

不過，比起這些瑣碎的別名，最廣為人知的還是該組織的名稱——龜裂。

這裡是幻想樹中規模最龐大、惡名昭彰的恐怖組織，龜裂的第五分部。

黑暗中現身的不是剛才的八字鬍老人，而是一名臉型輪廓與之截然不同的中年人，應該是具有操縱類型的設定。

柳雪荷發了一句牢騷。

「分部長，每次都要這樣嗎？」

「沒辦法，這是規定，旁邊這位是誰？」

「我的同伴，可以算是前龜裂成員，總之我可以擔保他的身分，幫我們開下路吧。包括這老頭在內，我們總共兩個人，他想偷偷潛入卡司皮昂。」

分部長氣呼呼地回答道：「在這種時候？妳應該曉得現在時機不恰當吧。懸賞單滿天飛，元宇宙崩塌事件又搞得人心惶惶。」

分部長注視著設置在角落的螢幕，上頭映著被摧毀的元宇宙，以及宰煥和柳雪荷隨著殘骸一起墜落的畫面。

「啊，抱歉，不過還是可以把我們送進去吧？」

「可以是可以，妳同伴的名字是？」

「我叫清虛。」

「清虛？」分部長睜大了雙眼，「難道是好色神仙清虛？」

「咳，看來有和我同名的人呢。不過我不是好色的那個。」

「是嗎？也是，那個瘋癲的老頭應該不會在這裡。」

分部長搔了搔臉頰，點點頭。

柳雪荷問道：「那個好色神仙是誰？」

「雖然不及屠神者那麼有名，但在深淵東部也是頗為人知的老頭。據說他率領名為『滅亡引導者』的少數海盜團，殲滅了高階神祇的代行者，造成了不小的騷動……總之雪荷妳也小心一點，聽說他是相當高水準的覺醒者，而且對美女代行者特別感興趣。」

「當然，我得小心一點才行。」

面對柳雪荷調皮的回答，清虛咳了一聲。

確認手續結束後，分部長的對講機響了起來。

「我已經安排好了，嚮導會來帶你們。順便提醒，不要靠近海奇諾德大型拍賣會附近，那裡已經變成無法制地區了。」

「為什麼？」

「聽說三神器出現了。」

「三神器？」

分部長意味深長地點了點頭。

「順帶一提，裂主也參加了拍賣會。」

「什麼，他那麼快就到了？也沒和我聯絡啊。跟他一起去的是誰？」
「卡西姆第四團長。」
「有卡西姆在的話還算是好消息，拍賣會都有誰參加？」
「七大神座。」
柳雪荷與清虛的臉色同時一僵。
裂主和七大神座竟然聚在同一處，這可是深淵罕見的重大事件。
「不會全員都去了吧？」
「好像只有兩位參加。」
「應該不會出什麼事吧？」
「他們都清楚引發衝突會招致嚴重後果，雙方都會小心行事吧。」
分部長擺了擺手，彷彿在說不用擔心。
柳雪荷這才鬆一口氣，點了點頭。的確，無論是裂主還是七大神座，作為一方勢力的領導人想必不會輕舉妄動。
就在此時，分部長的對講機再度響起。
「緊急通報，拍賣會發生了鬥毆！有十二名高階神代行者死亡！」
「十二人？這差不多快變成戰爭了吧？他們自己打群架嗎？」
「不是，據說是某個人下的手。」

「什麼？到底是哪個瘋子？」

剎那間，柳雪荷突然有種奇怪的感覺。她停下話語，轉過頭去，發現清虛正注視著螢幕畫面。

「雪荷。」

「幹嘛？」

「元宇宙還有那種地方嗎？」

清虛指著的畫面中，一名赤裸的男子正在大肆屠殺代行者。

轟砰砰砰砰！

「呃啊啊啊啊！」

轟隆隆隆隆！

「嗚哇啊啊啊！」

赤裸的男子是誰顯而易見。

然而問題是——

「那不是在元宇宙啊？」

「這不是從剛才開始就在重播嗎？」

柳雪荷訝異地歪著頭。

螢幕中央，海奇諾德拍賣會的破爛看板正在路邊翻滾。

分部長說道：「那個是直播。」
不知究竟從何開始，畫面上顯示著現場直播的標示。
「咳呃啊啊啊！」
清虛一臉呆滯地問道：「剛才說有誰去了拍賣會？」
「七大神座。」
「還有呢？」
「裂主。」
臉色蒼白的兩人互相對視。
「馬上前往大型拍賣會。」

8.

稍後，在管理員的帶領下，宰煥與麥亞德進入了隱藏之門。
「您來了，這邊請。」
認出了麥亞德的管理員，直接將他們帶往地下室。
管理員時不時偷偷瞄向隨行的宰煥，似乎認出他是元宇宙崩塌事件的主角。
走在管理員後頭的麥亞德隨口問道：「宰煥，你真的不在意嗎？」

「我們不是已經談好交易了嗎？」

宰煥的語氣十分平靜，彷彿剛才緊張的對峙不曾發生過。大概是覺得他的態度很有趣，麥亞德露出一抹微妙的笑容，輕輕點了個頭。

將身體藏匿在宰煥固有世界的安徒生出言責備。

『你瘋了吧？那可是龜裂主！你是不知道那怪物是誰嗎？』

「我知道。」

『知道個屁！知道怎麼可能還那樣做！你升到八天之後會不會太得意忘形了？』

就結論而言，宰煥接受了麥亞德提出的同行邀請。由於人數限制，無法同行的柳納德被送回了萬里神通那裡。宰煥認為與其讓他獨自在拍賣會附近徘徊，不如與萬里神通待在一起更安全。

——我需要親自確認三神器。

無論麥亞德打什麼主意，錯過三神器所在的拍賣會都是一種損失。

更重要的是，駕駛員升天之前所留下的話成了關鍵因素。

只要集齊三神器，自然就會知道前往初始噩夢的方法。

駕駛員確實是這麼說的。

不曉得這次拍賣會上會出現什麼神器？宰煥已經擁有空虛劍的使用權，只差另外兩件了。

沿著螺旋梯走到地下室的管理員，回頭打量了宰煥和麥亞德一眼。

「從這裡進去就行了。進去後，房間會根據使用者自動推薦合適的服裝，若是服裝突然變換不必過於驚訝。」

宰煥和麥亞德交換了眼神，同步走進門裡。門內是一個令人聯想到個人更衣室的鏡子房間。

眨眼間，鏡中映照出的宰煥已然穿著不同的裝束。

「還挺適合的？」

這次宴會的著裝規定是禮服，宰煥換上了黑色西裝，他已經不記得有多久沒穿過西裝了。

『既然來到這裡，也不能回頭了，但你真的要小心，另一端肯定有……』

「深淵最強大的神吧。」

就算安徒生不說，宰煥也能猜到，因為門扇另一端傳來的氣息非比尋常。

但他絲毫不以為意。

儘管不確定具體數字，但深淵比他更強的神祇應該不超過十人，而他們也不可能同時齊聚在另一端。

『這裡世界壓太高了，我可能會忍不住睡著。』

「安靜點也好。」

『你千萬要小心，知道嗎？如果需要幫忙，就立刻把我叫醒。』

走出更衣室，麥亞德果然也換上了白色西裝。

看見宰煥的打扮，麥亞德高興地說道：「你打扮後的樣子也很適合你。」

「前方就是拍賣會了嗎？」

「是的。不過，你還記得我剛才的提議吧？」

宰煥點了點頭。

麥亞德並非單純要求宰煥作為他的同行伙伴，他真正的目的，是在這次拍賣會將三神器拿到手。

「我不能正式參與三神器的競標，這是因為我不久前簽下的條約。」

麥亞德的話很好理解，他出於某種原因不能參與這次拍賣。

「所以你希望我替你參加競標。」

「是的。」

「萬一七大神座出價怎麼辦？」

「他們的處境和我一樣，應該也會透過同行者嘗試出價吧。」

說穿了，這無非是一場代理競標戰。

宰煥思索片刻，說道：「我有一個問題。」

「請說。」

「我沒有多少托拉斯。」

「不必擔心，你需要多少我都可以借給你。」

說著，麥亞德從懷裡掏出一張空白支票遞給宰煥。

「最多可以借多少？」

「五十億肯定沒問題，再多我就不確定了。」

五十億托拉斯。

這對宰煥而言是聞所未聞的天文數字。

「交易條件是？」

「只要順利得標，我可以把三神器借給你。」

這聽起來是個不錯的提議。

甚至好得讓人起疑。

「你為什麼非要找我同行？你周圍應該有不少值得信賴的強者，比如你的手下。」

麥亞德搖了搖頭。

「他們是龜裂的一員，如果參與競標，基本上就等同於我也參與了競標。而且我的人脈比你想像中淺，要找到一個值得信賴的同伴並不容易。」

「我值得信賴嗎？」

「我不是因為你值得信賴才相信你。我們進去吧。」

麥亞德打開宴會廳大門的瞬間，嘎吱聲響起，空氣的流動產生了變化，呼吸變得越來越困難。

即使不刻意環顧四周，宰煥也能感受到，此刻，宴會廳內的每一位神祇都在看著他。

麥亞德沉穩低語道：「從容地走進去，這是一種入會儀式。」

周圍所有神祇都毫不掩飾地釋放自己的世界力，彷彿在表達唯有承受這種程度的壓迫感，才有資格站在這裡。

宰煥泰然自若地承受著那些目光，與麥亞德一起走向宴會廳中央。就這樣走了二、三十步，他看見了寫有麥亞德名字的預約席位。

—麥亞德．范．德克蘭，外加一名同行者

宰煥拉開椅子的同時，四周的壓力也唰一下消失殆盡。

麥亞德微笑著點了點頭。

「優秀。」

宰煥坐下來，不疾不徐地環顧四周。

聚集在大廳的代行者約莫有六十名，加上部分空桌，總人數最多約一百名。

在場的賓客之中，有些看起來值得一較高下，有些則無法估量勝算，其中也有幾張熟悉的面孔。

一名代行者的目光與他交會，徑直朝宰煥走來。

「你是……」

宰煥一眼就認出了他的身分——深海之神拉塞爾。

對方是七星的一員，他們曾在元宇宙第八層交過手。

擔心對方隨時會開戰，宰煥悄悄握住獨存的劍柄，誰知拉塞爾卻撇了撇嘴。

「那時候欠你一個人情。」

「……嗯？」

「謝謝你救了我的代行者。」

拉塞爾說完就轉身回到自己的桌子。

一旁看著這幕的麥亞德驚嘆地低語道：「我還是第一次看到那個自負的人說出這種話。」

「那傢伙也是受邀來的嗎？」

「我想是的，因為上次宴會我也有見到他。一般來說，升到七星級別的強者就有機會受到邀請。」

根據麥亞德的說明，這次宴會總共有三名七星級人物參加，分別是深海之神拉塞爾、標槍之神庫里斯、霙之神巴奧。

擁有健壯肌肉的庫里斯和臉蛋白淨的巴奧正遠遠地看著這裡。不到一年，宰煥便擊敗了兩名七星，晉升至八天的位置，受到同級神祇的嫉妒也是理所當然。

宰煥冷靜地將他們散發出的世界力與自己進行比較。他確信自己能贏。

「也有一些八天的人物呢。」

循著麥亞德的視線看去，只見一名身著改良韓服的老人，雙腳外八，大搖大擺地朝此處走來。

麥亞德說道：「沒想到連老天也來了。」

八天之一，老天，他便是宰煥在元宇宙遇見的衰老之神施俞。

「好久不見了，龜裂主。」

施俞和麥亞德似乎是舊識，他微微點了頭，然後轉向宰煥。

「我是來和這位朋友打招呼的。見到你真高興，沒想到又在這裡見面了。」

「我們好像沒有好到可以互相問候的地步。」

「呵呵，元宇宙發生的事就讓它留在元宇宙吧，現在的我對你沒有任何敵意，反而還有些好感。」

施俞舉起雙手，表明沒有戰鬥的意願，臉上流露出真誠的喜悅。

「多虧了你，深淵終於安靜一點了。」

「安靜？您是不是說反了？」

「麥亞德，小兄弟裡有八成是來自匿名之神的垃圾訊息，但這位朋友不是把執掌匿名的元宇宙毀了嗎？」

不同於勒內，施俞似乎對元宇宙的存在感到不滿。

「多虧了這位朋友，深淵裡的年輕靈魂又回到了各自的工作崗位。年輕人就應該腳踏實地，努力工作和修行，而不是只會耍嘴皮子。就是這麼回事。」

看著曾經受克洛諾斯指示來阻止自己的老頭嚷嚷著大道理，宰煥不禁無言以對。

這時，後方傳來某人不悅的聲音。

「不管活得努不努力，反正最後一樣會死。」

「孩子，既然最後都會死，那你吃包子又有什麼意義？」

不知何時，施俞後方站著一名身形消瘦的男人。穿著全套黑色晚禮服的男人嘴裡塞滿了包子，正不停咀嚼。每當他的腮幫子上下移動，濃重的黑眼圈也會跟著抖動。

麥亞德饒有興味地說道：「兩位竟然一起同行，真是稀奇。」

「運氣不好啊，這也是一種終結。」

「其實我是想找滅天當同伴，所以去了武林客棧，結果偏偏在那裡遇到了這個傢伙。」

看來這兩人先前都想找宰煥同行。

臉上有著黑眼圈的男人向宰煥搭話。

「這還是我第一次見到你本人，滅天。」

「你認識我？」

「我是終結必至之神塔納托斯，通常被稱為死天。」

終結必至之神塔納托斯，宰煥記得曾在小兄弟的訊息裡看過這個名字，但他沒想對方竟然也同為八天之一。

「古代神格式塔曾經說過，最強者乃自始至終維持赤身之人。」

「……」

「看到你，我就想起他的話，那也是一種正確的終結方式。我今後也會繼續期待你的表現。」

塔納托斯自顧自地說完後，就大搖大擺地走向自己的桌子。施俞也留下淡淡的笑容離去。

看著八天的身影，宰煥將對方散發出的世界力與自己進行比較。

感覺有得一拚。

回過頭，麥亞德正帶著意味深長的笑容，宰煥頓時好奇了起來。

「你也是八天之一嗎？」

「你覺得呢？」

麥亞德顯然比七星更強，那麼他會是八天的等級嗎？

似乎仍舊難以捉摸。

『好、久、不見、麥、亞德。』

聽到身後傳來的聲音，宰煥的後頸瞬間起了雞皮疙瘩，手臂汗毛直豎。這還是繼麥亞德之後，第一次有人能無聲無息地靠近他正後方。

看見麥亞德臉上微妙的笑容，宰煥瞬間明白了。

無庸置疑，此刻站在他身後的，正是七大神座。

緩緩轉過頭的那一刻，宰煥第一次在深淵冒出了這個念頭——

唯獨此人，他不願與之交手。

9.

那個存在散發著陰森的氣息，頂著一張分不清是男是女、是死是生的臉。空洞的眼窩讓人聯想到古老的巫妖，白色的眼球在眼窩裡滾動。

仔細一看，那不是眼球，而是白色的蟲子。蟲子展開翅膀飛向空中，宰煥的雙眼則是迎上了空洞眼窩裡的無底深淵。

瞬間，周圍的景象變了，宰煥站在一個不知名的村莊裡。

「————！」

人們連尖叫聲都來不及發出便淒慘死去，屍體倒臥在街頭，有的身體變成黑色的，有的則是滿臉病容。

這是一場無聲無息、毫無預兆的集體死亡，這場自然災害無法歸咎於任何人。

而那場偶發性屠殺的中心，正站著眼前這名神祇。

「宰煥。」

回過神來時，宰煥正準備拔出獨存的劍柄。

麥亞德抓住他的手腕，慢慢地搖搖頭。現在還不是時候，而且眼前的存在似乎也不是敵人。

鬆開劍柄的瞬間，周圍的景象又變回原來的樣子。

黑色的眼窩再次被蟲子堵住，宰煥壓抑著世界力，注視著七大神座。

這名存在無視著裝要求，穿著破舊乞丐服，身上沾滿各種汙垢，彷彿隨時都會發出臭味的他正咧嘴笑著。

麥亞德點了點頭，向他打招呼。

「你來了啊，瘟疫。」

瘟疫。

宰煥想起了一個曾經從安徒生那裡聽到的故事。

第四站點「症候群」的統治者——七大神座第四席，病魔之神瘟疫。

面對他，宰煥心想，果然，還是不想和這名存在戰鬥。

這不僅僅是強弱的問題，而是這名存在本身令人感到不適。

那不單是令人作嘔，而是完全不想和他有所瓜葛。

由於覺醒者已經遠遠超越人類的認知能力，不會因為單純看見汙穢而產生排斥，儘管如此，宰煥還是產生了一種沒來由的不適感。

全身發熱，皮膚搔癢。

正如所有神祇一樣，七大神座也以獨有的方式展現自己的強大，而眼前的瘟疫，正是透過那股「不適感」來傳達。

麥亞德笑容燦爛，似乎完全沒有感受到不舒服。

「你還是一如往常呢。」

『麥、亞、德。』

瘟疫和麥亞德交換了眼神。

雖然沒有世界力火花飛濺，也沒有敵對的氣氛流露，但仍能感受到兩人之間長久以來的糾葛。

瘟疫先開口了。

『你沒、忘記、七座、協約、吧？』

「為什麼要把我納入過時的七座協約？我又不是七座。」

『你、不能、參與、競標。』

「我當然不會參加，只有我的同伴會參與競標。」

瘟疫再度望向宰煥，幾隻蟲子迅速爬過他的額頭。

『伊格尼斯、說了、很多、你的事。』

宰煥不自覺地搔了搔左臂。瘟疫的聲音就像無形的蟲子，在他的手臂上爬行。

『聽說、你、斬斷、克洛諾斯、的、化身。』

看樣子他是在說克洛諾斯附身在總司令身上的那件事。

當時直播是開啟狀態，肯定有神祇看見他用空虛劍斬斷克洛諾斯的連結。

是錯覺嗎？總感覺周圍安靜了下來，近處的喧譁聲和遠處偶爾傳來的談話聲，全都瞬間沉寂。

此時，這座大廳的所有神祇都在關注著宰煥的回答。

瘟疫再度提問。

『你、持、有、空、虛、劍？』

「沒有。」

嚴格來說，宰煥不是持有空虛劍，而是擁有空虛劍的使用權罷了，所以這不算謊言。

『我、分、明、聽、說、你、用、過、空、虛、劍。』

「沒錯。」

這時，猜疑捕捉到了周圍的密語。

「空虛劍。」

「屠神者真的用了卡塔斯勒羅皮的武器？」

「真是難以置信，它應該被囚禁在混沌才對。」

瘟疫彷彿在替眾神的疑惑發言。

『怎、麼、用、的？』

「我有回答你的義務嗎？」

瘟疫似乎無法理解宰煥的回答，緩緩歪著頭，就像一隻不懂獵物為何尖叫的螳螂。

麥亞德趕緊轉移話題。

「好了，我們彼此都要注意，初次見面別問這麼私人的問題。瘟疫，宰煥先生是我的同伴，請你保持禮貌。話說回來，克洛諾斯也來了嗎？」

『還、沒。』

還沒，這意味著他很快就會出現。

瘟疫瞥了遠處的桌子一眼，麥亞德和宰煥也望了過去。

大廳北端，有個男人在那裡獨酌，他是這座宴會廳少數能吸引宰煥注意力的神祇之一。

麥亞德似乎猜到了宰煥的疑惑，說道：「那是暗天，孤獨之神德里克・米爾特。」

暗天，這個稱號代表男人也是八天之一。

「若說總司令是時間的右臂，暗天就可以說是時間的左臂了。順帶一提，克洛諾斯是左撇子。」

「你是指他比總司令還強？」

「就現階段來說，他是你的主要對手之一。」

暗天瞥了宰煥一眼，隨即將目光轉回了酒杯，彷彿對宰煥毫無興趣。他一口氣喝完杯裡的酒，然後盯著空蕩蕩的杯子，不停重複這個動作。

奇怪的是，他的舉動就像是在焦急地等待自己喝醉一樣。

當然，神祇不會醉。

抵達特定境界的神祇，無法借助物質改變自身的精神狀態，唯一能改變他們的只有高水準的疑問、哲學的頓悟，以及革命性的感人故事。

『卡、塔、斯、勒、羅、皮、的、繼、承、者。』

瘟疫再次轉過頭來，像隻昆蟲般朝宰煥伸出頭。

就在宰煥感到威脅，準備再度握住劍柄時，瘟疫繼續說了下去。

『最、可、怕、的、瘟疫、是、連、被、感染、的、事實、都、不、知、道。』

「什麼意——」

一瞬間，瘟疫的目光轉向麥亞德，隨後身形便如群蟲般崩散消失。

宰煥茫然地眨了幾下眼，只見遠處桌子上，瘟疫的形體正重新聚合成形。他完全無法理解對方究竟在想什麼，又是遵循著什麼樣的行事原則。

能確定的事實只有一個。

如果和對方一對一單挑，他有極高的機率會輸。

安徒生說的對，在這裡，他必須提高警覺。

麥亞德似乎看出了宰煥的心境，露出一抹淡淡的笑容。

「你克制得很好。如果你拔劍，可能會有點危險，因為病魔是一名違背常理的神祇。」

「承蒙照顧了。」

「不，我反而很驚訝。我還是第一次看到，有神祇在七座面前如此光明正大地燃起戰意。」

麥亞德的雙眼透出異彩，他盯著宰煥，拿起桌上的酒杯。

「不用緊張，你擔心的情況不會發生。這裡每個人都是一方勢力的首領，如果在這裡大打出手，就會爆發一場大聖戰，即便是七大神座也無法承受這種損失。」

「如果不是在這裡呢？」

面對宰煥的提問，麥亞德的眉毛微妙地抽動了一下。

「嗯，這個嘛……會怎麼樣呢？」

麥亞德一邊旋轉著酒杯，一邊狡詐地笑了。他的表情就像迫不及待地想看到接下來會發生什麼。

宰煥警告道：「雖然我不知道你在謀劃什麼——」

「你的如意算盤打不響，麥亞德。」

光是今天，宰煥已經不知道被嚇了幾次。循著聲音望去，這回又有一名存在無聲無息地進入他的警戒範圍。

紅髮男子俯視著宰煥說道：「終於見面了，屠神者。」

男人笑得很親切，朝宰煥伸出有力的手，似乎是想握手示意。

慌忙中，宰煥糊裡糊塗地起身握住了對方的手。那雙手長滿了厚實的繭，這是唯有持續鍛鍊的靈魂才能擁有的勳章。

男人沒有刻意展示他的握力，也沒有顯露出任何敵意，宰煥從對方身上感受到的是純粹的好奇心。

「你也是七座嗎？」

「哦，你怎麼知道，麥亞德告訴你的？準確來說，七座不是我，是我的神。」

這個男人很強。

而他所侍奉的神，比他還要強大得多。

若說瘟疫是透過不適感來顯現自身武力的七座，那麼這個男人走的則是正統流派——一名僅透過純粹的世界壓及強韌的靈魂來彰顯自身的存在。

男人的眼中燃著如火的意志，那是只有長年不熄之火才能孕育出的氣概。

麥亞德向男人打了招呼。

「好久不見，凱洛班，你看起來很健康。」

「為了要粉碎你，我當然得保持健康。」

凱洛班的左肩燃起一縷火焰，形狀酷似人類的手指，握緊拳頭，中指向上伸直。

「伊格尼斯還是老樣子呢。」

「她總是想把你這個混蛋燒死。」

這時，宰煥才意識到男人侍奉的神是誰。

伊格尼斯。贊助他的神祇之中，出現過這個名字，安徒生也曾多次提到這名存在。

第三站點「熱帶夜」的統治者，七大神座第三席——火焰之神，伊格尼斯。

而這個名叫凱洛班的男人，似乎是伊格尼斯的代行者。

麥亞德觀察著凱洛班的行為舉止，問道：「看來你沒有同伴？」

「這個嘛……」凱洛班撇撇嘴說道：「被某個混蛋先下手為強了，所以這次我只打算在旁邊觀看。」

「你還在慢慢來的時候，三神器可能就被我奪走了。」

「如果事情發展成那個地步，你就會死在我手上……不，是死在我的神手上。」

凱洛班頑皮地朝著麥亞德舉起拳頭，笑了笑。麥亞德也回以一個難以捉摸的微笑。

表面上雖然氣氛融洽，但宰煥在兩人之間感受到了一種微妙的緊張感。

不知為何，麥亞德對這個男人的警戒心似乎比對瘟疫還要高。

「總之，很高興見到你，屠神者。我的神非常喜歡你，等會兒有空的話，希望你撥一些時間給她。」

凱洛班這麼說著，拍了拍宰煥的肩膀，俐落地離開了。他的座位位在大廳二樓邊緣的桌子。

麥亞德望著遠去的凱洛班，低聲說道：「沒想到大家都在覬覦你，看來我運氣不錯。」

宰煥沒有回答，而是把注意力集中在場上的神祇。

依次面對拉塞爾、施俞、塔納托斯、瘟疫和凱洛班時，他的腦海裡不斷重複著無數次的模擬。

聖域開顯。

世界刺擊。

波濤之路。

宰煥正傾盡全力，運用所有掌握的技能，在腦海中與這裡的神祇展開虛擬激戰。

隨後，他得到了證實。

縱使施展殺手鐧「星座撕裂」，仍無法確保自己勝券在握的敵人，此處至少有五位。

其中，祭出星座撕裂之後，也仍有極高機率無法戰勝的敵人，至少兩位。

即便他已經變得如此強大，仍然有許多神祇在他之上。

這就是深淵。

妙拉克就是劈開這樣的深淵，才得以抵達世界的盡頭。

就在這時，大廳前方傳來一陣熱鬧的動靜。

喧譁的神祇接連噤聲。瘟疫的蟲子迅速爬行，施俞和塔納托斯的臉色凝重起來。

拍賣會終於要開始了。

「那就萬事拜託了，宰煥。」

隨著麥亞德的低語，主持人出現在舞臺上，一條訊息隨之浮現在空中。

〔大型拍賣會即刻開始。〕

10.

拍賣官是一位名叫雷諾德的夢魔。

身穿西裝的夢魔似乎主持過多次拍賣，從神情和語氣之中可以看出它的老練。

「……因此，大型拍賣會的流程與一般拍賣會相同。參與競拍者在所需物品出現時進行出價，如果最高出價金額超過一分鐘沒有變化，則落槌成交。」

雷諾德用乾澀的聲音說明完畢，隨即拿出了拍賣品。這是一個快速而準確的過程，省去了所有多餘的寒暄客套。

「那麼，拍賣即將開始。」

舞臺中央升起了一個類似大理石材質的展示櫃，櫃中放著一對黑色短刀，應該就是拍賣品。

拍賣品的名稱浮現在螢幕上。

—刀鋒君主的飛劍

周圍傳來眾神鬧哄哄的聲音。

「刀鋒君主啊。」

「五百年前確實有這麼一號人物，是個相當著名的劍客。」

「那肯定是真品沒錯。」

看到強大君主曾使用過的武器，眾神立刻開始競標。

「一百萬托拉斯。」

「一百零五萬。」

「我出一百三十萬。」

競標價格迅速攀升，從一百萬、兩百萬到三百萬。

在座的與會者不愧是赫赫有名的神祇，競標價格破天荒地迅速飆升，最終刀鋒君主的飛劍以一千三百四十九萬托拉斯高價成交。

此後，競標競爭仍在繼續。

雷神殿的馬車、冰龍手鐲、萊因霍爾茲的樣品地堡……

有些拍賣品在宰煥看來還不錯，有些則一看就知道是華而不實的物品，其中也混雜著部分假貨。

「那東西挺不錯的吧？」

始終默默觀察競標的麥亞德首次開口搭話。

這回競標的物品是一件白色外套，沒有特別出色的設計，正如字面所說，是隨處可見的普通外套。仔細一看，還有種在哪裡見過的既視感。

無限次元亞空間外套。

宰煥瞇起雙眼，在心裡嘀咕。

那個東西，跟柳納德那傢伙喜歡的「造型」有點像。

麥亞德也仔細打量著那件外套，然後向宰煥提出請求。

「麻煩你幫我競標那件外套。」

或許是因為這件外套沒有附帶特殊功能，除了麥亞德之外，沒有其他人參與競標。宰煥以十萬托拉斯的價格出價，一分鐘後順利得標。

一百萬托拉斯以下的拍賣品，可以在得標後立即領取，因此，麥亞德立刻穿上新獲得的外套。

結果證明，這件外套十分適合他。

「這是夢魔製造的物品嗎？」

「不是。」

這也不奇怪，畢竟並非只有夢魔才能製作配件。

真正奇怪的是麥亞德接下來說的話。

「這不是這個世界的物品，真有趣。」

「不然呢？」

「我也不清楚，或許是某件來自外太空的物品。」

外太空。

這麼說來，宰煥在元宇宙也曾聽說過類似的說法。說是因為次元的邊界面變薄，導致其他宇宙的資訊流入。

這項配件或許就是其中之一。

「你不覺得很神奇嗎？或許外面存在著一個不受幻想樹影響的世界。」

世界之外還有世界。

說著這句話的麥亞德，看起來有些孤獨。

「宰煥先生，如果你有想要的商品，可以盡情出價，我會送你一件。」
「三神器什麼時候會出現？」
「應該是最後一輪。」
儘管已經有十幾件拍賣品亮相，但大多數神祇都沒有參與競標，而是無精打采地打哈欠或是忙著查看小兄弟。
就這樣經過了一輪輪的拍賣，終於出現了一件引起宰煥興趣的拍賣品。
—大師的隨筆
那是一本老舊的古籍，看起來十分脆弱，感覺輕輕一碰就會碎裂。
拍賣官開始簡單地介紹。
「這是一本九百年前的古籍。遺憾的是，古籍的內容無法解讀，但已查明其使用的語言，是當時夢魔的特有語言之一。」
拍賣官稍稍吸了一口氣。
「這本書不僅使用了特殊的語言，語言的排列方式也非常獨特，因此，即使能解讀部分語言，也無法完全理解其中的內容。」
「搞什麼？根本就是一本不能讀的書嘛。」
拍賣官點點頭，回應諸神不滿的嘟囔聲。
「這種排列方式在過去曾受到一些大師的青睞，若能成功解讀這本書，或許就能知曉巨大的祕密。」

拍賣官本身也是夢魔，因此古籍的真偽無庸置疑。

少數神祇互看了一眼，議論紛紛。

「要買嗎？」

「不了。」

「為什麼？」

「如果能解讀，海奇諾德的夢魔早就解讀出來了，肯定是連它們也辦不到才會拿出來拍賣啊。」

這番話很有道理。

如果這本古籍真的隱藏巨大的祕密，夢魔肯定會想辦法解讀，它們卻選擇將書拿出來拍賣。

換言之，夢魔認為古籍的內容不值得花費精力解讀。

但宰煥的想法不同。

「我要買那個。」

「咦？你說的是那本書嗎？」

見宰煥點頭，麥亞德有些意外地說道：「我都不曉得你還喜歡讀書呢。」

當然，這是一個誤會，不過宰煥沒有解釋的意思。

他看著古老書籍的封面，心中思索。

這座宴會廳中，只有宰煥一人認出那本古籍的真面目。

那是大師妙拉克留下的紀錄。

書中的內容快速掠過螢幕，古籍封面上的獨特筆跡和語言排列方式也證實了這一點。

毫無疑問，這本古籍的文字排列方式，與妙拉克在《深淵紀錄》使用的完全相同。

如果能將這本古籍弄到手，或許就能解開《深淵紀錄》無法解讀的部分。

「競標開始。」

宰煥立刻舉起手。

「五十萬托拉斯。」

這個價格既不會引起不必要的關注，又能有效地令部分競爭者打退堂鼓。

事實上，宰煥的策略奏效了，一些原本還抱有好奇心的神祇乾脆地放棄了競標。

然而——

「六十萬托拉斯。」

突然多了一名競爭者。

宰煥反射性地看向出價者，那是坐在大廳北側桌子旁，正在痛飲葡萄酒的憂鬱男子。

「德里克・米爾特，出價六十萬。」

他的稱號似乎是暗天？

宰煥再次出價。

「七十萬。」

「八十萬。」

「九十萬。」

「一百萬。」

價格迅速攀升，周圍的神祇也感到有些驚訝。

「那本古籍裡有特別的東西嗎？」

出乎意料的價格拉鋸戰，讓原本在看小兄弟的神祇也開始關注起競標。

「現在出價的是誰？」

「滅天跟暗天。」

「哦，八天之間的對決嗎？」

雖然中間也有些神祇出於好奇而加價，但在不斷攀升的價格競爭面前，他們紛紛舉手投降。

這時，價格已經超過了三百萬。

「三百五十萬。」

「三百六十萬。」

每次出價都提高十萬，觀看競標的神祇驚奇地互相交換眼神，想知道這場拉鋸戰的贏家會是誰。

宰煥逐漸有些焦躁不安，他沒想到會突然冒出一名競爭者。

難道那個名叫暗天的傢伙，也看出那本古籍的作者是妙拉克？

麥亞德低聲耳語。

「聽說暗天喜歡書籍，看來他對那本書很有興趣。」

宰煥這才注意到暗天桌上放著幾本書。他本以為那是拍賣會的裝飾品，原來是暗天的藏書。

麥亞德露出冷漠的笑容。

「這種時代竟然還有人喜歡書，真是個頗為無聊的嗜好。」

不知不覺，出價已經超過四百萬。

宰煥再次喊價。

「四百一十萬。」

這次，出價沒有立即改變，看來對方也到了極限。

暗天啜了一口桌上的葡萄酒，稍微潤了潤嗓子，然後轉向宰煥。

「六百萬。」

他陰鬱而深沉的目光中帶著微弱的世界壓。

——放棄吧。

大概就是這種意思。

於是宰煥也用差不多的意思瞪了回去。

——不，該放棄的是你。

暗天的眉毛挑了挑。

——我從未放棄過任何一本書。

——那就當作是你的第一次吧。

暗天的頭微微地歪了一下。

——你也喜歡書？

宰煥雖然不確定自己是否理解正確，但還是瞪了回去，眼神彷彿在說「隨你怎麼想」。

——這東西對我來說很重要。

不曉得對方究竟是如何解讀宰煥的回答，暗天露出些許訝異的表情。

宰煥沒有移開視線，問了麥亞德。

「我最多可以花多少錢？」

「謝謝你記得詢問我，雖然已經花了比預期還要多……」麥亞德沉吟了一聲，搓著下巴說道：「只要不影響主要拍賣品的預算，你想花多少都可以。」

宰煥毫不猶豫地喊出了價格。

「一千萬托拉斯。」

瞬間，拍賣場內陷入一片短暫的寂靜。

正在觀看競標的施俞發出了短促的驚嘆聲。

「哦，一本要價千萬的書。」

當然，這裡不乏能負擔一千萬托拉斯的神祇，但願意花費這麼多錢買一本書的神祇寥寥無幾。

面對宰煥的雄心壯志，震驚的神祇一片譁然。

「那傢伙的信徒看來也不少啊？」

「畢竟他最近相當有名。」

「出手真是大方。正如屠神者之名，出價也是屠殺四方。」

當然，這個屠殺四方的價格，最終不是由宰煥來承擔。

十秒、二十秒、三十秒……

看著滴答作響的時鐘，暗天依然沒有任何反應，他只是靜靜地握著桌上的空酒杯，沉默不語。

四十秒……五十秒。

暗天緩緩抬起頭，看了看宰煥和拍賣品，最後輕嘆一聲，放下了酒杯。

「《大師的隨筆》由宰煥先生得標。」

成功了嗎？

伴隨著神祇輕輕的祝賀鼓掌，宰煥回頭看了麥亞德一眼。他原以為麥亞德會因為這筆意料之外的鉅額支出感到慌亂，但對方表現得十分淡然。

「我之後再給你謝禮。」

「你答應與我同行就已經足夠了。」

麥亞德帶著狡黠的笑容，一千萬托拉斯對他來說似乎根本不算什麼。

一念之間，宰煥萌生了想讓這個老奸巨猾的傢伙吃癟的念頭。幸好，機會很快就來了。

「終於來到了今天的重頭戲。」

隨著後方的帷幕拉開，巨大的拍賣品露出了真面目。

拍賣品是一尊人形的鋼鐵巨像。

即便佝僂著身軀，體型也比一般的角獸還要高大，光是身高就高達十幾公尺。

原本坐在桌邊的眾神掀起了一陣騷動。

「哇，那個是——」

「我的天，那是真的嗎？」

麥亞德一副早知如此的表情，點了點頭。

「果然是那個配件。」

「你知道那是什麼？」

「那是深淵最強的巨人族——德烏斯・艾克斯・瑪姬娜。」

瞬間，宰煥腦海中的《深淵紀錄》開始翻閱。

巨人族。

這是古代神德烏斯勢力橫行時期，創造出的騎乘式鋼鐵巨人的統稱。

這項不可思議的配件，根據輸出功率不同，可以將乘坐的代行者及信徒的世界力提升一點二倍至五倍。

古代三神德烏斯使用的德烏斯・艾克斯・瑪姬娜，是在眾多巨人族之中最強的兵器。

宰煥將猜疑提升至極限，仔細端詳德烏斯・艾克斯・瑪姬娜的外殼。

華麗的德烏斯浮雕、俐落流暢的線條、精緻的細節收尾，即使不拆解，也能看出這是出自優秀工匠之手。

但不知為何，宰煥感到一絲微妙的失望。

沒有跟空虛劍相同的魄力。

卡塔斯勒羅皮的空虛劍能將萬物化為亡者，在握住劍柄的瞬間，會產生一種頭暈目眩的感覺。即使是在揮舞空虛劍的瞬間，宰煥也感覺自己的靈魂被撕成了碎片。

那是一把彷彿不懂「抑制」為何物的武器。

然而與那把劍相比，這尊巨像似乎……

隨著競標開始的鐘聲響起，拍賣官說道：「起拍價為──」

就在那一刻，宰煥感覺到背脊頻頻顫抖，嘎吱作響。

拍賣官的聲音像是一卷斷掉的錄影帶，無力地戛然而止。

驚訝的眾神雙眼緩緩睜大，卻無人能發出聲音。

這片區域的時空陷入了癱瘓。

這種感覺宰煥再熟悉不過，因為他在元宇宙曾與掌握這種力量的神祇交戰。

宰煥將頭轉向拍賣會入口，目光所及的方向，濺出一道細微的火花。他能感受到周圍的時空對自身施加強大的阻力。

拍賣會入口處站著一個人。

一個身穿黑色皮毛大衣，散發著不祥世界壓的神祕男人。

他的身分，不言而喻。

七大神座第五席，時間之神克洛諾斯。

克洛諾斯以森然的目光瞥向宰煥，然後將視線投向坐在北側桌邊的暗天。

接著，暗天開口了。

「二十億托拉斯。」

——《滅亡後的世界04》完

CD004

滅亡後的世界 04

멸망 이후의 세계

作　　者　　싱숑 (sing N song)
譯　　者　　賴璟瑄
封面設計　　CC
封面繪者　　Kanapy
責任編輯　　林紓平
校　　對　　胡可葳

發　　行　　深空出版
出 版 者　　深空出版有限公司
地　　址　　臺北市中正區館前路 59號 9樓
電　　話　　(02)2375-8892
傳　　真　　(02)7713-6561
電子信箱　　service@starwatcher.com.tw
官網網址　　www.starwatcher.com.tw
初版日期　　2025年 6月

總 經 銷　　聯合發行股份有限公司
地　　址　　新北市新店區寶橋路 235巷 6弄 6號 2樓
電　　話　　(02)2917-8022

멸망 이후의 세계
Copyright © 2022 by sing N song
Complex Chinese Translation Copyright © 2025 by INTERSTELLAR PUBLISHING Ltd.
This translation is published by arrangement with Noi Co., Ltd. through
SilkRoad Agency, Seoul, Korea.
All rights reserved.

國家圖書館出版品預行編目 (CIP) 資料

滅亡後的世界 / 싱숑 (sing N song) 著 . -- 初版 . -- 臺北市 :
深空出版有限公司出版 : 深空出版發行 , 2025.06
冊 ;　公分
ISBN 978-626-99031-1-5(第 4 冊 : 平裝). --
862.57　　113013605

◎凡本著作任何圖片、文字及其他內容，未經本公司同意授權者，均不得擅自重製、仿製或以其他方法加以侵害，如經查獲，必定追究到底，絕不寬貸。
◎版權所有 · 翻印必究◎
◎本書如有破損、缺頁、裝訂錯誤請寄回更換